Regen, Wolken Liebe

Nadine Feger

AF237251

Nadine Feger

Regen, Wolken, Liebe

Liebesroman

Impressum

Bibliografische Information der Deutschen Nationalbibliothek:
Die Deutsche Nationalbibliothek verzeichnet diese Publikation in der
Deutschen Nationalbibliografie; detaillierte bibliografische Daten sind
im Internet über http://dnb.dnb.de abrufbar.

© 2020 Nadine Feger

Umschlaggestaltung: Ria Raven Coverdesign (riaraven.de) unter
Verwendung von Bildern aus Shutterstock und Pixabay
Lektorat/Korrektorat: Mentorium (mentorium.de)

Herstellung und Verlag: BoD – Books on Demand, Norderstedt

ISBN: 978-3-7519-5432-7

Für Simon

»Wirst du pünktlich zu Hause sein? Ich habe ein paar Reisekataloge besorgt, die wir heute Abend studieren können. Ich koche auch etwas Leckeres. Na ja, zumindest hoffe ich, dass es lecker wird.« Amüsiert kichere ich ins Handy.

Marc antwortet nicht sofort, verspricht mir dann aber: »Ja klar, das klappt. Bis nachher, meine Schöne!«

»Ich liebe dich«, rufe ich noch, doch Marc hat anscheinend schon aufgelegt. Wie immer hat er viel zu viel um die Ohren. Zumindest hoffe ich, dass es nur das ist.

In den letzten Monaten hat er Massen an Überstunden geschoben, und seitdem läuft es zwischen uns irgendwie holprig. Vielleicht bilde ich mir das alles nur ein, aber wir müssen an der Situation etwas ändern, bevor es zu spät ist. Umso mehr freue ich mich auf unseren gemeinsamen Abend und das vor uns liegende Wochenende.

Wir planen unsere nächste Reise und erfüllen uns damit einen lang gehegten Traum: einen Roadtrip durch Norwegen. Ich kann es kaum erwarten, die Nordlichter zu sehen! Wie unfassbar beeindruckend es sein muss, sie live und in Farbe zu erleben. Vielleicht bringt uns diese Reise einander wieder näher. Auf jeden Fall wird es uns guttun, endlich wieder nur für uns Zeit zu haben.

Lächelnd schlendere ich vom Reisebüro in die Sögestraße hinüber zu dem kleinen Buchladen, wo meine beste Freundin Julia arbeitet. Genau dort habe ich sie vor vier Jahren kennengelernt, und irgendwie waren wir uns sogleich sympathisch. Sie ist zu meiner engsten Vertrauten geworden. Als ich in die wohlige Wärme des Ladens schlüpfe und den Duft der Bücher einsauge, sehe ich sie schon strahlend auf mich zukommen.

»Hallo Tessa! Schön, dich zu sehen!« Sie hüllt mich in eine warme, innige Umarmung.

»Hi Liebes! Ich freue mich auch, dich zu sehen. Heute komme ich aber ausnahmsweise nicht nur zum Quatschen.« Ein verschwörerisches Grinsen macht sich auf meinem Gesicht breit. »Ich brauche einen Reiseführer von Norwegen.« Aufgeregt strahle ich sie an und muss mich zusammenreißen, nicht auf und ab zu hüpfen. »Oh, ihr wollt endlich eure große Reise planen. Norwegen ist bestimmt wundervoll. Am liebsten würde ich mitkommen!«, seufzt sie. »Warte, ich schaue mal kurz nach.« Blitzschnell macht sie eine Kehrtwende und verschwindet in einer der halbhohen hinteren Regalreihen. Ihr leuchtend rotes Haar verrät mir, wo sie sich gerade aufhält, und ich gehe zu ihr hinüber.

»Schau mal, diese drei haben wir«, sagt sie mit ihrem irischen Akzent, den ich so hinreißend finde. Viel Zeit zum Plaudern bleibt mir heute jedoch nicht. Nachdem ich einen der Reiseführer ausgesucht habe, verabschiede ich mich von meiner Freundin, denn bevor Marc nach Hause kommt, muss ich noch etwas in der Küche zaubern.

So schnell wie möglich haste ich durch die Altstadt nach Hause. Es ist ein kühler, aber sonniger Novembertag. Menschenmassen knubbeln sich mit dampfenden Glühweintassen in der Hand auf dem Bremer Weihnachtsmarkt, weshalb ich nicht so zügig vorankomme wie erhofft. Besser hätte ich einen anderen Weg gewählt, allerdings kann ich dem Duft von gebrannten Mandeln und Zuckerwatte nicht widerstehen. An der Wilhelm-Kaiser-Brücke lichten sich die Menschenmassen endlich. Ein eisiger Wind weht mir ins Gesicht, als ich die Weser überquere, woraufhin ich meinen Schritt noch beschleunige. Hinter der Brücke biege ich in unsere Straße ab und ziehe wenige Minuten später die Tür unserer Penthouse-Wohnung hinter mir zu.

Jetzt wird es spannend. Um uns auf die bevorstehende Reise einzustimmen, möchte ich Marc mit einem norwegischen Gericht überraschen. Ich hoffe nur, dass es keine böse Überraschung wird. Gerne gebe ich es ja nicht zu, doch die größte Köchin bin ich nicht. Prüfend gehe ich alle Zutaten durch, die ich für Fårikål brauche: Lammfleisch, Weißkohl, Gewürze – alles ist da. Hochmotiviert schnibble ich das Fleisch und den Kohl klein, schichte es in dem größten Topf, den ich finden kann, würze großzügig und fülle den Topf mit Wasser auf. Viel falschmachen kann man dabei eigentlich nicht. Gut für mich. Über eine Stunde muss das Ganze nun köcheln. Besonders appetitlich sieht es zwar nicht aus, dafür duftet es umso besser. Das gibt mir ein wenig Hoffnung.

Inzwischen ist es halb sechs. Marc sollte längst zu Hause sein. Bestimmt steckt er wieder in der Firma fest. Langsam nervt das nur noch. Weil ich das Warten satthabe, setze ich mich mitsamt den Reisekatalogen auf den großen, hellen Teppich vor unserem Sofa und fange an, sie durchzublättern.

Während ich ein paar mögliche Ziele für unsere Reiseroute notiere, blicke ich immer wieder auf mein Handy. Keine Nachricht von Marc. Er hatte doch versprochen, pünktlich zu sein! Ich weiß nicht, ob ich sauer oder traurig sein soll. Den Herd sollte ich aber auf jeden Fall abstellen, das Essen ist bestimmt schon total zerkocht.

Als ich mich aufrichte, fällt mein Blick auf den Sessel. Marcs Mantel liegt darauf. Unwillkürlich muss ich grinsen. Irgendwann vergisst er noch seinen Kopf. Wie kann man bei den Temperaturen nur ohne Mantel losfahren? Das muss er doch spätestens unten vorm Haus bemerkt haben! Als ich ihn nehme, um ihn an die Garderobe zu hängen, fällt mir ein roter Umschlag entgegen und bleibt genau vor meinen Füßen liegen. Verwirrt starre ich auf die vier Buchstaben, die in geschwungener Schrift darauf prangen: Marc.

Achtlos lasse ich den Mantel zu Boden gleiten und beuge mich mit zitternden Knien zu dem Brief hinunter. Wird nun das wahr, was ich die ganze Zeit nicht wahrhaben wollte? Mein Herz pocht schmerzhaft gegen meine Brust. Wie in Trance nehme ich den Umschlag in die Hand und sehe, dass er bereits geöffnet ist. Ohne nachzudenken ziehe ich den Brief heraus und beginne, ihn zu lesen.

Dieses beschissene Gefühl in mir bestätigt sich schon bei den ersten Zeilen. Mir wird speiübel. Es ist ein Liebesbrief. Von einer fremden Frau. *Marc betrügt mich*, schießt es mir durch den Kopf. Was ich monatelang habe schönreden wollen, wird zur bitteren Wahrheit.

Der Boden unter meinen Füßen gerät ins Wanken, kraftlos lasse ich mich niedersinken. Eine unsichtbare Hand schnürt mir die Kehle zu, ich kann kaum noch atmen. Immer und immer wieder lese ich diesen verdammten Brief, in der Hoffnung, sein Inhalt würde sich verändern und ich aus diesem Alptraum erwachen. Doch das passiert nicht. Stattdessen werden die Worte immer wahrer.

Mein ganzer Körper bebt und ich kauere mich zusammen, unfähig, etwas anderes zu tun. Wie lange ich in dieser Position verharre, weiß ich nicht, doch es kommt mir vor wie eine Ewigkeit.

Mir kreist der Kopf, als Marc plötzlich völlig durchnässt in der Tür steht. Dass es angefangen hat zu regnen, habe ich nicht bemerkt, obwohl es mir hätte klar sein müssen. Einen kurzen Moment starrt er mich schockiert an und beginnt zu husten.

»Was ist denn hier los?!« Hastig spurtet er in die Küche, nimmt den qualmenden Topf vom Herd und reißt das Fenster auf. Wortlos stiere ich ihm hinterher. Mit besorgtem Blick kommt er ins Wohnzimmer zurück.

»Tessa, Schatz! Was ist denn los mit dir? Du zitterst ja am ganzen Körper.« Fürsorglich beugt er sich zu mir herab, nimmt mein Gesicht sanft zwischen seine großen, rauen Hände.

Dann fällt sein Blick auf den Brief, den ich immer noch fest umklammere. Die Wärme in seinen dunklen Augen weicht einer stummen Leere. Abrupt lässt er mich los. Sein Geheimnis ist nun keines mehr. Und unsere Liebe ist keine Liebe mehr, sondern nichts weiter als eine Lüge.

»Was …« Ich kann meiner Stimme nicht trauen und verwende all meine Kraft darauf, mich zu sammeln. »Was hat das zu bedeuten?« Ich blicke ihm direkt in die Augen.

Schweigen.

»Sag etwas!«, schreie ich ihn an, obwohl ich die Antwort doch längst kenne. Ich spüre, wie ich die Fassung verliere und sich jeder meiner Muskeln vor Wut schmerzhaft zusammenzieht. Betroffen starrt er zu Boden, zu feige, um mir in die Augen zu schauen. »Tessa, ich … Es tut mir leid. Aber … es ist einfach so passiert.«

»Einfach so passiert? Einfach so passiert!?« Ich werde immer lauter, beinahe hysterisch. »So etwas passiert nicht einfach so!« Er rauft sich die Haare, sagt jedoch kein Wort. *Dieser Feigling!* »Wie lange geht das schon so?« Als er nicht antwortet, packe ich ihn am Kragen, damit er mich endlich ansieht. »Wie lange? Sag es mir!«, brülle ich.

»Ein paar Monate.« Seine Worte sind kaum hörbar.

»Monate«, flüstere ich resigniert und lasse von ihm ab. Es fühlt sich wie ein weiterer Schlag ins Gesicht an.

»Tessa … Ich wollte dich nicht verletzten. Ich liebe dich doch! Das musst du mir glauben«, entgegnet er beinahe flehend. Er greift nach meiner Hand, doch ich entreiße sie ihm angewidert.

»Du liebst mich?« Schrill, beinahe irre, lache ich auf. Meine Hand macht sich plötzlich selbstständig und ich verpasse ihm eine schallende Ohrfeige. Perplex starrt er mich an.

»Ich will dich nie wiedersehen!« Meine Stimme klingt kalt. Mit einem Satz springe ich auf und wende mich von ihm ab. Völlig mechanisch greife ich nach meinem Mantel und laufe hinaus in den eiskalten, strömenden Novemberregen.

Wie von Sinnen und ohne Ziel laufe ich los, als würde mich der Teufel höchstpersönlich jagen. Meine vorhin noch so wackeligen Beine tragen mich durch die Dunkelheit, weg von ihm. Von dem Mann, den ich so sehr liebe. Aber was nützt mir das jetzt noch? Er hintergeht mich, und wenn ich ehrlich zu mir selbst bin, habe ich es längst geahnt. Nur wollte ich dumme Kuh es nicht wahrhaben.

Als ich die Weser zum wiederholten Male überquere, peitscht mir der Regen erbarmungslos ins Gesicht, doch das spüre ich kaum. Alles, was ich fühle, ist Leere. Als wäre dort, wo mal mein Herz schlug, nur noch ein großes, dunkles Loch. Lastwagen donnern an mir vorbei und wirbeln das Wasser von der Straße auf. Das Licht der vorbeifahrenden Autos blendet mich. Dennoch laufe ich unbeirrt weiter.

Der Regen und ich sind zu einer Einheit verschmolzen. Es ist wie damals, als ich mit achtzehn Jahren meinen ersten, heftigen Liebeskummer hatte. Meine Jugendliebe Julian war drei Jahre älter als ich. Er bekam ein Jobangebot im Ausland, das er nicht ausschlagen konnte. Ich steckte noch mitten in der Ausbildung und konnte deswegen nicht mit ihm gehen. Nicht mal einen Monat war er weg, da machte er mit mir Schluss. Wegen einer anderen. Für mich brach in jenem Moment eine Welt zusammen. Da passierte es zum ersten Mal: Wie auf Knopfdruck brach ein Unwetter über mir los. Als es geschah, hielt ich es für puren Zufall, doch seitdem passiert es jedes Mal aufs Neue, sobald es mir schlechtgeht. Ob ich wetterfühlig bin? Es ist wohl eher umgekehrt. Das Wetter fühlt *mich*. Die Witterung nimmt jede noch so kleine Schwingung meiner Emotionen wahr. Wie so etwas möglich ist, ist mir bis heute ein Rätsel. Zuerst machte es mir Angst, nach einer Weile hörte ich jedoch auf, es zu hinterfragen. Nun sehe ich es als ein Geschenk – eine Sache, der ich mir immer sicher sein kann.

Doch Marcs Treuebruch trifft mich um Vieles härter als mein jugendlicher Liebeskummer. Wir hatten uns geschworen, dass uns nichts und niemand je trennen würde. Wie kann er alles, was wir hatten, alles, was wir miteinander erlebt und durchgemacht haben, einfach so wegwerfen? Von hundert auf null. Als wäre das alles nie etwas wert gewesen.

Mein langes, dunkelbraunes Haar klebt in dicken, nassen Strähnen in meinem Gesicht. Schwere Tropfen prasseln auf meinen Mantel nieder, der bereits durchtränkt ist. Es ist mir egal. Der Regen begleitet mich durch die Dunkelheit, wie ein Freund, der mir nicht von der Seite weicht. Gemeinsam laufen wir einfach weiter. Durch Gassen und Nebenstraßen, wo ich möglichst wenigen Menschen begegne.

Doch plötzlich finde ich mich auf dem Domshof wieder. Innehaltend schaue ich mich um. Das schlechte Wetter hat die meisten Besucher vom Weihnachtsmarkt vertrieben, nur ein paar Hartgesottene stehen noch dicht gedrängt unter den Vordächern der Glühweinbuden. Ich mache einen Bogen um den hell erleuchteten Platz, schleiche außen herum. Dennoch spüre ich, wie mich einige Blicke treffen. Bestimmt wirkt mein Anblick jämmerlich. Unbehaglich ziehe ich meine Kapuze tief ins Gesicht und beschleunige die Schritte wieder, renne blind weiter.

Wenige Sekunden später werde ich jäh gestoppt. Völlig überraschend kommt ein Mann aus dem Coffee's heraus, und bevor ich ihn registriert habe, pralle ich mit voller Wucht auf ihn. Etwas Warmes ergießt sich über mich, ich gerate ins Taumeln und gehe zu Boden. Der Typ will mir aufhelfen, doch ich reiße mich von ihm los und funkle ihn wutentbrannt an.

»Idiot!«, brülle ich nur und laufe unbeirrt weiter. Als ich die bunten Lichter endlich hinter mir gelassen habe, bleibe ich abrupt stehen. Was mache ich hier eigentlich?

Endlich finden die Tränen ihren Weg ins Freie und vermischen sich mit dem Regen auf meiner Haut. Verzweiflung ergreift von mir Besitz. Wo soll ich denn jetzt hin? Mir fällt nur ein Mensch ein, zu dem ich gehen könnte.

Kurze Zeit später läute ich an Julias Tür. Sie wohnt in einer behaglichen Zwei-Zimmer-Wohnung über dem Buchladen, in dem sie arbeitet. Nachdem der Summer erklungen ist, schleppe ich mich ausgelaugt die zwei Etagen nach oben zu ihrer Wohnung. Als ich endlich ankomme, spiegelt ihr geschockter Blick wider, was ich fühle. Entsetzen.

»Tessa, um Himmels willen! Was ist mit dir passiert?«

»Ach, irgendein Typ hat mir seinen Kaffee über den Mantel gekippt.« Natürlich wusste ich, dass das ihre Frage nicht beantwortet.

»Du siehst grauenvoll aus. Und du bist völlig durchnässt. Warum läufst du durch diesen furchtbaren Regen?« Während sie auf mich einredet, zerrt sie mich in ihre Wohnung und streift mir den nassen Mantel ab. »Warte, ich hole dir ein paar Klamotten. Und dann erzählst du mir, was geschehen ist!«

In trockene Kleidung und eine warme Kuscheldecke gehüllt, hocke ich nun auf Julias Sofa. Meine eiskalten Hände umklammern eine Tasse mit heißem, duftendem Früchtetee. Stumm starre ich den aufsteigenden Dampf an. Aus dem Augenwinkel sehe ich, wie meine Freundin mich fragend und offenbar ziemlich ungeduldig mustert. Es dauert nicht lange, bis es aus ihr herausplatzt:

»Mensch, jetzt sag mir endlich, was los ist! Bevor ich noch wahnsinnig werde.«

Das Atmen fällt mir schwer. »Marc ...«

»Ja?«

»Er ... hat eine andere«, bringe ich mit erstickter Stimme hervor.

Julia springt auf. »Was? Ist das dein Ernst? Was für ein verfluchter Bastard!« Ihr Temperament geht mit ihr durch. »Wenn der mir begegnet, dann werde ich ...«

»Julia!«, entgegne ich fast mit einem kleinen Lächeln, in dem Versuch, sie zu beschwichtigen.

»Entschuldigung. Aber das macht mich so wütend. Du bist so eine tolle Frau! Wie kann er dir das antun?«, sagt sie jetzt etwas leiser.

Erneut laufen mir Tränen übers Gesicht und ich verfalle in ein wortloses Schluchzen. Julia zieht mich in ihre Arme und streicht mir beruhigend über den Rücken. Es dauert lange, bis ich wieder ein wenig Fassung finde und ihr genau berichten kann, was passiert ist. Zerrissen erzähle ich ihr von dem Brief, der von irgendeiner Anna stammt, und dass anscheinend schon seit Monaten etwas zwischen den beiden läuft. Die ganzen letzten Monate waren nichts als eine Farce.

»Ist dir denn nie etwas aufgefallen?«, fragt Julia eindringlich.

»Wenn ich ehrlich zu mir selbst bin … Es lief nicht mehr besonders gut zwischen uns. Die ganze Zeit über wollte ich mir einreden, dass es daran liegt, dass Marc so viel um die Ohren hat. Jetzt weiß ich es besser.« Endlich gestehe ich mir ein, dass die Überstunden und der Stress in der Firma nur eine Ausrede waren. Nichts als Lügen. Von wegen, er musste länger arbeiten! Er war bei ihr – jedes verfluchte Mal. Diese Erkenntnis trifft mich wie ein Schlag.

»Und weißt du, was das Beste ist? Er will mir trotzdem noch auftischen, dass er mich liebt!«

»Das glaubst du ihm doch wohl nicht?« Julia schnaubt.

»Ich weiß überhaupt nicht mehr, was ich glauben soll.« Wir reden noch lange. Na ja, eigentlich heule ich die meiste Zeit. Nur ungern verabschiedet sich Julia kurz nach Mitternacht ins Bett, weil sie am nächsten Morgen wieder im Laden stehen muss. Die Decke bis unters Kinn gezogen, liege ich auf dem Sofa und starre in die Dunkelheit. Durchs Fenster fällt schwaches Licht von draußen. Es regnet pausenlos, passend zu meiner Stimmung. Das Gedankenkarussell in meinem Kopf dreht sich unaufhörlich. Warum betrügt er mich? Was ist mit uns passiert, dass es so weit kommen konnte? Wir waren doch mal so glücklich!

Unwillkürlich muss ich an den Tag denken, an dem wir uns kennenlernten. Damals war ich gerade zweiundzwanzig. Gemeinsam mit meinen Freundinnen Elisa und Eva besuchte ich ein Rockfestival auf der Bürgerweide. Wir tranken Bier, obwohl ich das Zeug hasse, und hatten jede Menge Spaß. Bis mich plötzlich ein sturzbesoffener Typ anmachte und zudringlich wurde. Marc bekam das mit und spielte meinen Retter in der Not, indem er sich als mein Freund ausgab. Dieser Typ, der mehr als einen Kopf kleiner war als Marc, verdrückte sich sofort ganz kleinlaut, doch Marc blieb.

Wir unterhielten uns, tranken ein paar Bier zusammen, und noch am selben Abend war ich total verknallt. Zum ersten Mal seit der Trennung von Julian. Vielleicht bildete ich es mir nur ein, doch mit ihm an meiner Seite erschien mir das Strahlen der

Sonne plötzlich wieder intensiver. Das musste etwas zu bedeuten haben.

Nahezu sechs Jahre ist das nun her. Nur ein Jahr später heirateten wir und ich war die glücklichste Frau der Welt. *Wir waren glücklich.* Seit wann ist er das nicht mehr? Wir haben doch alles, was wir brauchen. Als Junior-Chef im Bauunternehmen seines Vaters verdient Marc gutes Geld. Ich selbst arbeite halbtags als Buchhalterin, obwohl Marc immer meint, dass ich gar nicht arbeiten bräuchte. Wir leben in einer modernen, großen Wohnung. Wir reisen viel. Wir haben tolle Freunde, tolle Familien. Wir haben uns. *Es ging uns doch immer gut.*

Einen schweren Schicksalsschlag hatten wir jedoch zu verkraften. Mein Herz wird jedes Mal bleischwer, wenn ich daran denke. So sehr ich auch versuche, das Geschehene zu verdrängen – es gelingt mir nicht. Vor zwei Jahren wurde ich schwanger, und damit ging unser sehnlichster Wunsch in Erfüllung. Als Marc erfuhr, dass es ein Junge würde, kaufte er ihm gleich ein paar Fußballschuhe.

Doch im sechsten Monat passierte das Unfassbare: Wir waren im Shoppingcenter bummeln, als ein Jugendlicher mich von hinten auf einer Treppe anrempelte und ich stürzte. Ich kam mit einer leichten Kopfverletzung davon, für unseren kleinen Noah kam jedoch jede Hilfe zu spät. Ich brachte ihn tot auf die Welt.

Nie zuvor hatte ich etwas Schlimmeres durchmachen müssen. Ich hielt meinen toten Sohn im Arm und konnte nicht begreifen, dass er nicht leben durfte. Der Täter wurde nie gefasst.

Danach waren wir nicht mehr dieselben. Marc versuchte zwar nach außen hin stark zu wirken, doch er konnte mir nichts vormachen. Ich selbst fiel in eine tiefe Depression und es brauchte eine lange Zeit, bis ich lernte mit dem Schmerz umzugehen. Und dennoch hielten wir fest zueinander, sogar noch mehr als zuvor. Zumindest glaubte ich das. *Ist das vielleicht der Grund? Bin ich schuld an all dem? Weil ich unser Baby verloren habe? Dabei konnte ich nicht einmal was dafür.*

Am Morgen erwache ich aus einem wirren Traum, in dem Marc immer wieder hämisch grinsend mit einer anderen Frau an seiner Seite auftauchte. Ja verdammt, ich liebe ihn. Aber wenn ich könnte, würde ich diese Gefühle augenblicklich abstellen. Ich werde ihm niemals verzeihen, dass er mich monatelang hintergangen hat. Das funktioniert einfach nicht. Es gibt nur eine einzige Antwort: Ich muss ihn verlassen.

Auf dem kürzesten Weg laufe ich durch den Regen nach Hause. Mit jedem Schritt wächst der Entschluss, einen Strich unter unsere Ehe zu ziehen. Denn auch wenn er beteuert, mich zu lieben, habe ich nicht das Gefühl, dass noch etwas zu retten ist. Dass *wir* noch zu retten sind. Er hat mich verletzt wie kein anderer zuvor. Wie sollte ich ihm je wieder vertrauen?

Zehn Minuten später drehe ich den Schlüssel zu unserer Wohnung um, dann stehen wir uns gegenüber.

»Mein Gott, Tessa! Ich habe mir Sorgen gemacht. Du warst gestern ja völlig durch den Wind. Ich habe locker zwanzig Mal versucht, dich anzurufen!« Er schlingt seine Arme um mich und legt sein Kinn auf meinen Kopf, wie er es so oft tut. Der vertraute Duft seiner Haut und seine Nähe bringen mich einen kurzen Moment ins Straucheln. »Wir kriegen das doch wieder hin, oder?«, fragt er. Hoffnung schwingt in seiner Stimme mit.

Abrupt löse ich mich aus seiner Umarmung und hole tief Luft. »Nein, Marc. Es ist aus. Du hast alles, was wir hatten, mit Füßen getreten. Es gibt kein *Wir* mehr!«

»Tessa, bitte. Ich war so dumm. Lass uns ...«

»Ich will das nicht hören«, falle ich ihm ins Wort. »Wenn du nicht gehen willst, dann gehe ich.«

»Lass gut sein. Ich werde gehen. Schließlich bin ich derjenige, der Mist gebaut hat.« Es klingt resigniert. »Mir ist klar, dass wir nicht einfach weitermachen können, als wäre nichts gewesen. Ich wünschte, ich könnte die Zeit zurückdrehen.«

Als er das sagt, schaut er mir nicht einmal in die Augen. Mit hängenden Schultern schlurft er ins Schlafzimmer. Wenige Minuten später kehrt er mit zwei Koffern zurück. Auch wenn es das

Allerletzte ist, was er verdient, überkommt mich ein Anflug von Mitleid.

»Wo willst du nun hin?« Meine Stimme ist nicht viel mehr als ein Wispern.

»Das spielt keine Rolle«, presst er hervor.

»Du gehst zu ihr.« Jegliches Gefühl von Milde verpufft. Stumm wendet er sich von mir ab, nimmt seine Koffer und geht. Und ich stehe reglos daneben und schaue zu, wie alles um mich herum von einem dichten Nebel verschluckt wird. Das war es dann. Als die Tür hinter ihm ins Schloss fällt, bleibt nichts als Stille zurück. Das Einzige, was ich höre, ist der Regen, der wütend gegen die Fenster prasselt.

KAPITEL ZWEI

Es wird schon wieder dunkel, während ich noch immer auf dem Sofa hocke, wie ich es schon tue, seit Marc gegangen ist. Trotz allem, was er mir angetan hat, vermisse ich ihn. Wie widersinnig das doch ist! Ich habe weder gegessen noch getrunken. Julias Nachrichten sind allesamt unbeantwortet. Lediglich unser Hochzeitsfoto starre ich pausenlos an.

Wie unglaublich gut er aussah in seinem maßgeschneiderten, hellgrauen Anzug, sein schwarzes Haar nach hinten gegelt und ein freudiges Leuchten in seinen tiefbraunen Augen. Ich strahle in meinem cremefarbenen, schlichten Satinkleid mit ihm um die Wette. Wir sind ein Traumpaar. *Waren* ein Traumpaar.

Das Klingeln des Telefons reißt mich aus meinen Gedanken. Nach einem Blick aufs Display beschließe ich, nicht abzuheben. Doch der Anrufer ist hartnäckig. Es klingelt immer weiter. Zögernd nehme ich das Gespräch letztendlich doch entgegen.

»Hallo.« Das Zittern in meiner Stimme ist kaum zu überhören.

»Tessa, Liebes, hier ist Darius. Geht es dir gut?« Ohne eine Antwort abzuwarten, redet er weiter. »Ich möchte gern mit meinem Sohn sprechen. Es ist dringend.«

»Marc ist nicht da.« Ich atme schwer.

»Wo steckt er denn? Auf dem Handy konnte ich ihn auch nicht erreichen.« Darius hört sich gestresst an.

»Ich … Wir … haben uns getrennt.« Mir entweicht ein lautes Schluchzen. Es auszusprechen, versetzt mir einen Stich.

»Wie bitte?!« Offenbar hat mein Schwiegervater es ebenfalls nicht kommen sehen. Das blanke Entsetzen in seinen wenigen Worten ist unüberhörbar.

»Er ist heute Morgen ausgezogen. Zu seiner Freundin«, entgegne ich mit einem Stechen in meiner Brust.

»Das darf doch nicht wahr sein!«, brüllt Darius in den Hörer. »Das werde ich nicht dulden! Darüber ist das letzte Wort noch nicht gesprochen. Was für ein Dummkopf!« Etwas sanfter fährt er fort:»Brauchst du etwas, Tessa?«

»Nein. Nein …« Es ist nur noch ein Hauchen. Dann lege ich einfach auf und verharre mit dem Hörer in der Hand, bis es an der Haustür klingelt.

»Wer ist da?«, frage ich durch die Gegensprechanlage.

»Julia. Lass mich rein!« Sie klingt abgehetzt. Als sich wenig später die Aufzugtür öffnet, muss ich beinahe lachen.

»Du bist ja völlig durchnässt, Julia. Warum läufst du durch diesen furchtbaren Regen?« Vermutlich habe ich gestern Abend das gleiche Bild abgegeben wie sie jetzt. Trotz meiner bedauernswerten Lage kann ich mir ein Grinsen nicht verkneifen.

»Haha, sehr witzig. Ich habe mir Sorgen gemacht, weil du dich nicht gemeldet hast.«

»Tut mir leid«, entgegne ich schuldbewusst.

Heute bin ich diejenige, die ihr trockene Kleidung gibt. Sie mustert mich besorgt, nachdem sie sich umgezogen hat. Ohne Vorankündigung rinnen wieder Tränen über mein Gesicht. Tröstend legt sie ihren Arm um meine Schultern.

»Ich habe ihm gesagt, dass es aus ist. Und er hat nichts Besseres zu tun, als gleich zu ihr zu ziehen.« Schluchzend vergrabe ich meinen Kopf in Julias rotem Haar, das ohnehin schon völlig durchtränkt ist.

Der Abend verläuft genau wie der zuvor. Wir reden, ich heule, finde später kaum Schlaf. Immerhin habe ich eine Kleinigkeit gegessen, aber nur, weil Julia mich dazu genötigt hat. Notfalls hätte sie mich vermutlich gefüttert. Den Rest des Wochenendes bleibt sie bei mir, und ich bin mehr als dankbar für ihre Gesellschaft. Trotzdem arbeitet unaufhörlich die Frage in mir, wie es ohne Marc weitergehen soll.

Am Montagmorgen fühle ich mich nicht in der Lage, zur Arbeit zu gehen. Stattdessen lasse ich mich krankschreiben. Ganze zwei Wochen zieht die Ärztin mich aus dem Verkehr, nachdem sie meine Geschichte gehört hat. Wenn nötig wird sie meine Auszeit problemlos verlängern. Ob mir das wirklich guttut, weiß ich allerdings nicht.

Grübelnd verkrieche ich mich in meinen vier Wänden und weiß nichts mit mir anzufangen. Es ist, als hätte mir jemand den Boden unter den Füßen weggerissen. Die Tage, an denen ich allein in der viel zu großen, leeren Wohnung hocke, ziehen sich wie Kaugummi. Ich esse kaum, schminke mich nicht und trage ausschließlich meinen ausgeleierten Schlafanzug. Ein Bad ist längst überfällig. Mails und Anrufe ignoriere ich. Mein einziger Kontakt zur Außenwelt ist Julia, die jeden Abend nach der Arbeit bei mir aufkreuzt, um mich aufzumuntern. Abgesehen von ihr und Darius habe ich noch niemandem davon erzählt. Ich muss das selbst erst richtig realisieren. Nicht einmal meine Eltern wissen es. Sie sind gerade in ihrem wohlverdienten Urlaub, und den möchte ich ihnen unter keinen Umständen mit schlechten Nachrichten vermiesen.

»*Mädels, ihr seid doch heute alle dabei, oder?*«, ploppt am Freitagvormittag eine Mail von meiner Freundin Eva in unserem Gruppenchat auf.

Jeden ersten Freitag im Monat treffen wir uns im Q1 zum Essen und Klönen. Elisa sagt sofort zu. Mir fehlt die Lust. Ich möchte mich weiterhin verkriechen. Deswegen antworte ich:

»*Sorry ihr Lieben, ich fühl mich nicht gut. Bleibe heute zu Hause.*«

»*Das geht nicht. Ich muss euch etwas Wichtiges erzählen. Du musst kommen, Tessa! Julia, was ist mit dir?*«, lautet die nächste Nachricht von Eva.

»*Bin natürlich dabei*«, antwortet Julia.

»*Tut mir leid, aber ich kann wirklich nicht kommen*«, beharre ich. Punkt.

Jetzt klingelt mein Handy. »Hey Julia!«, sage ich matt.

»Hallo, meine Liebe! Wie fühlst du dich heute? Magst du nicht doch mitkommen? Vielleicht tut es dir ja gut, mal wieder auf andere Gedanken zu kommen und nicht ständig in dieser Wohnung zu hängen, wo dich alles an Marc erinnert.«

»Vielleicht hast du recht. Vielleicht auch nicht.«

»Jetzt ist aber mal Schluss mit Trübsal! Du kommst heute Abend mit!«, befiehlt Julia energisch.

»Okay, Chefin!« Es ist nicht mehr als ein leises Murmeln.

»Na, geht doch!«

Mein eigenes Spiegelbild versetzt mich in Schockstarre. Kreidebleiches Gesicht, die Augen von dunklen Ringen umrandet. Mein dunkelbraunes, sonst glänzendes Haar wirkt farblos und stumpf. Das Eisblau meiner Augen gleicht einem trüben See, dessen Grund nicht mehr zu sehen ist. Meine Wangen wirken eingefallen. Meine Kleider, die sonst hauteng saßen, schlabbern an mir herum. Ich bin nicht mehr als ein Schatten meiner selbst. Außerdem steigt mir der Geruch von altem Schweiß in die Nase. Warum lasse ich mich eigentlich so gehen? Wegen einem Scheißkerl, der nichts Besseres zu tun hat, als mich zu betrügen?

Seufzend lasse ich mir ein heißes Bad ein. Als der frische, zitronige Duft des Badesalzes in meine Nase steigt, hellt sich meine Stimmung ein wenig auf. Julia hat recht. Ich muss endlich wieder raus. Außerdem muss ich es den Mädels ja irgendwann erzählen. Und meinen Eltern. Doch ein Schritt nach dem anderen.

Um Punkt 19.00 Uhr treffe ich Julia vor dem Q1. Sie ist grundsätzlich als Erste dort, denn sie wohnt gleich um die Ecke. Gerade als wir uns begrüßen, stößt Elisa dazu.

»Hey, ihr Süßen! Seid ihr auch schon so gespannt darauf, was Eva uns so Dringendes zu berichten hat?«, flötet sie mit dem für sie typischen Singsang in der Stimme und einer theatralischen Geste. Noch nie habe ich erlebt, dass Elisa schlecht drauf ist. Manchmal ist sie schon fast übertrieben fröhlich. Heute kommt mir das sehr gelegen. Allein ihr Outfit bringt mich zum Grinsen. Sie trägt eine geringelte Strumpfhose in Regenbogenfarben, einen knappen Jeansrock und eine knallpinke Daunenjacke. Ihr kurzes blondes Haar hat sie wild nach oben gestylt. Sie ist eindeutig der Paradiesvogel in unserem Clübchen.

Lächelnd umarme ich sie und sage im gleichen Atemzug: »Lasst uns schon mal reingehen. Eva wird eh wieder zu spät kommen.« Darin sind wir uns alle einig und ziehen die Tür zu unserem Lieblingsrestaurant auf.

Gleich hinter der Eingangstür empfängt uns das Flackern der Kerzen, welches die Bar in warmes Licht einhüllt. Die leise Musik, die aus den Boxen strömt, geht im Stimmengewirr der Gäste beinahe unter. Nach rechts eröffnet sich das Restaurant mit seinen kleinen Tischen und den gemütlichen Sesseln. An der linken Wand befinden sich hintereinander aufgereiht fünf Tische mit jeweils zwei weich gepolsterten Bänken. Der letzte dieser Tische gehört quasi uns.

Wir sitzen noch nicht einmal richtig, als der Kellner uns schon ungefragt unsere Getränke bringt. Je ein Glas Hugo für Elisa und mich, einen Rotwein für Julia. Während wir auf Eva warten, stöbern wir wie immer in der Speisekarte, obwohl wir sie bereits in- und auswendig kennen. Nebenbei plaudern wir über Belanglosigkeiten. Ich bemühe mich, mir erst einmal nichts anmerken zu lassen. Satte zwanzig Minuten später erscheint Eva abgehetzt auf der Bildfläche. Sie grinst beinahe im Kreis und wirkt ungewohnt hibbelig. Ihr schulterlanges hellbraunes Haar ist zottelig, und auf ihrem grauen Schlabberpulli prangt unverkennbar ein Kaffeefleck.

»Entschuldigung Mädels. Bin mal wieder zu spät.« Völlig außer Atem und mit zerknirschtem Blick lässt sie sich mir gegenüber auf die Bank fallen. Elisa wirft ihr einen Blick von der Seite zu und will vermutlich nachhaken, was Eva uns so Wichtiges mitzuteilen hat, als es schon aus ihr herausplatzt.

»Mädels, haltet euch fest. Ich bin schwanger! Oliver und ich werden Eltern. Erst war ich total geschockt, weil wir das ja überhaupt nicht geplant haben. Aber jetzt freue ich mich total! Und wisst ihr was? Morgen bin ich schon in der 12. Woche. Und ich habe es nicht mal gemerkt!« Eva ist kaum zu bremsen. In meinen Ohren rauscht es, ihre Worte dringen wie durch eine dichte Wolke zu mir durch. Mein Herz fühlt sich an, als würde es aus meiner Brust springen. *Sie ist schwanger, obwohl sie es nicht mal wollte. Und ich habe nicht nur mein Baby, sondern auch noch meinen Mann verloren.*

»Was?! Das ist ja der Wahnsinn! Herzlichen Glückwunsch, du kleines Schusselchen!«, ruft Elisa lachend und drückt Eva einen Kuss auf die Wange. »Moment, warte mal! Wann bist du ausgezählt?«

»Am 30. Juni«, entgegnet Eva und hält sich die Hände vors Gesicht. Sie ahnt vermutlich schon, was jetzt kommt.

»Wie bitte?! Das ist ja nur einen Tag nach meiner Hochzeit! Ich sehe schon die Schlagzeilen: *Trauzeugin gebärt Kind während Trauung.*« Die beiden verfallen in lautes Gelächter. Julia wirft mir einen besorgten Blick zu.

»Ich freue mich für euch. Herzlichen Glückwunsch«, bringe ich gequält hervor. Schlagartig wird mir alles zu viel, meine Gefühle drohen mich wie eine Welle zu überrollen. »Entschuldigt mich einen Moment.« Hastig springe ich auf und flüchte in Richtung Toilette. Das Lachen hinter mir verstummt augenblicklich.

Betäubt lehne ich mich gegen die Kabinentür und gleite auf den Boden hinunter. Tränen rinnen mir übers Gesicht und ich fühle mich nicht in der Lage, sie aufzuhalten. Nur wenige Sekunden später dringt der Klang dumpfer Schritte in mein Ohr und ich bin mir sicher, dass es Julia ist. Mein Gefühl trügt mich nicht.

»Tessa? Es tut mir leid. Es war eine blöde Idee, dich heute zu überreden, mitzukommen.« Schuldbewusstsein schwingt in ihrer Stimme mit.

Mühsam stehe ich auf und öffne die Tür. »Das konntest du ja nicht ahnen. Und auch Eva kann überhaupt nichts dafür. Ganz ehrlich, ich freue mich für sie. Es ist nur …« Schon wieder weichen meine Worte einem lauten Schluchzen und ich lasse meinen Kopf an Julias Schulter sinken. Meine Freundin erträgt es geduldig. Sie ist quasi schon Profi darin.

Nach einigen Minuten habe ich mich halbwegs gefangen. »Ich denke, ich sollte es ihnen sagen. Die Stimmung ist vermutlich eh schon im Eimer.«

Auf wackeligen Beinen folge ich Julia wieder zum Tisch. Elisa und Eva starren mich mit großen Augen an.

»Eva«, setze ich an.

»Warte Tessa! Ich habe wie immer nicht nachgedacht. Tut mir so leid. Ich hätte es dir schonender beibringen sollen. In meiner Euphorie habe ich völlig vergessen, dass du Noah verloren hast. Das war dumm von mir.« Bedröppelt greift sie nach meiner Hand.

»Es ist nicht nur das.« Beschämt senke ich den Blick. Es fällt mir immens schwer, diese Worte auszusprechen. »Marc ... Er hat eine andere.«

Eva zieht scharf die Luft ein, während Elisa sich lautstark darüber echauffiert. »Scheiße! Er hat was?! Du veräppelst uns doch gerade! Ihr seid doch *das* Traumpaar!«

»Waren. Wir *waren* das Traumpaar.« Schon wieder diese verfluchten Tränen. Julia streicht beruhigend über meinen Rücken, während Eva meine Hand noch immer festhält.

»Seid mir nicht böse, aber ich möchte jetzt lieber allein sein. Tut mir leid, Eva, dass ich dir die Stimmung versaut habe. Ich wünsche euch alles Glück dieser Welt. Ich hoffe, das weißt du.« Mein schlechtes Gewissen plagt mich, weil ich so blöd auf diese Nachricht reagiert habe. Was bin ich nur für eine miese Freundin!

Ich trete hinaus in die Tristesse des düsteren Dezemberabends und nehme einen tiefen Atemzug. Die frische Luft tut mir gut, und anstatt sofort den Heimweg anzutreten, laufe ich in die entgegengesetzte Richtung - begleitet von der ständig über mich wachenden Regenwolke. Vielleicht ist ein Spaziergang genau das Richtige, um meine Gedanken zu sortieren.

An den Wallanlagen halte ich inne. Wehmütig lehne ich mich an eine der Straßenlaternen und lasse meinen Blick zur alten Mühle herüberschweifen, die im funkelnden Lichterglanz erstrahlt. Wie oft ich an warmen Sommerabenden hier mit Marc auf der Terrasse gesessen habe, bei gutem Essen und einem Glas

Wein. Wir haben geredet und gelacht, oft stundenlang. Das gehört jetzt der Vergangenheit an. Von nun an bin ich auf mich allein gestellt.

Plötzlich höre ich, dass sich jemand nähert. Unsicher schaue ich in die Richtung, aus der die Schritte kommen. Im schwachen Licht der Straßenlaternen erkenne ich einen großen Mann in dunkler Kleidung, und ein mulmiges Gefühl macht sich in mir breit. Hastig wende ich mich zum Gehen, doch ich habe bereits seine Aufmerksamkeit erregt.

»Hey! Hey, warte mal! Du bist doch die, die neulich in mich reingerannt ist!«, ruft er.

Langsam drehe ich mich um und beäuge ihn, während ich versuche, mich zu erinnern. Er kommt immer näher.

»Ach! Der Idiot.« Mir geht ein Licht auf. »Du bist in *mich* reingerannt«, korrigiere ich ihn leicht grantig.

»*Ich* bin nicht wie ein Irrer durch den Regen gerannt. Das warst du!« Er grinst bubenhaft. »Meinem Kaffee tut die Sache mit deinem Mantel nebenbei bemerkt sehr leid. Und der Idiot heißt übrigens David«, entgegnet er lächelnd.

»Schön, David. Dann solltest du deinen Kaffee demnächst besser an der kurzen Leine halten, damit er nicht noch einmal meinen Mantel anpinkelt.« *Was rede ich denn da für ein dummes Zeug?*

David grinst. »Kann ich das wiedergutmachen?«

»Äh. Nein. Ich … muss jetzt nach Hause.« *Schnell weg hier.* Im Laufschritt überquere ich die Straße und lasse ihn allein im Regen stehen.

»Schade. Vielleicht an anderes Mal?«, ruft er mir hinterher. Eine Antwort bekommt er nicht.

KAPITEL DREI

Wochen ziehen an mir vorüber, in denen ich wie unter einer grauen Dunstglocke lebe. Jeder Tag ist gleich. Marc bombardiert mich täglich mit Nachrichten, bittet mich unaufhörlich, noch einmal über alles zu reden und einen Neustart zu versuchen. Wozu das Ganze? Er war doch offensichtlich nicht mehr glücklich mit mir. Sonst hätte er sich wohl kaum mit einer anderen vergnügt, bei der er obendrein auch noch eingezogen ist. Glaubt er ernsthaft, ich würde ihn zurückwollen? Was bildet er sich eigentlich ein? Er kann warten, bis er schwarz wird.

Ich fasse den Entschluss, mich nicht länger zu Hause einzuigeln. Stattdessen stürze ich mich wie besessen in meine Arbeit, die mich tatsächlich für ein paar Stunden von dem Chaos im Kopf ablenkt. Sobald ich nach Hause komme, zieht mich die Einsamkeit jedoch wieder in ihren Schlund. Um die Stille besser ertragen zu können, drehe ich die Musik laut auf oder starre teilnahmslos in die Röhre. Doch das ändert nichts daran, dass ich allein bin.

Seit auch meine Eltern wissen, was passiert ist, ruft meine Mutter täglich an, um zu erfahren, wie es mir geht und ob sie etwas für mich tun könne. Meine Eltern haben den Schock ebenso wie ich noch nicht verdaut. Zum ersten Mal in meinem Leben bin ich ein kleines bisschen dankbar für die räumliche Distanz zwischen ihnen und mir, obwohl ich sonst ein absoluter Familienmensch bin. Als ich damals mit zarten sechzehn meine Heimat Stade verlassen musste, hatte ich furchtbares Heimweh. Mein Onkel besorgte mir einen Ausbildungsplatz in Bremen, in der Firma, in der er als Personalleiter arbeitet. Es war unmöglich, in Stade eine vernünftige Stelle zu finden. Also zog ich zu ihm und meiner Tante, doch wann immer ich konnte, fuhr ich nach Hause. Jetzt ist mir allerdings überhaupt nicht nach Nähe und Fürsorge, sie machen es mir umso schwerer, mit allem klarzukommen. Ich muss das mit mir allein ausmachen. Die Einzige, die ich wirklich an mich heranlasse, ist Julia. Abend für Abend steht sie auf der Matte, um mich auf andere Gedanken zu bringen. Ein Wunder, dass sie meine Gesellschaft noch ertragen kann, denn ich bin unausstehlich. Das muss sich unbedingt ändern. Und zwar sofort. Weil Marc es einfach nicht wert ist.

Etwas in mir befindet sich im Umbruch. Die Liebe zu Marc weicht immer mehr der Wut. Anstatt ihm weiterhin hinterherzuweinen, mache ich mir Gedanken über meine Zukunft und schmiede neue Pläne. Sogar die halbe Wohnung räume ich um, weil alles in mir nach Veränderung schreit.

Und als ob selbst das Wetter diesen Umschwung in mir erkennen würde, regnet es nicht mehr so häufig. Immer öfter bricht strahlendes Blau durch die Wolkendecke und mir wird klar, dass nur ich selbst die Düsternis bekämpfen kann.

Es ist Anfang März und der Frühling steht in den Startlöchern. Überall in der Natur leuchtet frisches, zartes Grün hervor. Blütenduft erfüllt die Luft und zwingt meine Sinne zum Erwachen. Mit dem Beginn dieses neuen Lebens kehren auch meine Lebensgeister zurück. Ich will mich nicht länger von meiner Einsamkeit beherrschen lassen. Von nun an übernehme ich wieder das Ruder.

Erfüllt von neuer Energie beschließe ich, einen ausgedehnten Spaziergang zu machen. Ein Anflug von Fröhlichkeit durchströmt mich.

Dieses Gefühl hält jedoch nur wenige Minuten an. Als ich aus der Haustür trete, traue ich meinen Augen kaum: Marc steht vor mir. Dieses unerwartete Aufeinandertreffen wirft mich aus der Bahn, ohne dass ich mich dagegen wehren könnte. Wie unfassbar gut er aussieht! Mein Herz schlägt einen Looping. *Hör auf damit, sei nicht dumm!*

»Tessa! Ich wollte gerade zu dir.« Selbstbewusst kommt er auf mich zu. Kurz schließe ich die Augen, um mich zu sammeln.

»Ich habe keine Zeit, Marc.« Mit finsterem Blick gehe ich an ihm vorbei.

Er hält mich am Arm zurück. »Wir müssen reden. Es ist wichtig.«

»Worüber? Über die Scheidung?« Erstaunt darüber, wie leicht mir diese Worte über die Lippen kommen, wende ich mich ihm wieder zu.

Sichtlich entsetzt starrt er mich an. »Was? Nein!« Betroffen senkt er den Blick. »Darüber, was für ein Idiot ich war. Das mit Anna war ein großer Fehler. Ich hätte dich nie hintergehen dürfen.«

»Ach«, schnaube ich.

Entschieden greift er nach meinen Händen und schaut mir offen in die Augen. Unbewusst halte ich die Luft an.

»Bitte hör mir zu. Ich liebe dich, Tessa! Aus tiefstem Herzen. Du musst mir glauben …«

Verdammt. Es klingt aufrichtig. Vermutlich ist es dumm von mir, aber ich glaube ihm tatsächlich. Doch so leicht werde ich es ihm nicht machen.

»Und wann ist dir das eingefallen? Während sie in deinen Armen lag?«

Matt schüttelt er den Kopf. »Ich weiß, ich habe wohl kaum eine zweite Chance verdient. Doch ich hoffe, ich bekomme sie trotzdem. Ich würde alles dafür geben.« Erwartungsvoll schaut er mich an.

»Marc, denkst du etwa ernsthaft, wir können nach all dem einfach so weitermachen? Du hintergehst mich monatelang, tobst dich aus, und jetzt stehst du plötzlich da und willst von vorne anfangen? Ich weiß nicht, ob ich das kann. Schon gar nicht, ob ich das will!«

»Beantworte mir nur eine Frage, Tessa. Liebst du mich noch?«

Ich schweige. Mein Kopf arbeitet auf Hochtouren. Natürlich fühle ich noch etwas für ihn. Aber das reicht längst nicht mehr aus, um ihm zu verzeihen. Und selbst wenn - kann ich ihm überhaupt trauen?

Als ob er meine Gedanken lesen könnte, sagt er: »Ich verstehe deine Zweifel, meine Schöne!« Behutsam legt er seine Hand an meine Wange und zieht mich näher zu sich. Meine Haut kribbelt verräterisch unter seiner Berührung. »Nie zuvor in meinem Leben habe ich etwas so bereut. Und wenn da auch nur noch ein kleiner Funken Liebe für mich ist, glaub mir, werde ich alles dafür tun, damit du mir wieder vertrauen kannst. Alles!« Sanft legt er sein Kinn auf meinen Kopf. Diese vertraute Geste raubt mir beinahe den Verstand. Als ich mich von ihm löse, läuft eine einsame Träne über meine Wange und ich sehe, wie sich die Hoffnung in seinem Blick mit Traurigkeit vermischt.

»Ach, Tessa. Was habe ich dir nur angetan? Ich werde es wiedergutmachen. Das verspreche ich dir«, flüstert er.

Mein Herz wird von einer Mischung aus Zweifeln und Liebe durchspült, und mein Kopf schreit verzweifelt nach einer Antwort.

»Bitte gib mir Zeit. Ich muss darüber nachdenken.«

»Ich gebe dir alle Zeit der Welt.«

»Danke«, hauche ich und wende mich zum Gehen. Ich muss herausfinden, was ich will. Aber wie?

»Was soll ich denn jetzt nur machen?«, frage ich Julia ratlos.

»Ganz ehrlich? Wenn ich du wäre, würde ich ihm kein einziges Wort glauben. Er hat dich so verletzt. Ich würde ihm nicht mehr vertrauen. Wie kannst du überhaupt darüber nachdenken?« Energisch schüttelt sie den Kopf.

Diese Antwort hatte ich erwartet, dennoch habe ich mir insgeheim ihren Zuspruch erhofft. Er ist nach wie vor mein Mann. Wir haben uns ein »Für immer« geschworen. Gehört es nicht dazu, sich Fehler zu verzeihen? Wenn da nur diese dummen Zweifel nicht wären. Kann ich ihm wirklich vertrauen? Nach allem, was passiert ist? Könnte es zwischen uns jemals wieder so sein wie früher? Oder wird er es wieder tun?

»Ach Julia … Ich weiß gerade echt nicht, wo mir der Kopf steht. Eigentlich habe ich bereits mit ihm abgeschlossen. Doch gerade, als er vor mir stand, sind wieder Gefühle in mir aufgeschwappt, von denen ich glaubte, sie wären längst nicht mehr vorhanden. Vielleicht wäre es dumm, ihn zurückzuweisen«, überlege ich hin- und hergerissen.

»Es wäre dumm, wenn du ihn *nicht* zurückweist. Er wird dir wieder wehtun, darauf wette ich!« Sie runzelt die Stirn, vermutlich, um zu unterstreichen, wie töricht sie meine Gedanken findet.

»Vielleicht hast du recht. Aber vielleicht auch nicht. Ich muss es herausfinden, sonst werde ich es bestimmt irgendwann bereuen.«

»Du wirst in dein Unglück rennen«. Es klingt wie eine unumgängliche Tatsache.

»Ich weiß nicht warum, aber ich glaube, dass es ihm ehrlich leidtut«, erwidere ich mit fester Stimme. Den leisen Restzweifel in mir ignoriere ich bewusst.

KAPITEL VIER

Noch vor der Dämmerung erwache ich an diesem Samstagmorgen mit einem unruhigen Gefühl im Bauch. Obwohl mir bei der Sache nicht ganz wohl ist, habe ich einem Treffen mit Marc zugestimmt. Wir sind zum Frühstück in der Mühle am Wall verabredet. Auf neutralem Boden sozusagen. Unsicher stehe ich vor dem Schrank und denke darüber nach, was ich anziehen soll. Will ich ihm gefallen? Oder sollte es mir egal sein, wie ich aussehe? Zögernd entscheide ich mich für eine enge, hellblaue Jeans und eine jadegrüne Tunika. Meine Haare flechte ich seitlich zu einem üppigen Bauernzopf. Beim letzten Blick in den Spiegel legt sich ein Tränenschleier über meine blauen Augen. Nur schwer kann ich beschreiben, was gerade in mir vorgeht. Es ist eine Mischung aus Aufregung, Angst und einem kleinen Funken Zuversicht. Tue ich das Richtige? Das Strahlen der Sonne versichert mir, dass meine Sorgen unbegründet sind. Vielleicht ist heute der Tag, an dem wir beginnen, unsere Ehe zu retten. Etwas, das ich mir noch vor wenigen Tagen überhaupt nicht vorstellen konnte.

Mist, ich bin viel zu spät dran! Zu Fuß schaffe ich es nicht mehr pünktlich. Fahrrad! Wie besessen trete ich in die Pedale und mir bleibt schon die Luft weg, als endlich die Mühle in meinem Sichtfeld auftaucht. Obwohl ich bereits ein paar Minuten zu spät bin, trete ich etwas langsamer, um durchzuatmen. Marc ist eh nie der Pünktlichste. Doch anscheinend will er mich heute eines Besseren belehren. Er wartet bereits auf mich. Plötzlich wird mir ganz flau in der Magengegend und meine Hände werden feucht. Schon von Weitem erkenne ich ein Schmunzeln auf seinem Gesicht.

»Wo hast du denn das Ding ausgegraben?« Er lacht schallend, während ich den Drahtesel abstelle.

»Was gibt's denn da zu lachen? Du weißt doch, was für eine Sportskanone ich bin.«

Ich setze ein selbstsicheres Lächeln auf, doch in meinem Inneren bebt alles vor Anspannung.

»Allerdings«. Er grinst mich frech an, wenige Sekunden später werden seine Gesichtszüge jedoch weich und er kommt zögernd näher. »Ich freue mich so sehr, dich zu sehen.« Unsicher beugt er sich zu mir herunter und küsst mich sanft auf die Wange. Mir wird schwindelig, und dieses Gefühl in meinem Bauch verstärkt sich umso mehr. Bevor ich etwas sagen kann, greift er nach meiner Hand. Hastig entziehe ich sie ihm wieder.

»Lass uns reingehen«, lenke ich ab.

»Okay«. Seine Stimme ist nicht mehr als ein Krächzen.

Während wir nebeneinander die wenigen Stufen zur Mühle hinaufsteigen, werfe ich ihm einen verstohlenen Blick zu. Er wirkt nervös. Und er sieht so unverschämt gut aus, was *mich* wiederum nervös macht. Er trägt eine zerrissene Jeans, ein schlichtes Shirt und ein legeres, graues Jackett. Ich liebe seine wild frisierten dunklen Haare und ich hasse es, wie sehr er mich gerade aus der Fassung bringt. Ist mein Plan, ihm die Sache nicht zu leicht zu machen, bereits zum Scheitern verurteilt?

»Ich habe unseren Stammplatz reserviert.« Auffordernd zeigt er in die Richtung unseres Tisches, der direkt an dem bodentiefen, halbrunden Fenster mit Blick auf die Terrasse steht. Das Sonnenlicht fällt auf einen großen Strauß roter Rosen, der neben einem üppigen Frühstück bereits dort auf uns wartet.

»Wow, Marc … Sind die etwa für mich?« Zaghaft berühre ich die samtig weichen Blütenblätter und vernehme den leichten Duft, den sie verströmen. Es sind fünfzehn, stelle ich fest. Das ist sowas von Klischee!

»Natürlich! Ich habe ja gesagt, dass ich dir beweisen werde, wie ernst es mir ist.«

»Mit ein paar Blumen ist es aber nicht getan«, stelle ich nüchtern fest.

»Ich weiß«, entgegnet Marc sichtlich zerknirscht. »Setz dich erst einmal, meine Schöne!« Er zieht den Stuhl für mich hervor, ganz der Gentleman, und wartet, bis ich Platz genommen habe.

Dann setzt er sich mir gegenüber und mustert mich, als würde er mich heute zum allerersten Mal sehen. »Du bist noch genauso schön wie an dem Tag, als wir uns kennengelernt haben. Wie oft ich in der letzten Zeit daran denken musste!« Nichts als leeres Gerede, oder? Seine dunklen Augen lächeln, dennoch erkenne ich darin etwas wie Sorge. »Ich sehe aber auch, dass das, was ich dir angetan habe, Spuren hinterlassen hat. Du bist dünn geworden. Zu dünn. Und deine Leichtigkeit, die ich so sehr an dir liebe, ist offenbar verschwunden. Und ich Idiot bin schuld daran.« Er hält inne, anscheinend, um sich zu sammeln. Dann senkt er den Blick auf seine Hände, in denen er nervös einen Löffel hin- und herdreht. »Das mit Anna ... Ich kann dir nicht sagen, was mich da geritten hat. Ich bin da so hineingeschliddert ...«

»Marc ...« Ich will das nicht hören.

»Nein, bitte. Lass mich ausreden. Ich muss dir das alles sagen.« Sein Atem geht schnell und flach und mir wird bewusst, dass es ihm schwerfällt, über seinen Schatten zu springen. »Die ganze Zeit über hat mich mein Gewissen beinahe erdrückt, Tessa. Weißt du, ich habe nie aufgehört, dich zu lieben. Aber nachdem du Noah verloren hast ... irgendwie war es verkrampft zwischen uns.«

»Verkrampft? Ist das dein Ernst? Und dann musstest du dir woanders Trost suchen, oder was? Marc, ich habe ein Kind verloren – *unser* Kind. Und du hast nichts Besseres zu tun, als mich zu hintergehen?« Ich rede mich in Rage.

»Sch, beruhige dich, Tessa!« Beschwichtigend legt er seine Hand auf meine und schaut sich verstohlen im Raum um. An einem Tisch am anderen Ende des Raumes sitzen ein paar alte Damen und klönen lautstark. Alle anderen Tische sind noch leer. Doch anscheinend haben wir bereits die Aufmerksamkeit des Kellners erregt, der auffällig zu uns herüberstarrt. Als er meinen Blick auffängt, wendet er sich beschäftigt ab. Vielleicht ist das hier nicht der richtige Ort für dieses Gespräch. Andererseits ist mir das gerade total egal.

Leise fährt er fort. »Ich weiß, dass ich die größte Schuld an all dem trage, weil ich dir nicht so zur Seite stand, wie ich es vielleicht hätte tun sollen. Ich war zu sehr mit mir selbst beschäftigt. Als ich Anna kennenlernte, wurde es noch komplizierter. Damit habe ich alles kaputt gemacht. Nachdem du den Brief gefunden und mich rausgeschmissen hast, hielt ich es für das Leichteste, einfach zu ihr zu gehen. Doch das ist jetzt vorbei. Heute weiß ich, dass das der größte Fehler meines Lebens war.«

Ich schnaube verächtlich.

»Du kannst mir glauben – wirklich. Ich will dich zurück! Du bist die Frau, die an meine Seite gehört. Nicht sie.« Er führt meine Hand an seine Lippen und küsst sacht meine Finger. »Wenn es für dich möglich ist, mir zu verzeihen, wäre ich der glücklichste Mann der Welt.«

Seine Augen füllen sich mit Tränen und ich kann nicht anders, als seinen Worten Glauben zu schenken. Doch die Wunde sitzt viel zu tief, und ich kann und will nicht gleich in Euphorie verfallen.

»Das wird die Zeit zeigen. Es wird sicher eine Weile dauern, bis das Vertrauen wieder zurückkehrt. Wenn überhaupt.«

»Das verstehe ich. Wir machen es in deinem Tempo. Versprochen.« Dann schweift sein Blick über das bisher unangetastete Frühstück. »Wollen wir jetzt vielleicht etwas essen? Ich sterbe vor Hunger!« Er grinst mich schief an.

Unwillkürlich muss ich lachen. »Alles andere hätte mich auch gewundert!« Viel bekomme ich nicht runter. Doch unser Gespräch entwickelt sich in eine positive Richtung und wir können sogar hin und wieder miteinander lachen, was eindeutig seiner charmanten und humorvollen Art zu verdanken ist, mit der er mich immer wieder um den kleinen Finger wickelt. Einen Moment lang fühlt es sich fast so an, als wäre nie etwas passiert. Mir wird bewusst, wie sehr ich das vermisst habe.

»Sollen wir noch ein paar Schritte gehen?«, fragt Marc, nachdem er endlich vollständig gesättigt ist.

»Können wir machen.« Unsicher lächle ich ihn an.

Die Sonne zeigt schon ihre wärmende Kraft, als wir ins Freie treten, und ich nehme einen tiefen Atemzug. Auffordernd hält Marc mir seinen Arm hin, und ich hake mich zögernd bei ihm unter. Seine Nähe trifft mich mit voller Wucht. Ich frage mich, warum er mich trotz allem so aus der Fassung bringt. Während wir wortlos nebeneinander her schlendern, lege ich meinen Kopf an seine Schulter und schließe die Augen. Ich stelle mir vor, alles sei wie früher. Wehmut überkommt mich. Ob es wirklich je wieder so werden kann?

Als könne er meine Gedanken lesen, sagt er leise: »Mach dir keine Sorgen. Du bist alles, was ich brauche! Das war mir nie zuvor so klar.«

Zweifelnd schaue ich zu ihm auf und versinke sogleich in seinen Augen, die mir voller Zuversicht und Hoffnung entgegenblicken. So verharren wir eine Weile, ganz dicht beieinander, bis er seine Hand an meine Wange hebt und mit seinem Daumen sacht über meine Lippen streicht. Unter seiner Berührung schließe ich die Augen. Es passiert wie von selbst. Das Knistern zwischen uns ist unüberhörbar.

Unsicher blinzle ich ihn an, und in diesem Moment beugt er sich zu mir herunter und presst seine Lippen sanft auf meine. Wie gut sich das anfühlt! Doch als ich seinen Kuss erwidere, stelle ich mir plötzlich vor, wie er *sie* küsst.

Ruckartig löse ich mich von ihm und trete einen Schritt zurück. »Es … es tut mir leid …«

»Nein. *Mir* tut es leid. Ich hatte dir versprochen, es langsam anzugehen. Das war dumm von mir.« Mit gesenktem Kopf steht er da.

»Ich … muss jetzt gehen«, sage ich knapp.

»Tessa, warte!« Er wirkt zerrissen. »Du kannst mich doch jetzt nicht einfach so stehen lassen.« Und ob ich das kann! »Sehen wir uns wieder?"

»Ich melde mich bei dir«, erwidere ich gepresst. Ob wir uns wiedersehen? Wenn ich das nur wüsste. Erst einmal muss ich verdauen, was gerade passiert ist.

Zum gefühlt hundertsten Mal tippe ich eine Nachricht an Marc ein, nur um sie gleich darauf wieder zu löschen. Ich würde ihm ja gerne verzeihen. Wenn es denn so einfach wäre. Immer wieder muss ich an unseren Kuss denken - und an die Bilder, die in meinem Kopf auftauchten und mich förmlich anschrien. Was mache ich denn jetzt? Irgendeine Antwort muss ich ihm geben. Andererseits könnte ich ihn auch einfach zappeln lassen. Bis ich selbst weiß, was ich will.

Während ich vollends in meinen Gedanken versunken bin, schwappt ein dumpfes Schellen zu mir herüber. Ich brauche eine Weile, um zu realisieren, dass jemand vor der Haustür steht und Sturm klingelt. Als ich endlich aus dem Dämmerzustand erwache, springe ich auf und drücke den Summer, ohne zu fragen, wer unten wartet. Wenige Sekunden später steht Marc vor mir. Mein Herz macht einen Sprung.

»Tessa, ist alles in Ordnung? Ich dachte, du würdest dich melden.« Unruhig sieht er mich an.

»Was machst du hier?«

»Es ließ mir keine Ruhe, was gestern passiert ist. Tut mir leid, dass ich dich mit dem Kuss so überfallen habe. Das war dumm.« Schuldbewusst sieht er mich an. »Darf ... darf ich reinkommen?«

Wortlos schiebe ich die Tür ein Stück weiter auf und er schlüpft hindurch. Im Wohnzimmer sieht er sich überrascht um.

»Du hast alles umgeräumt!«

»Ich brauchte eine Veränderung. So etwas wie einen Neubeginn.«

Er wendet sich mir zu und legt seine Hände auf meine Arme.

»Gibt es für uns auch noch die Chance auf einen Neubeginn, oder habe ich das gestern mit meiner überstürzten Annäherung versaut?«

»Es ist nicht nur das. Irgendwie wollte ich es ja auch, sonst hätte ich diesen Kuss nicht zugelassen. Aber dann tauchten diese Bilder in meinem Kopf auf, wie du mit ihr ...« Augenblicklich verstumme ich, und meine Augen füllen sich mit Tränen. Beschämt blicke ich zu Boden.

Marc zieht mich in seine starken, muskulösen Arme, und dann bricht es aus mir heraus. All den Kummer und Frust der letzten Wochen bekommt er nun mit voller Wucht zu spüren. So widersinnig es auch ist, tut es gut, sich ausgerechnet an seiner Schulter auszuweinen. Nicht mal ansatzweise bemühe ich mich darum, meine Fassung zurückzugewinnen. Er erträgt es mit einer Geduld, die ich nicht von ihm gewohnt bin. Nach einer Weile zieht er mich sanft zum Sofa. Erst, als wir uns setzen, bemerke ich, dass auch über seine Wangen Tränen rinnen. Eng umschlungen sitzen wir da, weinen ungeniert weiter. Und ich spüre, wie heilsam das auf uns beide wirkt. Als wir wieder zur Ruhe kommen, bleibe ich still in seinem Arm liegen. Worte sind nicht vonnöten, denn das, was gerade passiert ist, spricht Bände. Es hat unsere Herzen wieder miteinander verbunden.

Mit dem Ärmel wische ich mir die letzten Tränen aus dem Gesicht und richte mich ein wenig auf, um in seine Augen zu schauen, die noch immer von einem glänzenden Schleier belegt sind. Fast ein wenig nervös lege ich meine Hand in seinen Nacken und ziehe ihn zu mir. Und dann verschmelzen wir ineinander zu einem Kuss, und in meinem Kopf schwirrt nur ein einziger Gedanke: *Ich liebe ihn immer noch.*

KAPITEL FÜNF

MARC

Ich bin meinem Ziel ein ganzes Stück nähergekommen, denkt sich Marc im Stillen, als Tessa in seinen Armen liegt. Er hat sie geknackt, zumindest ein Stück weit. Dieser Kuss fühlte sich beinahe so an wie früher. Jetzt muss er sie nur noch dazu bringen, ihm wieder vollends zu vertrauen. Das wird ein Leichtes für ihn, da ist er sich ziemlich sicher. Alles wird wieder ins Lot kommen. Das wird auch seinen Vater milde stimmen.

»Welche Werte haben deine Mutter und ich dir vermittelt, du Nichtsnutz?«, schrie Darius Marc an, als der ihn mit der Trennung konfrontierte. »Hast du nicht gelernt, was Liebe und Vertrauen bedeuten? Ist dir wirklich alles scheißegal? Eine Frau wie Tessa hintergeht man nicht. Auf Händen solltest du sie tragen. Sei nicht dumm, Junge. Hol sie zurück!« Anschließend drohte sein Vater ihm damit, ihn aus der Firma zu kicken, wenn es ihm nicht gelingen sollte, Tessa zurückzugewinnen und sie verdammt nochmal wieder glücklich zu machen.

Diese Tatsache und seine immer noch vorhandenen Gefühle für sie waren letztendlich Anreiz genug, um in die Offensive zu gehen. Ein Einsatz, der sich offenbar lohnte.

KAPITEL SECHS

TESSA

Plötzlich lebe ich auf einer rosafarbenen Wolke. Es fühlt sich an, als hätten wir uns völlig neu ineinander verliebt. Wir treffen uns jeden Tag, reden viel miteinander, nähern uns vorsichtig wieder an. Dennoch überstürzen wir nichts. Jeder verbringt die Nächte in seiner eigenen Wohnung – auch wenn ich weiß, wie schwer ihm das fällt. Doch Marc hält sein Versprechen, lässt mir die Zeit, die ich brauche. Das rechne ich ihm hoch an. Mit jedem Tag wächst meine Zuversicht, dass es zwischen uns wieder so werden kann, wie es einmal war.

Alle sind erleichtert darüber, dass wir wieder auf einem guten Weg sind. Nur für Julia hat die Sache immer noch einen bitteren Beigeschmack. Das mag daran liegen, dass nur sie wirklich miterlebt hat, wie schlecht es mir nach der Trennung ging. Aber auch sie wird ihre Zweifel irgendwann ablegen. Davon bin ich überzeugt.

»Was haben wir vor?«, frage ich aufgeregt. Marc hat irgendeine Überraschung geplant und ich versuche, es aus ihm hervorzulocken.

»Das verrate ich nicht.« Er grinst frech und ich boxe ihm lachend in die Seite. Er hält mir die Tür seines BMW auf, und ich lasse mich auf den Beifahrersitz fallen.

»Nun sag schon, wohin fahren wir?«

Schweigend lächelt er vor sich hin. Energisch packe ich ihn an der Schulter und schüttle ihn. »Verrate es mir!«

»Du gibst ja doch keine Ruhe. Es geht nach Hamburg.« Sein Grinsen wird noch breiter.

»Hamburg? Warte mal. Oh, jetzt sag nicht, du hast noch Karten für Ed Sheeran bekommen?«, sprudelt es aufgeregt aus mir heraus. »Da wollte ich unbedingt …«

»Doch. Habe ich!«, fällt er mir triumphierend ins Wort.

»Aber das Konzert ist doch seit Monaten ausverkauft!«, kreische ich beinahe.

»Ich habe Kontakte!« Neckisch zwinkert Marc mir zu und ich falle ihm aufgekratzt um den Hals.

»Du bist der Beste!«, quieke ich. »Ich glaube es nicht!« Die Überraschung ist ihm gelungen. Ich bin völlig aus dem Häuschen. Als wir den kleinen Konzertsaal betreten, steigt meine Vorfreude noch mehr. Meine Knie werden weich, mein Herzschlag geht schneller als gewöhnlich. Es ist ein exklusives Konzert mit nur zweihundert Besuchern. Marc muss ein Vermögen dafür hingeblättert haben.

Die Musik bringt alles in mir zum Tanzen. Wie von selbst wiegen sich meine Hüften im Takt hin und her. Marc schlingt seine Arme fest um mich, passt sich jeder meiner Bewegungen an, und ich genieße den Abend in vollen Zügen. Mein ganzer Körper wird von Glückshormonen durchschwemmt. Viel zu schnell fliegt die Zeit vorbei, und als die letzten Töne verhallen, drehe ich mich überglücklich zu Marc um, ziehe ihn zu mir heran und küsse ihn lange und innig.

»Möchtest du heute Nacht bei mir bleiben?«, flüstere ich ihm ins Ohr. Aufregung durchschwemmt jede Faser meines Körpers.

Er zieht mich noch enger an sich. »Und wie ich das will«, haucht er. »Lass uns gehen!«

Nach einer guten Stunde Fahrt kommen wir zu Hause an. Kaum ist die Tür hinter uns ins Schloss gefallen, küsst Marc mich gierig. Alles in mir und um mich herum beginnt sich zu drehen. Ich erwidere seinen Kuss mit demselben Verlangen und streife ihm unbeholfen das Jackett von den Schultern. Mein Mantel landet achtlos daneben. Ohne uns voneinander zu lösen, bewegen wir uns durch den Raum in Richtung Schlafzimmer, und ich lasse es zu, ohne darüber nachzudenken.

Als Marc jedoch beginnt, an meiner Bluse zu nesteln, überkommt mich plötzlich wieder dieses Misstrauen. Abrupt halte ich inne, löse mich von ihm.

»Was ist denn los, meine Schöne?«, fragt er leise und atemlos, während er mich wieder zu sich zieht.

»Ich ... ich kann das nicht.« Abwehrend wende ich mich von ihm ab.

Beschwörend redet er auf mich ein. »Hab keine Angst. Ich verstehe dich – wirklich. Aber ich habe dir ein Versprechen gegeben, und das werde ich halten. Mach dir keine Sorgen. Du bist alles was ich brauche, Tessa!« Um seinen Schwur zu unterstreichen, haucht er mir ein »Ich will nur dich« ins Ohr und küsst mich mit einer Intensität, die Bände spricht. Dann lasse ich mich fallen.

Grelles Sonnenlicht strömt durch das Schlafzimmerfenster, als ich mit schweren Augen neben Marc erwache. Unwillkürlich muss ich lächeln und beobachte ihn beim Schlafen. Moment - welcher Tag ist heute eigentlich? Montag. Es ist Montag! Entsetzt schrecke ich auf. Es ist bereits nach 08.30 Uhr.

»Marc, wir haben verschlafen! Wach auf!« Hektisch rüttle ich ihn, bis er mich schlaftrunken ansieht. Gerade, als ich aufspringen will, zieht er mich zu sich hinunter.

»Lass uns doch einfach blau machen. Mein Vater hat sicher Verständnis dafür, wenn ich heute nicht in der Firma auftauche.« Frech grinst er mich an und küsst meinen Hals.

»Mein Chef sieht das sicher anders.« Lachend befreie ich mich aus seiner Umarmung und eile ins Bad. Nur zehn Minuten später sitze ich im Auto. So schnell war ich noch nie fertig. Die Endorphine, die durch meinen Körper strömen, beflügeln mich. Mein Herz schlägt Loopings, wenn ich an die vergangene Nacht denke. Es hat sich richtig angefühlt, vertraut. Zum ersten Mal bin ich mir wirklich sicher, dass alles ins Lot kommen wird.

Dank meines Höhenflugs ist mir die Standpauke meines Vorgesetzten ziemlich egal, zumal er dabei sogar ein bisschen lächelt. Vermutlich bemerkt er mein unübersehbares Strahlen, oder eher mein dämliches Grinsen, und denkt sich, dass ich einen guten Grund für mein Zuspätkommen habe. Ich wette, er platzt vor Neugier.

Mein Schwebezustand hält den ganzen Tag lang an, und als Marc und ich uns am Abend wiedersehen, machen wir genau dort weiter, wo wir aufgehört haben. Alles ist so vertraut und gleichzeitig aufregend neu. Wer hätte gedacht, dass wir nach so vielen Jahren noch einmal wie frisch Verliebte auf einer Wolke schweben? Von mir aus darf das gerne so bleiben.

Am Freitagmorgen sitzen wir noch beim Frühstück, als mein Handy klingelt. Kauend nehme ich das Gespräch entgegen.

»Tessa, entschuldige, dass ich schon so früh störe. Aber ich brauche deine Hilfe!«, plappert Eva drauf los, bevor ich überhaupt etwas sagen kann.

»Hey Eva! Was ist denn los? Ist mit dem Baby alles in Ordnung?«

»Ja, ja. Alles okay. Allerdings hat unser Auto den Geist aufgegeben, und heute sollten wir die Möbel für das Babyzimmer abholen. Könntest du vielleicht mit mir fahren?«

»Na klar, kein Problem. Ich hole dich nach der Arbeit ab«, sage ich lächelnd.

»Du bist die Beste! Bis später!«

Als ich auflege, schaut Marc von seinem Handy auf und grinst mich schief an. Es fällt mir tatsächlich schwer, den Nachmittag nicht mit ihm zu verbringen. Aber wen hätte Eva sonst fragen können?

»Eva braucht heute meine Hilfe. Du musst deinen Vater also nicht bequatschen, dass du früher gehen kannst.«

Als Antwort zieht Marc mich zu sich und küsst mich innig. Fast sage ich Eva schon wieder ab, weil er gerade einfach wichtiger ist als alles andere.

»Ist schon okay. Ich weiß ja, dass du ein Helfersyndrom hast«, erwidert er belustigt.

»Das ist gar nicht wahr!« Lachend boxe ich ihm gegen die Brust und verabschiede mich mit einem letzten Kuss von ihm, bevor ich die Tasche schnappe und mich auf den Weg ins Büro mache.

Mir wird bewusst, wie sehr mir das alles gefehlt hat. Neben ihm einzuschlafen und aufzuwachen, gemeinsam am Frühstückstisch zu sitzen oder abends auf der Couch zu gammeln. Unsere gemeinsamen Spaziergänge und wie er sich regelmäßig über meine miserablen Kochkünste amüsiert. Sogar seine Socken, die grundsätzlich *vor* dem Wäschekorb liegen, anstatt darin. Jede Kleinigkeit habe ich vermisst. Es wird Zeit, dass er wieder zu mir zieht. Heute Abend werde ich ihn fragen.

Um halb zwei stehe ich vor Evas Tür. Obwohl ich ihr bereits vor einer halben Stunde geschrieben habe, dass ich gleich losfahren würde, ist sie noch nicht startklar. Während ich vor dem Haus auf sie warte, klappe ich schon mal die Rücksitzbänke um und bekomme Zweifel, ob ein ganzes Kinderzimmer in meinen Kombi passt. Er ist zwar nicht gerade klein, aber eben kein Möbeltransporter.

Den Wagen haben wir damals gekauft, als ich schwanger war und wir davon ausgingen, dass ein Kinderwagen reinpassen sollte. Zu dem Zeitpunkt ahnten wir noch nicht, dass es niemals dazu kommen würde. An Tagen wie heute bin ich allerdings froh, ihn zu haben. Als ich soeben fertig bin, stürmt Eva aus der Haustür.

»Da bist du ja endlich!«

»Sorry, ich hatte den Abholschein verlegt und musste die ganze Bude absuchen!« Beschämt lächelt sie mich an und begrüßt mich mit einer kurzen Umarmung. Das ist so typisch für sie. Keine andere ist so chaotisch und schusselig wie diese Frau.

Lachend winke ich ab. »Schon gut. Ich kenne das ja nicht anders«, necke ich sie. Erstaunt deute ich auf ihren Bauch. »Mein Gott, Eva! Du explodierst ja bald! Wir haben uns gerade mal drei Wochen nicht gesehen. Du siehst aus, als würde es jeden Moment losgehen.«

»Ich fühle mich auch wie ein Walross. Glaub mir, ich habe keine Lust mehr. Wenn ich dran denke, wie viele Wochen noch vor mir liegen …«

Unwillkürlich muss ich an meinen kleinen Noah denken. Wie gern hätte ich mich so fühlen dürfen wie sie jetzt.»Genieß die Zeit lieber. Sei dankbar für jeden Tag.«

Betroffen schaut sie mich an, als wäre ihr gerade klar geworden, was mir durch den Kopf gehen muss.»Du hast ja recht.« Mit einem Lächeln vertreibe ich die trüben Gedanken.»Steig ein. Ich muss dir etwas erzählen.«

Aufgeregt berichte ich über die letzten Tage mit Marc. Eva hibbelt freudig neben mir herum, während sie von meinem Redeschwall überrollt wird.

»Heute werde ich ihn fragen, ob er wieder bei mir einzieht. Ich kann es kaum abwarten!« Meine Stimme überschlägt sich beinahe.

»Oh, das ist so toll. Ich freue mich so sehr für dich, Tessa!« Eva nimmt meine Hand und gibt ein fröhliches Quieken von sich. Und dann kichern wir, völlig überdreht von all den Hormonen, die von uns Besitz ergreifen.

Zwanzig Minuten später stehen wir vor dem Lager des Möbelhauses und schauen zwei Angestellten dabei zu, wie sie versuchen, sechs mehr oder minder große Möbelpakete in meinem Kofferraum zu verstauen. Schmunzelnd lauschen wir dem Fluchen und Schimpfen. Schließlich kriegen sie doch alles untergebracht. Das größte der Pakete ragt dummerweise so weit zwischen den beiden Vordersitzen hervor, dass es mir nur noch mit Mühe gelingt, die Gangschaltung zu betätigen. Als wir endlich wieder vor Evas Tür parken, atme ich erleichtert auf.

»Warte, ich rufe Oliver kurz runter, damit er beim Ausladen hilft.« Eva klingelt Sturm, und nur wenige Sekunden später ist ihr Mann bei uns.

»Da habt ihr aber Glück. Ich bin gerade erst von der Arbeit zurück. Tessa, könntest du mir beim Hochschleppen helfen? Eva darf ja nicht.« Flehend schaut Oliver mich an.

»Puh. Also gut. Zum Glück wohnt ihr nicht ganz oben. Aber der zweite Stock reicht ehrlich gesagt schon.«

Keuchend helfe ich, die Pakete in die Wohnung zu tragen. Da wird mir wieder mal bewusst, wie unfit ich bin. Als wir fertig sind, lasse ich mich erschöpft im Wohnzimmer auf den Boden fallen und japse nach Luft. Oliver sieht allerdings auch nicht viel besser aus als ich. Eva steht lachend daneben und reicht uns etwas zu trinken.

»Komm, Tessa! Du hast dir einen großen Eisbecher verdient. Und du, Schatz, fängst schon mal mit dem Aufbauen an.« Oliver verdreht die Augen, mein Elan kehrt bei dem Wort Eisbecher hingegen zurück.

Gierig verschlinge ich einen riesigen Erdbeerbecher, Eva schlürft eine Eisschokolade. Um wenigstens ein paar der Kalorien wieder loszuwerden, beschließen wir, uns noch ein wenig die Beine zu vertreten. Gemütlich schlendern wir Richtung Domshof und genießen die warme Frühlingssonne.

Plötzlich greift Eva nach meinem Arm und zieht offenbar erschrocken die Luft ein. Irritiert schaue ich sie an.

»Tessa, da!« Sie deutet geradeaus auf die andere Seite des Marktplatzes.

Ich brauche eine Weile, um zu realisieren, was ich da sehe. Es ist Marc. Zusammen mit einer Frau. Das kann nur Anna sein. Er ist hier mit ihr. Plötzlich fängt sich alles an zu drehen, und ich kralle mich an Eva fest. Was passiert hier gerade?

»Tessa? Sag doch was!« Eva hat mich an den Schultern gepackt. »Was willst du jetzt tun?«

Fassungslos starre ich die beiden an. Mit aller Gewalt versuche ich mich zu sammeln, doch ich kann keinen klaren Gedanken fassen. Hat er mich die ganze Zeit nur verarscht?

Unbändige Wut kocht in mir hoch, und ich balle meine Hände zu Fäusten, sodass meine Knöchel weiß hervortreten. Da kracht es. Ein Wolkenbruch bricht über uns aus. Energisch befreie ich mich von Eva und stürze auf Marc zu, der mit Anna unter einem Vordach Schutz vor dem Regen gesucht hat. Da sehe ich es. Wie er sie anstrahlt und seine Hand behutsam auf ihren Bauch legt, der unübersehbar gewölbt ist. Sie trägt sein Kind! Und dann küsst er sie. Es fühlt sich an, als würde mir jemand ein Schwert mitten ins Herz rammen.

»Bleib hier!« Keuchend kommt Eva neben mir zum Stehen. »Du kannst doch jetzt nicht einfach zu ihm rennen und ihn zur Rede stellen. Nicht in deiner Verfassung«, redet meine Freundin beschwörend auf mich ein.

Meine Atmung geht flach und schnell. Sie hat recht. Vermutlich würde ich wie eine Furie auf ihn losgehen. Und auf dieses Miststück. Die beiden hätten nichts anderes verdient. Aber diese Genugtuung will ich ihnen nicht bereiten.

»Was soll ich denn tun?«, wispere ich kraftlos.

»Mach Fotos! Na los, bevor die beiden weg sind.«

»Fotos? Was soll das denn bringen?!«

»Nun mach schon«, fordert sie mich auf.

Völlig mechanisch schieße ich ein paar Bilder, und dann zieht Eva mich vom Marktplatz weg in eine Passage. An eine Wand gelehnt sacke ich schließlich zusammen.

»Was bin ich nur für eine dämliche Kuh! Ich habe ihm geglaubt. Wie konnte ich nur so naiv sein?«

»Kann ich irgendwas für dich tun?« Eva hockt neben mir und streichelt mir übers Haar.

Nach Fassung ringend sage ich: »Nein. Du kannst nichts tun. Geh besser nach Hause. Ich möchte allein sein.«

»Bist du sicher?«

Mit tränenverschleierten Augen nicke ich. Fassungslos bleibe ich zurück und spüre die neugierigen Blicke der Passanten auf mir. Alles in mir arbeitet. Es gibt nur eine Sache, die ich tun kann. Nichts anderes macht mehr Sinn.

Wie vom Blitz getroffen springe ich auf und laufe los. Und mit jedem Schritt mischt sich Wut in meine Verzweiflung. Wut auf ihn, aber vor allem auf mich selbst. Weil ich mich wieder auf ihn eingelassen habe. Weil ich ihm wieder vertraut habe. Weil ich glaubte, alles könnte so werden wie früher. Doch nichts wird je wieder so sein. Das weiß ich jetzt. Das hier ist unser Ende.

KAPITEL SIEBEN

Vom Regen völlig durchnässt, stürze ich zu Julia in die Buchhandlung. Es ist mir egal, dass der Laden überfüllt ist von Leuten, die vermutlich Schutz vor dem überraschenden Wolkenbruch gesucht haben. Es ist mir egal, dass sie mich alle anstarren, als die Worte »Du hattest die ganze Zeit recht!« aus mir herausbrechen und ich mich in Julias tröstende Umarmung fallen lasse. Auch der schiefe Blick ihres Chefs ist mir gleichgültig, als er uns hastig in das kleine Büro schiebt.

»Was ist passiert?«, fragt Julia mit eindringlichem Blick. Nicht in der Lage, es auszusprechen, zeige ich ihr lediglich die Fotos, die ich von Marc und Anna geschossen habe. Bestürzt schüttelt Julia den Kopf und beginnt, in ihrer Muttersprache zu fluchen. Ich verstehe nur die Hälfte von dem, was sie sagt. Aber sicherlich trifft sie damit ins Schwarze. Sie war die Einzige, die die ganze Zeit über mit ihrer Vermutung richtig lag. Doch ich war zu blind, um ihr zu glauben. Weil ich es nicht glauben *wollte*.

»Heute wollte ich ihn bitten, wieder zu mir zu ziehen. Wie konnte ich nur?« Voller Zorn trete ich einen der Stühle um. Mir ist danach, noch mehr Dinge kurz- und kleinzuschlagen. Besänftigend zwingt mich Julia zum Innehalten.

»Warte kurz, ich bin gleich wieder da.« Mit diesen Worten verschwindet sie im Verkaufsraum, und ich vernehme ein Murmeln. Wenige Sekunden später höre ich ihren Chef »Ja, ja. Nun geht schon!« sagen, und sie taucht wieder im Büro auf, um mich dann nach oben in ihre Wohnung zu schleifen. Gerade, als wir dort ankommen, klingelt mein Handy. Es ist Marc. Unfähig zu reagieren, stiere ich auf das Display.

»Du willst doch jetzt wohl nicht rangehen?!«, rüttelt Julia mich aus meiner Lähmung.

»Nein. Auf gar keinen Fall!« Mein ganzer Körper zittert, und dann kocht die Wut wieder in mir hoch. Mit voller Wucht schleudere ich das Handy weg. Es ärgert mich fast, dass es nur auf dem weichen Sofa landet. »Nicht mit mir! Er wird nie wieder mit mir spielen!« Entschlossenheit ergreift Besitz von mir. Niemals werde ich mich wieder von ihm verletzen lassen.

Nur Sekunden später gibt mein Handy einen Signalton von sich. Julia wirft einen Blick darauf.

»Eine Nachricht von ihm.«

»Er bekommt eine Antwort von mir. Eine ziemlich deutliche sogar. Ich werde die Scheidung einreichen!« Mein Entschluss steht fest. Es gibt keinen anderen Weg. Marc liebt mich nicht. Er liebt nur sich selbst.

Julias Schwester Mona kennt einen Scheidungsanwalt. Vermutlich aus Angst, ich könnte es mir wieder anders überlegen, besorgt Julia sofort dessen Nummer. Sie muss sich jedoch keine Sorgen machen. Nie war mir etwas klarer als in diesem Moment. Dennoch fühle ich mich nicht in der Lage, den Anruf zu tätigen. Es auszusprechen und damit real werden zu lassen, ist mir unmöglich.

Meine Freundin erkennt mein Zögern, greift nach dem Hörer und wählt die Nummer. »Du kannst morgen um elf Uhr zu Herrn Dr. Wellers gehen«, erklärt sie mir wenig später.

»Morgen? Aber es ist doch Samstag.«

»Er ist eh in der Kanzlei, hat er gesagt. Also gehst du morgen hin. Umso schneller hast du es hinter dir.«

»Ja. Vermutlich ist es so am besten. Kommst du mit?« Flehend schaue ich sie an.

»Tut mir leid. Ich fürchte, daraus wird nichts. Ich fehle ja jetzt schon im Laden.«

Resigniert nicke ich.

»Du schaffst das!«

Ich nehme einen tiefen Atemzug. »Natürlich schaffe ich das!«

»Und jetzt besorge ich uns erstmal eine große Packung Eis. Du bleibst heute Nacht hier. Ich bringe dich schon auf andere Gedanken!«

»Danke, Liebes!« Was würde ich nur ohne sie machen?

Es ist bereits halb elf. Nur kurz bin ich nach Hause gefahren, um ein Bad zu nehmen und mich umzuziehen. Die Nacht war grauenhaft. Ununterbrochen fragte ich mich, ob ich die richtige Entscheidung getroffen habe. So schmerzhaft es auch ist, kam ich immer wieder zu derselben Erkenntnis. Denn die Tatsache, dass Marc ein Kind mit dieser Person haben wird, ist Antwort genug. Es gibt kein *Wir* mehr.

Trotzdem tut er so, als wäre nichts gewesen und bombardiert mich mit unzähligen Anrufen und Nachrichten. Ich lasse sie allesamt unbeantwortet. Auch wenn es mich in den Fingern juckt, ihm einfach das Foto von Anna und ihm zu schicken, gefällt mir die Idee, ihm als Antwort die Scheidungsunterlagen unter die Nase zu halten, irgendwie noch besser. Dabei bin ich normalerweise überhaupt nicht rachsüchtig.

Mit flauem Gefühl in der Magengegend und einigen Unterlagen unterm Arm mache ich mich auf den Weg zu Herrn Dr. Wellers. Als er mich in seiner Kanzlei mit einem warmen Lächeln empfängt, nimmt er mir sogleich den schwersten Schritt ab. Da Julia ihm am Telefon bereits die Fakten grob geschildert und er sich entsprechende Notizen gemacht hat, lässt er sich die Ausführungen lediglich kurz von mir bestätigen und es geht nur noch um den formellen Teil.

»Die Unterlagen werden Herrn Vallender am Montag direkt per Express-Brief zugestellt. Ich bin sehr zuversichtlich, dass die Scheidung in wenigen Monaten über die Bühne gebracht ist. Ich brauche nur noch ein paar Unterschriften von Ihnen.«

Mit zitternden Fingern führe ich den Stift über das Papier. *Tessa Vallender* steht dort in krakeliger Schrift. Wer weiß, wie oft ich diesen Namen noch schreiben werde. Schon bald werde ich wieder Tessa Lorenz sein. Das Mädchen von früher, mit den Narben von heute. Ich fühle mich verlassen. Dennoch bin ich überzeugt, den richtigen Schritt zu tun. Obwohl ein Gefühlschaos in mir tobt, verspüre ich plötzlich einen eigentümlichen inneren Frieden. Als ich ins Freie trete, hüllt mich der Regen in eine sanfte Umarmung. Und dann setze ich mich in Bewegung. Langsam, seelenruhig. Schritt für Schritt auf dem Weg in mein neues Leben. Unter den Regen auf meiner Haut mischen sich unbemerkt Tränen – aus Angst, aus Trauer, aus Wut. Doch auch aus Freude auf den Neuanfang, der gerade beginnt.

KAPITEL ACHT

DAVID

David starrt aus dem großen Fenster des Coffee's und beobachtet, wie die Regentropfen an der Scheibe hinunterlaufen, als würden sie miteinander Fangen spielen. Unaufhörlich muss er an diese Frau denken, die vor ein paar Wochen hier vorm Café in ihn hineingerannt ist. Diese Augen, die ihn mit einer Mischung aus Wut und Verzweiflung anfunkelten. Ihr Blick traf ihn mitten ins Herz. Er kann sie nicht vergessen. Als er sie wenig später unerwartet wiedertraf, konnte er sein Glück kaum fassen. Doch sein plumper Versuch, sie auf einen Kaffee einzuladen, scheiterte hoffnungslos. Sie ließ ihn eiskalt abblitzen. Trotzdem sitzt er nun fast jeden Abend hier und hofft, dass sie zufällig wieder auftaucht. Auch wenn er sich dabei langsam ein wenig dumm vorkommt.

»Kann ich dir noch etwas bringen?«, fragt Christoph, Davids bester Freund und Inhaber des Coffee's.

»Nein«, antwortet David abwesend.

»Wie lange willst du noch aus dem Fenster starren? Glaubst du wirklich, sie wird hier irgendwann zufällig mal wieder vorbeispazieren?«

»Keine Ahnung. Aber ich wüsste nicht, wo ich sonst nach ihr suchen … Da! Da ist sie!«

Hektisch fährt David hoch, stößt seine Tasse achtlos um, und stürmt aus dem Café. Mit einem Hechtsprung landet er direkt vor ihr und erntet dafür einen entsetzten Blick. Schlagartig wird ihm bewusst, dass er nicht die leiseste Ahnung hat, was er ihr sagen soll. Stumm starrt er sie an und bringt kein Wort über die Lippen.

KAPITEL NEUN

TESSA

»Du meine Güte! Musst du mich so erschrecken? Was soll das?«
Mir ist fast das Herz stehen geblieben. Dieser Typ hat offensichtlich nichts Besseres zu tun, als in mich hineinzuspringen.

»Äh, entschuldige. Ich ...« Er starrt mich ebenso überrascht an, wie ich ihn.

»David«, dämmert es mir. »Hast du dieses Mal etwa keinen Kaffee dabei, den du mir über den Mantel kippen kannst?« Trotz meiner melancholischen Stimmung muss ich unwillkürlich grinsen.

»Kaffee! Das ist das Stichwort. Ich ... Ich würde dich gern auf eine Tasse einladen. Du weißt schon, wegen deines versauten Mantels.« Er druckst herum wie ein Schulkind, das eine Dummheit angestellt hat.

»Na klar, wegen des versauten Mantels.« Ich lasse ihn ein wenig zappeln. »Geht auch Tee?«, frage ich schließlich, völlig von mir selbst überrascht. Doch innerlich verspüre ich das tiefe Bedürfnis nach Gesellschaft.

»Was?« Er schenkt mir ein sichtlich verwirrtes Lächeln. »Sicher. Lass uns reingehen.«

Als wir das Coffee's betreten, steigt mir Kaffeearoma in die Nase. Leise, klassische Musik durchflutet den Raum. Ich streife meine Kapuze ab und schaue mich um. Obwohl dieses Café bereits vor einem knappen Jahr eröffnet hat, habe ich es noch nie betreten. Die Einrichtung ist auf Alt gemacht, und alles ist in warmes Licht getaucht. Linkerhand befindet sich die Bar, dahinter liegt vermutlich die Küche. Entlang der Fensterfront stehen kleine Tische mit jeweils zwei schweren braunen Ledersesseln. In der Raummitte sind weitere Tische im Halbkreis angeordnet, und das Herzstück bildet ein großer Flügel, der auf einer kleinen Empore steht. Sofort fühle ich mich wohl in der Behaglichkeit, mit der ich hier empfangen werde.

»Darf ich?« David nimmt mir den tropfnassen Mantel ab und hängt ihn an die kleine Garderobe. »Komm!«, fordert er mich anschließend auf. Er bringt mich an einen der kleinen Tische am Fenster, auf dem neben einer schlanken Glasvase mit einer gelben Gerbera noch eine halb runtergebrannte Kerze steht. Der Tisch ist feucht, als wäre er gerade erst gewischt worden. Er zieht einen der schweren Sessel vor und deutet mir, mich zu setzen. Als ich mich hineinfallen lasse, bin ich erstaunt, wie bequem er ist. Kaum dass David sitzt, ist auch schon der Kellner im Anmarsch.

»Darf ich euch etwas bringen?« Ein ziemlich dämliches Grinsen liegt auf seinen Lippen.

»Einen Früchtetee bitte«, entgegne ich.

»Gerne. Und du noch einen Kaffee?«, richtet er sich an mein Gegenüber.

»Cola light bitte.« David grinst nicht weniger dämlich. Was läuft hier? Als der Kellner verschwindet, sagt David: »Mein Kumpel Christoph. Ihm gehört der Laden.«

Ich nicke. Für einen Moment sehen wir ihm wortlos nach. Worüber soll ich jetzt mit diesem Fremden reden? Glücklicherweise nimmt David mir die Frage ab.

»Jetzt erkläre mir mal, warum um alles in der Welt du ständig durch den strömenden Regen läufst.« Erwartungsvoll schaut er mich an.

»Ach … Das ist eine lange Geschichte.«

»Ich habe Zeit!«

»Nein, nein. Damit will ich dich nicht quälen.«

»So schlimm wird es schon nicht werden.« Vertrauensvoll lächelt er mich an.

Dann bricht es aus mir heraus. Ich erzähle ihm alles. Von dem Tag, an dem ich den Brief in Marcs Mantel fand und einfach davonrannte. Von all den Wochen, in denen ich versuchte, die Trennung zu verdauen. Von dem Moment, an dem Marc plötzlich wieder vor mir stand und mich bat, ihn zurückzunehmen und davon, wie wundervoll es wieder zwischen uns lief, bis ich ihn mit seiner schwangeren Geliebten sah. Auch erzähle ich ihm von dem Schritt, den ich soeben gegangen bin, um einen endgültigen Strich unter das Desaster der letzten Monate zu ziehen. Nicht das kleinste Detail lasse ich aus. Die ganze Zeit über erträgt David geduldig meinen Wortschwall. Nun sitze ich tränenüberströmt vor ihm und schaue peinlich berührt drein. Sicher hält er mich jetzt für verrückt. Auf einmal werde ich von einem Lachanfall überrollt, was die Sache garantiert noch skurriler wirken lässt.

»Oh Mann. Es tut mir leid, David. Ich wollte dich mit meiner Geschichte nicht so überrollen. Wir kennen uns ja nicht mal. Du denkst sicher, ich bin eine Psychopathin.« Beschämt senke ich den Blick auf meine Hände, welche die warme Teetasse fest umklammern.

»Nein, das denke ich absolut nicht. Ich denke nur, dass dein Mann ein riesengroßes Arschlosch ist. Und es tut mir unfassbar leid, was er da mit dir abgezogen hat.« Zaghaft legt er seine Hand auf meine. »Nur eines musst du mir noch verraten.«

»Was denn?«

»Wie heißt du eigentlich?«

Ich lache laut auf und schüttle verlegen den Kopf. »Tessa. Ich heiße Tessa.«

In dem Moment taucht Christoph wieder am Tisch auf. »Ich störe ja nur ungern. Aber dein Typ wird verlangt, David.«

Hastig zieht David seine Hand zurück. »Entschuldige mich ein paar Minuten. Bin gleich wieder bei dir.« Dann steht er auf und geht schnurstracks auf den Flügel zu.

Gleich davor sitzt ein Paar an einem mit roten Rosen geschmückten Tisch. Christoph bringt eine kleine Torte mit Wunderkerzen herein, auf der ein Brautpaar mit einer silberfarbenen Fünfundzwanzig thront. Die Frau stößt einen freudig überraschten Laut aus und fällt ihrem Mann um den Hals, die anderen Gäste applaudieren. In diesem Moment legt David sacht seine Finger auf die Tasten und beginnt, *Ballade pour Adeline* zu spielen. Völlig überwältigt füllen sich meine Augen erneut mit Tränen, dieses Mal jedoch vor Rührung. Verstohlen beobachte ich das Silberpaar, das sich verliebt in die Augen schaut und beneide die beiden darum, dass sie es geschafft haben, ihre Liebe so viele Jahre am Leben zu erhalten.

Klammheimlich nutze ich die Gelegenheit, David genau zu mustern. Er ist groß und schlank. Sein blondes Haar trägt er kurz geschnitten, was ihn beinahe zu brav wirken lässt. Während seine Finger über die Tastatur gleiten, hält er seine Augen geschlossen. Er ist vollkommen in die Musik vertieft. Sind seine Augen blau? Mit hundertprozentiger Sicherheit kann ich das nicht sagen. Als die letzten Töne verklingen, erschallt erneut Applaus, und David nickt kurz zum Dank. Er wirkt verlegen, als er zu mir an den Tisch zurückkehrt.

»Tut mir leid. Das war jetzt irgendwie unpassend nach der Geschichte, die du mir gerade erzählt hast.«

»Nein. Im Gegenteil. Es war wunderschön.« Ich hatte recht. Seine Augen sind blau. Mit ihrem leichten türkisfarbenen Schimmer erinnern sie mich an die Farbe des Meeres.

Sichtlich erfreut strahlt er mich an, und dann überkommt mich das Gefühl, dass er mir zu lange in die Augen sieht.

»Ich … Ich muss jetzt gehen. Meine Freundin wartet auf mich.« Zu hastig stehe ich auf, drehe mich aber noch einmal um. »Danke für den Tee. Und fürs Zuhören.« Eilig wende ich mich ab und greife im Vorbeigehen nach meinem Mantel.

»Warte, Tessa!«, ruft David mir nach. »Sehen wir uns wieder?«

»Vielleicht, wenn es das nächste Mal regnet«, entgegne ich mit einem Augenzwinkern und einem leicht schlechten Gewissen. Flüchtig winke ich ihm zum Abschied und tauche wieder in den Regen ein.

KAPITEL ZEHN

»Und, was hat Herr Dr. Wellers gesagt? Wie ist es gelaufen?«, fragt Julia neugierig, als ich sie zum Feierabend im Laden abhole.
»Er hat mir versprochen, noch heute alles vorzubereiten. Montag wird Marc schon die Scheidungsunterlagen bekommen.« Nachdenklich halte ich inne. »Er ruft andauernd an. Ob ich vorher mit ihm reden sollte?«

»Bloß nicht! Der wird schon sehen, was er davon hat, dich so zu verarschen.« Julia schäumt sichtlich vor Wut.

»Du hast ja recht. Diese Überraschung sollte ich ihm gönnen.« Ein beinahe gehässiges Grinsen macht sich auf meinem Gesicht breit, das offenbar auch meine Freundin beruhigt. Wir gehen die Stufen zu ihrer Wohnung hinauf, und nachdem die Tür hinter uns ins Schloss gefallen ist, lassen wir uns gleichzeitig auf das Sofa plumpsen.

»Und was machen wir jetzt?«, möchte Julia wissen.

»Pläne!«

»Hört sich gut an. Was hast du im Kopf?«

»Ich brauche eine neue Bleibe. So schwer es mir fällt, aber allein werde ich mir diese Wohnung auf Dauer nicht leisten können. Nicht mit meinem Halbtagsjob. Selbst wenn mein Schwiegervater mit dem Mietpreis runtergehen würde - so drastisch würde er die Kosten sicher nicht senken. Aber ich hänge so an dieser Wohnung.« Eine einsame Träne rinnt an meiner Wange hinunter. »Noahs Kinderzimmer ...« Augenblicklich verstumme ich.

Julia legt tröstend ihre Hand auf meine. »Ich verstehe, wie viel dir das bedeutet. Aber sei mal ehrlich zu dir selbst. Du betrittst dieses Zimmer nie, weil es dir viel zu schwerfällt. Vielleicht ist das der richtige Zeitpunkt, um loszulassen.«

Eine Weile denke ich über ihre Worte nach. »Ja, vielleicht. Wenn ich die Wohnung nicht halten kann, werde ich eh dazu gezwungen. Ich sollte wohl versuchen, mich mit dem Gedanken anzufreunden. Zum Glück sitzt mir die Zeit nicht im Nacken. So kann ich die Suche ganz in Ruhe starten.«

Das restliche Wochenende bleibe ich bei Julia. Mein Handy schalte ich aus, damit ich für Marc nicht erreichbar bin. Ich habe mir fest vorgenommen, diesem Mistkerl keine Träne mehr nachzuweinen. Doch nachts, wenn ich in die Dunkelheit starre, werde ich immer wieder von der Einsamkeit überwältigt. Es ist nicht Marc, den ich vermisse, sondern vielmehr das Gefühl, jemanden an meiner Seite zu wissen, der mich liebt.

Den ganzen Tag kreisen meine Gedanken um die Scheidung. Das Warten macht mich wahnsinnig. Ob Marc die Unterlagen schon bekommen hat? Wie wird er darauf reagieren? Was sage ich ihm, wenn er das Gespräch suchen will? Unruhig laufe ich durch die Wohnung, abwartend, ob irgendetwas passiert. Das Schrillen der Klingel lässt mich zusammenzucken.

»Wer ist da?«, frage ich durch die Gegensprechanlage.

»Dein Mann.« Es klingt verbittert.

Ich schlucke schwer und drücke den Summer. Mein Magen zieht sich krampfhaft zusammen. In Windeseile ist Marc oben, und nun steht er vor mir, wirkt völlig zerrissen.

»Kannst du mir mal verraten, was mit dir los ist?«, schnauzt er mich an. »Seit Tagen bist du untergetaucht und reagierst auf keinen meiner Anrufe, und dann bekomme ich *das*?« Aufgebracht wedelt er mit einem Stapel Papier hin und her. »Was hat das zu bedeuten? Ich dachte, es läuft wieder gut zwischen uns.«

Ein irres Lachen entweicht meiner Kehle. Er hingegen wirkt wütend und enttäuscht. Mit welchem Recht?

»Hier.« Als Antwort halte ich ihm das Foto von Anna und ihm unter die Nase. Er wird noch bleicher als zuvor.

»Du hast uns gesehen?«, fragt er tonlos.

»Oh ja, das habe ich in der Tat.« Zorn überwältigt mich. »Wann wolltest du mir dieses süße Geheimnis wohl beichten?«

»Tessa, ich habe es selbst erst am Freitag erfahren. Ich hatte keine Ahnung. Ehrlich!«

»Ach, ja? Und deshalb musst du gleich mit ihr rumknutschen?«

»Ich ...«

»Stopp!«, falle ich ihm ins Wort. »Ich will keine Ausreden mehr von dir hören. Nie wieder. Du hast meine Antwort. Es ist endgültig aus. Unterschreibe die Unterlagen und gut ist's.«

Energisch schüttelt er den Kopf. »Das werde ich nicht hinnehmen!«

»Und ob du das wirst! Du bekommst ein Kind mit ihr. Uns beide verbindet nichts mehr!«

»Ist es das? Stört dich das Kind? Ich könnte dafür sorgen, dass sie es nicht bekommt.«

»Wie bitte? Wie meinst du das?« Entsetzen macht sich in mir breit.

»Lass das mal meine Sorge sein.«

»Weißt du eigentlich, was du da sagst? Du bist ja krank! Und jetzt geh endlich.«

Wutentbrannt verlässt er die Wohnung, und als die Tür hinter ihm zuknallt, lehne ich mich kraftlos dagegen. Mein ganzer Körper zittert. Meine Emotionen rauschen auf mich herab wie eine riesige, brechende Welle. Es ist vorbei. Endgültig. Ist es doch, oder?

Nach unserer letzten Begegnung teile ich sofort allen mit, dass Marc und ich ein für alle Mal getrennte Wege gehen. Jeder soll erfahren, was für ein Mistkerl er ist. Was ich jedoch überhaupt nicht gebrauchen kann, ist Mitleid. Vor allem meiner Mutter fällt das schwer. Sie macht sich übermäßig Sorgen, ob ich allein zurechtkomme und fragt ständig, ob sie etwas für mich tun kann. Ich weiß ihre Fürsorge sehr zu schätzen, doch von nun an will ich nur noch vergessen und nach vorne schauen. Einen Neuanfang wagen.

Meine Freundin Elisa allerdings nimmt das ein bisschen zu wörtlich. Als sie eines Abends vor meiner Tür steht, bewaffnet mit einem riesigen Vorrat an Süßigkeiten und Filmen, bin ich ganz gerührt und freue mich über die willkommene Ablenkung. Doch dann hat sie eine fixe Idee, von der sie sich nicht abbringen lässt.

»Du solltest dich bei LoveMatch anmelden, Süße. Je eher du jemanden kennenlernst, desto schneller vergisst du Marc.«

»Eine Singlebörse?! Das ist jetzt nicht dein Ernst, oder?« Lachend winke ich ab. Erwartungsvoll und mit einem breiten Grinsen schaut Elisa mich an.

»Oh je. Es *ist* dein Ernst.« Entschlossen schüttle ich den Kopf. »Ohne mich! Vergiss es, Elisa! Das ist absolut nicht mein Ding. Außerdem geht mir das viel zu schnell. Wir sind nicht mal eine Woche getrennt. Mir steht überhaupt nicht der Sinn nach etwas Neuem.«

»Na und?! Was hast du denn zu verlieren? Gucken kann man doch mal. Nun komm schon. Hol deinen Laptop. Wir melden dich jetzt da an!« Um mir eine stundenlange Diskussion zu ersparen, tue ich ihr den Gefallen und gebe klein bei. Sie würde ja doch keine Ruhe geben. Und selbst wenn ich mich dort anmelde, heißt das ja nicht, dass ich mich mit einem der Typen treffen muss.

»So. Wie soll dein Benutzername lauten?«

Augenrollend zucke ich mit den Schultern. Elisa tippt einfach drauf los. In Windeseile hat sie ein Profil für mich erstellt.

»Jetzt brauche ich nur noch ein tolles Foto von dir!«

Ich lade mein Lieblingsbild aus unserem letzten Urlaub auf Korfu hoch. Es wurde an einem stürmischen Tag am Strand aufgenommen, und meine Haare sind vom Wind völlig zerzaust. Strahlend und sorglos sehe ich darauf aus. Vermutlich war mein Glück zu diesem Zeitpunkt bereits die reinste Farce. Ganz sicher sogar. Trotzdem mag ich das Bild. Darauf bin ich der Mensch, der ich gerne wieder sein möchte. Glücklich, ausgeglichen, mit mir selbst im Reinen.

»Ja, das ist perfekt!«, freut sich Elisa.

»Bist du jetzt zufrieden?« Den Anflug von Hohn in meiner Stimme überhört meine Freundin offenbar ganz bewusst.

»Aber sowas von!« Sie triumphiert förmlich, was nicht gerade besser wird, als bereits nach wenigen Minuten die ersten Mails in mein Postfach flattern.

»Tessa, du hast schon sechs Nachrichten!«, kreischt sie beinahe. »Oh, da kommt noch eine. Und noch eine! Wahnsinn. Du bist heiß begehrt. Siehst du – du brauchst Marc gar nicht. Es warten genug andere auf dich.«

»Lass mich mal sehen.« Gespannt stecken wir die Köpfe zusammen und schauen uns die Profilfotos der potenziellen Nachfolger von Marc an. Es dauert nicht lange, bis wir in schallendes Gelächter verfallen.

»Also. Ein Nerd, drei Hipster, zwei Muskelpakete, ein ... Schlagersänger?! Die fallen nicht gerade in mein Beuteschema.«

»Was ist denn mit dem hier? Der ist doch heiß! Klick mal drauf.«

»Lucas aus Hamburg. 31 Jahre alt, Eventmanager. Sieht ganz gut aus.«

»Ganz gut?! Der ist doch genau dein Typ! Los, antworte ihm!«

»Ja schon, er gefällt mir. Aber ganz ehrlich, ich muss jetzt doch nicht gleich den nächstbesten Kerl daten. Keine Lust! Und jetzt lass uns endlich einen Film gucken.«

»Spielverderber«, schmollt Elisa gespielt. Und dann machen wir uns über den Süßkram her.

KAPITEL ELF

Mein Postfach füllte sich in den letzten Tagen beträchtlich und ich fühle mich tatsächlich ein bisschen geschmeichelt. Dennoch verspüre ich nicht im Geringsten das Bedürfnis danach, all diese Mails zu beantworten. Am besten melde ich mich wieder ab, auch wenn ich dann ganz bestimmt von Elisa eins auf den Deckel bekomme. Ist mir aber total egal. Doch gerade, als ich im Begriff bin, den »Account löschen«-Button zu drücken, flattert eine neue Nachricht rein. Von Lucas.

»Hallo Unbekannte! Ich weiß, du hast meine erste Nachricht ignoriert, vermutlich, weil du kein Interesse hast. Ich wollte es trotzdem noch einmal versuchen. Ich weiß nicht warum, aber du gehst mir einfach nicht aus dem Kopf. Ich will dich kennenlernen. Unbedingt. Melde Dich. Lucas«

Bestimmt zehn Mal hintereinander lese ich seine Mail. Dann starre ich auf sein Foto und kann beim besten Willen nicht leugnen, dass er umwerfend aussieht. Er blickt offen und lachend in die Kamera. Seine bernsteinfarbenen Augen leuchten beinahe magisch und sein schulterlanges, dunkelbraunes Haar ist leicht zerzaust. Er trägt einen kurzen aber gepflegten Bart. Eigentlich hasse ich Bärte, aber ihm steht er ziemlich gut. Verdammt – er gefällt mir wirklich. Obwohl mir momentan absolut nicht der Kopf danach steht, mich in eine neue Beziehung zu stürzen, spielt mein Herz mir einen Streich. Es schlägt nämlich plötzlich schneller und ich bin völlig machtlos dagegen.

Unsicher beginne ich, eine Antwort zu tippen. Und sie wieder zu löschen. Dann fange ich erneut an, nur, um die Nachricht wieder nicht abzusenden. Von mir selbst genervt klappe ich den Laptop zu und beschließe, eine Runde an die frische Luft zu gehen.

Gerade, als ich das Haus verlasse, ruft Eva an und fragt, ob ich ihr helfen könne. Sie möchte das Kinderzimmer dekorieren, und da Olivers Geschmack ziemlich fragwürdig ist, will sie lieber jemanden dabeihaben, der mehr Sinn für Schönes hat. Obwohl es mir schwerfällt, stimme ich zu. Mir kommen Julias Worte in den Sinn, als sie sagte, es sei vielleicht der richtige Zeitpunkt zum Loslassen. Entschlossen nehme ich einen tiefen Atemzug. Heute werde ich loslassen. Mit einem leicht mulmigen Gefühl kehre ich um und laufe nach oben in die Wohnung. Behutsam öffne ich die Tür zu Noahs Zimmer und schaue mich in dem kleinen, liebevoll eingerichteten Raum um, den ich seit mehr als einem Jahr nicht betreten habe. Meine Augen füllen sich mit Tränen, gleichzeitig liegt aber auch ein Lächeln auf meinen Lippen. Mir wird klar, dass ich dieses Zimmer nicht brauche, um an Noah zu denken. So oder so wird er immer ein Teil von mir sein.

Mit Bedacht wähle ich einige Dinge aus, die ich nun an ein anderes kleines Menschenkind weitergeben werde. Der Gedanke, dass Evas Sohn sich bald daran erfreuen wird, erfüllt mich mit einer Art inneren Friedens. Bepackt mit einer großen Tasche, ziehe ich die Tür hinter mir zu und mache mich auf den Weg zu meiner Freundin.

»Was schleppst du denn alles mit dir herum?«, wundert sich Eva, als ich wenig später voll beladen bei ihr aufkreuze. Wortlos öffne ich die Tasche und hole Noahs Sachen hervor. Eine Krabbeldecke, ein Mobile, eine Spieluhr und ein paar andere Dinge.

Geschockt starrt Eva mich an. »Sind das Noahs Sachen?«

Nickend lächle ich ihr zu. »Ja. Und das ist okay. Wirklich. Ich würde mich freuen, wenn dein Kleiner die Sachen bekommt. Wenn das auch für euch in Ordnung ist.«

»Aber natürlich.« Sie nimmt mich in den Arm. »Das bedeutet mir sehr viel. Danke Tessa!«

»Dann lass mich mal das Zimmer sehen«, fordere ich Eva auf. Der nahezu quadratische Raum ist weiß und hellblau gestrichen, und die weißen Möbel, die wir vor Kurzem gemeinsam abgeholt haben, sind bereits aufgestellt. Der Boden ist mit einem hellgrauen Teppich ausgelegt. Ansonsten wirkt das Zimmerchen noch wenig wohnlich.

»Noahs Sachen passen perfekt in das Zimmer eures kleinen …
Wie soll er denn eigentlich heißen? Habt ihr euch inzwischen ge-
einigt?«

»Ja, Oliver hat endlich nachgegeben. Er wollte ja unbedingt ei-
nen Finn, aber ich habe mich durchgesetzt. Er wird Leo heißen!«
Behutsam lege ich meine Hand auf Evas Bauch. »Also Leo!
Dann machen wir es dir hier mal gemütlich.«

Abgesehen vom Kleiderschrank schieben wir die restlichen
Möbel mehrmals hin und her, bis alles seinen Platz gefunden hat.
Wir befestigen die Spieluhr am Bettchen und hängen das Mobile
über dem Wickeltisch auf, den wir zusätzlich mit den notwendi-
gen Dingen bestücken.

»So. Nun brauchst du noch ein, zwei schöne Bilder, ein paar
Körbe und Behälter. Und einen bequemen Sessel. Du kannst von
mir noch einiges haben. Trotzdem könnte ein kleiner Shopping-
bummel nicht schaden. Was meinst du?«

»Bin dabei!«, freut sich Eva. Und ich merke, wie sich auch in
mir ein Hauch von Freude breitmacht. Irgendetwas in mir hat
sich gelöst, und ich bin sehr erleichtert darüber. Gemeinsam machen wir uns auf den Weg in die Stadt und erobern sämtliche
Baby- und Dekogeschäfte. Am Ende hat uns dieser Kaufrausch
mal eben hundertfünfzig Euro gekostet, und mich beschleicht
ein schlechtes Gewissen, dass ich Eva dazu angestachelt habe,
wo bei ihnen das Geld meistens knapp ist. Deshalb lade ich sie
noch auf einen Burger ein.

»Elisa hat mir erzählt, dass sie dich bei LoveMatch angemeldet
hat.« Neugierig durchbohrt mich Evas Blick. Wider Willen kann
ich mir ein Grinsen nicht verkneifen, und dann lässt sie natürlich
nicht mehr locker. »Erzähl. Du hast jemanden kennengelernt,
oder? Wie ist er? Hast du dich schon mit ihm verabredet?«

»Nein! Das fehlte noch!«, wehre ich ab. »Allerdings habe ich
jede Menge Mails bekommen. Die Typen kann man jedoch allesamt vergessen. Bis auf einen. Heute war ich drauf und dran, ihm
zu schreiben, aber letztendlich habe ich die Mail wieder ge-
löscht.«

64

»Was? Warum das denn? Wir sind uns doch wohl einig, dass Marc es nicht mehr wert ist, ihm auch nur eine Träne nachzuweinen. Also, was hält dich noch ab?«

»Das stimmt schon. Trotzdem will ich mich nicht Hals über Kopf in etwas Neues stürzen.«

»Aber vielleicht gelingt es dir, Marc zu vergessen, wenn du jemanden kennenlernst. Versuch es doch einfach!«

»Jetzt klingst du genau wie Elisa.«

»Na, wo sie recht hat!«

»Hm. Vielleicht sollte ich es wirklich einfach tun. Ich denke nochmal drüber nach.«

»Denk nicht zu lange nach. Sonst ist er nachher schon vom Markt«, zwinkert sie mir zu.

Kopfschüttelnd beiße ich in meinen Burger und denke im Stillen an Lucas. *Warum eigentlich nicht?*

»Hi Lucas! Sorry, dass ich Dir nicht geantwortet habe. Meine Freundin hat mich quasi dazu gezwungen, mich bei LoveMatch anzumelden, dabei stand mir überhaupt nicht der Sinn danach. Du hast es nur Deiner Beharrlichkeit zu verdanken, dass ich Dir doch noch antworte. Ich möchte ehrlich zu Dir sein. Eigentlich fühle ich mich noch nicht bereit für eine neue Beziehung. Ist gerade einiges schiefgelaufen bei mir. Tessa«

Es ist bereits weit nach Mitternacht, als ich auf »Senden« drücke. Danach lasse ich mich erschöpft auf mein Bett fallen und versuche, in den Schlaf zu finden. Mein Oberstübchen hat allerdings andere Pläne und weigert sich vehement, in den Ruhemodus zu schalten. So viele Gedanken schwirren mir durch den Kopf, dass ich überzeugt bin, man müsste es laut rattern hören. Etwa eine Stunde wälze ich mich von links nach rechts, bis ich schließlich wieder nach meinem Handy greife.

Da ist sie! Eine Antwort von Lucas. Er hat offenbar nur darauf gewartet, dass ich ihm schreibe. Mein Herz macht einen kleinen Sprung, als ich die Mail öffne.

»Hey Tessa! Ich schätze, ich kann ganz gut nachvollziehen, wie Du Dich fühlst. Auch bei mir ist in der Vergangenheit einiges schiefgelaufen. Vielleicht ist es ja Schicksal, dass wir beide uns hier begegnet sind. Bestimmt bin ich derjenige, der Dein gebrochenes Herz reparieren kann. Lass es mich versuchen! Lucas«

Ein eigenartiges Kribbeln durchfährt meinen ganzen Körper, und spätestens jetzt ist überhaupt nicht mehr an Schlaf zu denken. Ich glaube keineswegs an das Schicksal, und trotzdem hat er mich mit seinen Worten irgendwie gepackt. Bin ich wirklich schon bereit, mich wieder zu verlieben? Aufgeregt setze ich mich im Bett auf und raufe mir die Haare. Nein! Es ist viel zu früh für etwas Neues. Aber warum bringt dieser Typ mich dann so aus der Fassung? Oder rede ich mir das bloß ein?

Am liebsten würde ich jetzt Elisa oder Julia um Rat fragen, wobei deren Reaktionen vermutlich unterschiedlicher nicht sein könnten. Elisa wäre hundertprozentig der Meinung, ich solle ihn eher heute als morgen treffen. Julia hingegen würde sicher befürchten, dass ich gleich wieder ins nächste Unglück renne. Aber was, wenn genau er mein Glück ist und ich nur danach greifen muss?

Ratlos lasse ich mich wieder in mein Kissen zurückfallen und ziehe mir die Decke über den Kopf. Es dauert noch eine ganze Weile, bis ich in einen tiefen, traumlosen Schlaf falle.

Am nächsten Morgen fühle ich mich wie gerädert. Drei Mal drücke ich die Snooze-Taste meines Weckers, bis ich mich endlich aufraffen kann. Schlaftrunken schlurfe ich ins Bad, wo ich mir erst mal einen Schwall kaltes Wasser ins Gesicht spritze. Danach fühle ich mich immerhin etwas frischer. Als ich fertig bin, setze ich mich mit meinem Frühstück an den kleinen Tisch in der Küche. Gerade, als ich den ersten Bissen nehme, summt mein Handy.

»Guten Morgen, Du wunderschönes Wesen! Ich wollte Dir nur kurz einen tollen Tag wünschen und fragen, ob ich Dich heute Abend anrufen darf? Lucas«

Das Brot bleibt mir fast im Hals stecken, ich muss husten. Wow – das geht mir doch irgendwie zu schnell. Völlig überrumpelt beschließe ich, ihn ein wenig zappeln zu lassen.

Abends treffen wir uns wieder wie gewohnt mit unserer Mädelsrunde im Q1. Zu unser aller Erstaunen ist Eva ausnahmsweise mal pünktlich. Dafür kommt Elisa zu spät. »Mensch, Elisa! Dass ich mal vor dir hier bin!«, lacht Eva. »Du siehst bleich aus. Geht es dir nicht gut?«

»Hey, sorry, Mädels! Weiß auch nicht. Ich habe mir irgendwie den Magen verdorben. Paul und ich hatten gestern Sushi. Vielleicht war das Zeug nicht mehr gut.«

»Warum bleibst du dann nicht zu Hause und erholst dich?«, fragt Julia besorgt.

»Weil ich unbedingt wissen will, was Tessa uns zu berichten hat!« Elisa grinst mich erwartungsvoll an.

»Was meinst du?«, frage ich bewusst beiläufig.

»Na, komm schon. Eva hat sich verplappert. Was ist jetzt mit Lucas? Hast du ihm geantwortet? Du wirst dich doch mit ihm treffen, oder?«, bohrt Elisa nach, und auch Eva platzt offenbar vor Neugier. Nun habe ich die volle Aufmerksamkeit aller und spüre, wie ich rot anlaufe. Mist! Offensichtlicher geht es wohl nicht.

»Also - ich habe ihm geschrieben. Er hat mir geantwortet, dass auch bei ihm einiges schiefgelaufen ist und meint, dass es sicher Schicksal sei, dass wir uns begegnet sind und dass er mein gebrochenes Herz reparieren kann.«

»Wie romantisch!«, kreischen Elisa und Eva gleichzeitig, während Julia ein leises »Oh je« entweicht. Lachend boxe ich ihr gegen die Schulter.

»Ja, und? Wie geht es jetzt weiter?« Elisa gibt keine Ruhe.

»Ich weiß es nicht. Noch habe ich ihm nicht wieder geantwortet. Das geht mir alles zu schnell.«

»Sei nicht dumm. Lass dir den Kerl bloß nicht durch die Lappen gehen!«

»Mal schauen. Ich werde es auf jeden Fall nicht überstürzen. Und jetzt reden wir bitte über etwas anderes.«

Gegen Mitternacht ploppt wieder eine Nachricht von Lucas auf. *»Bitte, Tessa! Ich will Dich unbedingt kennenlernen. Und ich gebe keine Ruhe, bis Du ja sagst.«* »Das klingt wie eine Drohung«, antworte ich knapp, allerdings mit einem zwinkernden Smiley versehen. *»Keine Sorge. Will Dir auch gar keinen Druck machen. Ich bin einfach nur völlig hin und weg von Dir.«* Unwillkürlich muss ich lächeln. *»Mir geht das alles ein bisschen zu schnell. Das macht mein Chaos nur noch schlimmer. Ich hatte Dich eben nicht eingeplant. Muss mich erst mal ein bisschen sortieren.«* *»Okay. Das verstehe ich. Aber versprich mir, dass Du Dich melden wirst. Ich warte einfach hier auf Dich!«* *»Versprochen …«*

Zwei Wochen dauerte es, dann knickte ich schließlich ein. Nur zehn Minuten nachdem ich Lucas gestern Abend per Chat meine Nummer schickte, rief er mich an. Es war verrückt. Wir verstanden uns auf Anhieb. Es war fast so, als würden wir uns schon ewig kennen.

Seitdem habe ich dieses verräterische Kribbeln im Bauch und kann es gar nicht abwarten, bis er sich endlich wieder meldet. Beinahe komme ich mir vor wie ein Teenager. Meine Mädels habe ich bereits in unzähligen Chat-Nachrichten damit belästigt. Wobei vor allem Elisa das wohl kaum als Belästigung angesehen hat. Sie scheint noch mehr aus dem Häuschen zu sein als ich selbst.

Pünktlich um sechs Uhr abends kommt, wie verabredet, endlich der ersehnte Anruf.

»Hallo, schöne Frau! Ich habe schon den ganzen Tag darauf gewartet, endlich wieder deine Stimme zu hören.«

Ein Lächeln schwingt in seinen Worten mit, und ich kann nicht anders, als es ihm gleichzutun.

»Hi! Ich habe mich auch auf deinen Anruf gefreut. Das gestern war so … so eigenartig vertraut, obwohl wir uns überhaupt nicht kennen. Das hat echt gutgetan.«

»Mir geht es genauso. Ich habe dir doch gesagt, dass uns das Schicksal zueinander geführt hat. Tessa, ich will dich nicht bedrängen, aber ich möchte dich unbedingt sehen. Am liebsten würde ich sofort ins Auto springen und losfahren.«

Mein Herz setzt kurz aus, und die Schmetterlinge in meinem Bauch kämpfen gegen die Vernunft an. Letztere ist stärker. »Wir wollten es doch ruhig angehen lassen.«

»Ich weiß. Aber seit unserem Telefonat gestern bin ich alles andere als ruhig.« Lucas räuspert sich. »Sorry. Ich habe es dir versprochen. Aber verdammt – es fällt mir echt schwer.«

Wieder fühle ich mich wie ein Teenie, als ich leise in den Hörer kichere. »Keine Sorge. Irgendwann wirst du mich schon noch zu sehen bekommen.«

»Das will ich schwer hoffen! Ich habe fast das Gefühl, es macht dir Spaß, mich zappeln zu lassen.«

»Na, warte mal ab, wie viel Spaß mir das wirklich macht«, lache ich und lenke das Thema dann bewusst in eine andere Richtung. Nach zwei Stunden glüht mein Ohr, und er ist es anscheinend immer noch nicht satt. Nur schwer kann ich ihn davon überzeugen, dass ich dringend schlafen muss. Erst nachdem ich ihm versichere, dass wir am nächsten Tag weiterreden, verabschiedet er sich von mir.

»Gute Nacht«, hauche ich verträumt ins Handy und lege auf. So müde ich auch bin - der Schlaf stellt sich noch lange nicht ein. Das Gedankenkarussell hat mal wieder volle Fahrt aufgenommen.

Obwohl ich nicht vorhatte, mich auf die Schnelle in etwas Neues zu stürzen, beschleicht mich das Gefühl, dass ich längst mittendrin bin. Denn all die verpuppten Raupen in meinem Bauch scheinen gerade aus ihren Kokons auszubrechen und eine wilde Party zu feiern. Je mehr ich über diese neue Situation nachgrüble, desto weniger weiß ich eigentlich, was ich will.

Am folgenden Nachmittag stehe ich, wie so oft, bei Julia im Laden, und wenn gerade keine Kunden in Hörweite sind, erzähle ich ihr haarklein, wie es mit Lucas läuft. Zum wiederholten Male frage ich sie um Rat. Ihre Antwort fällt immer ähnlich aus. Julia selbst will offiziell nichts von der Männerwelt wissen. Immer wieder erzählt sie von ihrer Schwester Loreen, deren Ehe das reinste Desaster war. Aus diesem Grund ist Julia der festen Überzeugung, dass man allein besser dran ist. Als mir dann die Sache mit Marc passierte, fühlte sie sich in ihrer Meinung nur bestätigt. Allerdings glaube ich ihr kein Wort. Tief im Inneren sehnt auch sie sich nach einem Partner, an dessen Schulter sie sich anlehnen kann. Das spüre ich, sie kann mir nichts vormachen. Doch ihre Sorge, dass sie an den Falschen gerät, scheint sie zu sehr zu blockieren. Was Lucas und mich angeht, rät sie daher weiterhin zur Vorsicht, aber ich sehe ihr an, dass auch sie nicht umhinkommt zu merken, dass er ein ziemlich toller Typ ist.

»Warte doch noch ein bisschen ab. Erst wenn du dir absolut sicher bist, solltest du ihn treffen. Am besten in der Öffentlichkeit. Ich würde ihn nicht sofort zu dir nach Hause einladen«, wägt sie ab.

»Nein, auf keinen Fall. Ich will ihn auch lieber erst auf neutralem Boden beschnuppern. Aber ich würde ihn gern sehen. Er hat mich irgendwie gepackt.«

Sie nickt verstehend. »Dann tu es. Verabrede dich mit ihm!«

Gerade verlasse ich das Büro und will etwas einkaufen gehen, als ich Lucas überraschend an der Strippe habe.

»Hey Tessa! Ich habe dich vermisst. Deshalb musste ich einfach früher anrufen.«

»Mir geht es ähnlich. Deswegen …« Am besten sage ich es ihm sofort. »Wir sollten uns treffen.« Ich hole tief Luft und entgegne lachend: »Du hast gewonnen!«

»Yes!!!«, dröhnt es mir entgegen. »Oh Tessa, du machst mich gerade verdammt glücklich. Wenn ich noch länger hätte warten müssen, wäre ich vermutlich durchgedreht.«

»Das wollte ich nicht riskieren. Wann kannst du kommen? Freitag vielleicht? Oder Samstag?«

»Ach, Mist! Diese Woche werde ich es nicht hinkriegen. Es stehen zwei Events an. Aber darauf die Woche? 11. Mai?«

»Abgemacht. Dann haben wir noch ein wenig Zeit, um uns darauf zu freuen.«

»Und wie ich mich freue!«

»Ich auch«, flüstere ich. Plötzlich macht sich große Aufregung in mir breit. Ich habe ein Date! Vielleicht beginnt jetzt ein neues Leben für mich. Alles neu macht der Mai, oder wie heißt es so schön?

KAPITEL ZWÖLF

Am Abend vor dem großen Date sind Elisa und Julia bei mir. Ein wenig moralische Unterstützung kann ich echt gut gebrauchen. Ursprünglich wollte auch Eva dabei sein, doch sie fühlt sich nicht fit. Wenn ich ehrlich bin, bereitet auch Elisa mir ein wenig Sorgen. Seit der Sache mit dem verdorbenen Sushi geht es ihr immer noch nicht viel besser. Trotzdem ist sie hier. Zu groß ist ihre Angst, etwas zu verpassen.

Nun stehen wir zu dritt vor meinem Kleiderschrank, während ich ein Outfit nach dem anderen vorführe. Schon lange war ich nicht mehr so aufgeregt. Das muss ein gutes Zeichen sein, davon bin ich überzeugt.

»Wie findet ihr das?«, frage ich meine Freundinnen, als ich in einem knallroten kurzen Kleid vor ihnen stehe.

»Das ist zu eindeutig«, sagen beide wie aus einem Munde. Wenn selbst Elisa das so sieht, muss da wohl etwas dran sein. Das nächste Outfit ist zu langweilig, ein weiteres zu spießig.

»Das ist es!«, rufen sie schließlich gleichzeitig, als ich ein bunt geblümtes Maxikleid präsentiere. Dann kichern sie total albern über die Tatsache, dass sie sich ausnahmsweise mal einig sind.

»Gut. Also das Kleid.« Erleichtert lasse ich mich neben den beiden aufs Bett fallen. Ratlos bin ich dennoch. »Und worüber soll ich mit ihm reden? Was ist, wenn wir uns überhaupt nicht verstehen? Oder wenn ich ihn langweile?«

»Jetzt hör aber mal auf! Das wird garantiert nicht passieren«, meint Elisa überzeugt.

»Genau. Ihr telefoniert seit Wochen fast jeden Tag miteinander. Sei einfach so wie immer«, bestätigt Julia.

»Bestimmt habt ihr recht. Trotzdem … ich bin so nervös wie schon lange nicht mehr.«

Es gelingt den beiden, mich ein wenig zur Ruhe zu bringen. Die Flasche Wein, die wir anschließend köpfen, erledigt den Rest. Ich kann sogar einigermaßen gut schlafen.

Am Tag X jedoch bin ich alles außer ruhig. Wie vom Blitz getroffen, springe ich nur wenige Sekunden nach dem ersten Augenaufschlag aus dem Bett. Es ist nicht einmal 07.00 Uhr, doch ich bin hellwach und völlig aus dem Häuschen. Den Tag beginne ich mit einem ausgedehnten Beauty- und Wellness-Programm. Anschließend mache ich mir einen Tee und ein Brot und setze mich an den Tisch, ohne etwas davon anzurühren. Nicht den kleinsten Bissen bekomme ich runter. Stattdessen schaue ich immer wieder auf die Uhr. Das wird ein verdammt langer Tag. Erst um 19.00 Uhr treffen wir uns im APATIT.

Bereits eine Stunde vorher sitze ich komplett fertig im Wohnzimmer und laufe im Drei-Minuten-Takt zum Spiegel, um zu checken, ob noch alles sitzt. Meine Haare habe ich zu einem üppigen Zopf geflochten, und ich trage weiße Riemchensandalen zu dem langen Blumenkleid. Ob ich Lucas gefallen werde?

Irgendwann halte ich es nicht mehr aus. Ich schnappe mir meine kleine Handtasche und eine Strickjacke und trete hinaus in den lauen Frühlingsabend. Bestimmt werde ich viel zu früh am Restaurant sein, aber wenn ich noch länger herumsitze, werde ich wahnsinnig.

Als ich die kleine Weser überquere, flattern einige Tauben erschrocken vor mir hoch, und mir kommt ein junges Pärchen entgegen, das sich verliebt in die Augen schaut. Plötzlich ist das Kribbeln in mir kaum noch zu ertragen. Beflügelt von diesem Gefühl beschleunige ich meinen Schritt. Ich kann es kaum erwarten, Lucas endlich zu sehen.

Als hätte ich es mir denken können, ist Lucas schon vor mir dort. Er steht an einen der großen Bäume vor dem Restaurant gelehnt und starrt sichtlich aufgewühlt auf sein Handy. Mit Sicherheit geht es ihm genau wie mir. Ihn so zu sehen, nimmt mir ein bisschen von meiner Nervosität. Einen Moment halte ich inne, um ihn mir genau anzusehen. Er trägt eine graue Jeans und ein schlichtes schwarzes Shirt, darüber ein sportliches Jackett. Seine Haare hat er zu einer Art Dutt zusammengebunden, die Seiten sind kurz rasiert. Wie unvorstellbar gut er aussieht! Mein Herz schlägt bei diesem Anblick merklich schneller, es bringt mich beinahe aus der Fassung.

Als er mich schließlich erblickt und sein Gesicht sich augenblicklich aufhellt, kann ich fast nicht mehr atmen. Sofort läuft er auf mich zu, und ich Esel bleibe wie angewurzelt stehen, völlig unfähig, einen Fuß vor den anderen zu setzen.

Direkt vor mir stoppt er abrupt, schaut mich mit leuchtenden Augen von oben bis unten an, um anschließend seine Arme um mich zu schlingen und mich überschwänglich durch die Luft zu wirbeln.

Ein ausgelassenes Lachen entweicht mir. Sofort ist das Eis zwischen uns gebrochen. Behutsam setzt er mich wieder ab und blickt mir intensiv in die Augen. Mich überkommt das Gefühl, er könnte in mir lesen wie aus einem offenen Buch. Beinahe fühle ich mich ein bisschen nackt und senke den Blick, damit er nicht sieht, wie ich rot werde.

Kaum hörbar sage ich »Hi« und schenke ihm ein verlegendes Lächeln.

»Hi.« Er sieht mich weiterhin mit einem Blick an, dem ich kaum standhalten kann. »Es tut mir leid, dass ich dich so anstarre, aber du bist noch viel schöner, als ich es erwartet habe. Ich *muss* dich einfach ansehen.«

Lachend boxe ich ihm in die Seite. »Sollen wir reingehen?«

»Von mir aus können wir auch die ganze Zeit hier so stehenbleiben und ich schaue dich einfach weiter an.« Doch dann hält er mir seinen Arm hin, und ich hake mich bei ihm unter. »Komm.«

Wir betreten das Restaurant, und sogleich führt Lucas mich die Treppe hinauf in die obere Ebene. Der hintere der drei Tische auf der Empore ist für uns reserviert. Galant zieht er einen Stuhl für mich hervor, damit ich Platz nehmen kann. Auf dem Tisch wartet bereits eine Flasche Weißwein auf uns. Lucas greift nach einem der großen Weingläser, gießt ein und reicht es mir. Nachdem er sich ebenfalls ein Glas gefüllt hat, stoßen wir an.

»Auf einen schönen Abend«, sage ich, immer noch von einer eigenartigen Aufregung erfüllt.

»Und ob das ein schöner Abend wird! Ich kann dir gar nicht sagen, wie happy ich gerade bin.« Sein Lächeln wird noch breiter, noch strahlender. »Als ich dein Foto bei LoveMatch entdeckt habe, war mir sofort klar, dass ich dich kennenlernen muss. Jetzt ist der Tag endlich da.«

Wieder spüre ich die Röte in mir hochkriechen. Wie ich es hasse, dass mir das ständig passiert! Erfolglos versuche ich, sie wegzulächeln. »Ich freue mich genauso. Auch wenn ich am Anfang etwas verhalten war.«

»Kein Wunder, nach der fiesen Geschichte, die du gerade hinter dir hast. Sorry, dass ich dich so bedrängt habe. Aber ich konnte einfach nicht anders.«

Unwillkürlich muss ich lächeln. »Na ja. Wärst du nicht so hartnäckig gewesen, würde ich vermutlich heute nicht mit dir hier sitzen.«

»Da habe ich aber Glück gehabt«, lacht er. Dann wird sein Blick nachdenklich. »Dein Ex ist so ein Idiot. Wie kann er eine Frau wie dich einfach gehen lassen?«

Überfragt zucke ich mit den Schultern. »Weil er eben ein Idiot ist?«

»Zum Glück laufen auf dieser Welt nicht nur Idioten herum.« Er grinst mich frech an.

»Ach, nicht?«

»Ich werde es dir beweisen.« Wieder sieht er mich mit einer Intensität an, die mir völlig den Kopf verdreht. Zu meiner Erleichterung werden wir in dem Moment vom Kellner unterbrochen, sodass ich seinem Blick nicht länger standhalten muss.

»Haben Sie bereits gewählt?« Bisher bin ich nicht dazu gekommen, auch nur einen Blick in die Karte zu werfen.

»Ist es dir recht, wenn wir das Menü bestellen?«, springt Lucas ein.

Gedankenlos stimme ich zu. »Gut, ich lasse mich einfach überraschen.«

Wenig später serviert man uns den ersten Gang, und ich bin tatsächlich überrascht. Allerdings nicht im positiven Sinne. Beim Blick auf den Teller entgleisen mir die Gesichtszüge. Der Fisch ist das kleinste Übel, daneben erspähe ich einige Tentakel. Als Highlight thront mittendrauf eine kleine, krosse Krabbe. »Alles in Ordnung?«, fragt Lucas sichtlich amüsiert.

Beschämt versuche ich, mich zusammenzureißen, was mir nur semi-erfolgreich gelingt. »Ich hasse Tentakel! Und dieser Krebs. Igitt.«

»Ich nehme ihn dir gerne ab.« Erlöst bugsiere ich das Objekt des Missfallens mitsamt den Tintenfischüberresten auf seinen Teller und begnüge mich mit ein paar Stückchen Fisch.

»Köstlich«, dokumentiert Lucas. Ich kann nur lächelnd den Kopf schütteln. Glücklicherweise erwarten mich bei den darauffolgenden Gängen keine bösen Überraschungen mehr. Im Gegenteil, ich habe selten so gut gegessen, wenn man mal von dem Meeresfrüchtedebakel absieht. Das ist einfach nicht mein Ding.

Was Lucas angeht, waren jegliche Bedenken völlig unbegründet. Er ist einfach toll, und es fällt mir erstaunlich leicht, mit ihm zu reden, wo ich normalerweise eher zurückhaltend bin. Sicherlich tragen unsere vielen, ellenlangen Telefonate ihren Teil dazu bei, und ich spüre, wie ich mit jedem Wort lockerer und entspannter werde. Einzig, wenn er mich wieder so ansieht, mit seinen bernsteinfarbenen Augen, ringe ich um Fassung und vergesse schon mal, was ich eigentlich sagen wollte. Offensichtlich fühlt er sich in meiner Gesellschaft ebenso wohl. Nach kurzer Zeit kommt es mir vor, als würden wir uns schon ewig kennen. Unsere Gespräche wirken vertraut, nicht oberflächlich oder belanglos. Während er von seinem Leben in Hamburg erzählt, hänge ich förmlich an seinen Lippen. Er berichtet mir von seiner Arbeit und seiner gescheiterten Beziehung. Sein Geständnis, dass er bereits eine fünfjährige Tochter habe, kommt ihm offenbar nicht so leicht über die Lippen.

»Ich hoffe inständig, dass es kein Hindernis für dich darstellt?« Mit flehendem Blick schaut er mich an.

»Sie gehört zu dir. Warum sollte mich das stören?« Zuversichtlich lächle ich ihn an und sehe ihn erleichtert aufatmen. Was bitte sollte ich gegen ein Kind haben? Vielmehr berührt es mich zutiefst, als er mir erzählt, dass seine Tochter an einem schweren Herzfehler leide und die Therapiemöglichkeiten hier in Deutschland nicht den erhofften Erfolg brächten.

»Gibt es tatsächlich nichts, was die Ärzte für sie tun können?«, frage ich betroffen.

»Lillys Lymphsystem sondert anhaltend Lymphe ab. Damit verliert sie auch Immunzellen und ist daher extrem anfällig für Infektionen. Hier in Deutschland gibt es keine geeignete Therapie für sie. Es gibt einen US-Spezialisten, der ihr helfen könnte. Nur will die Kasse die Kosten nicht übernehmen.«

»Von was für einer Summe sprechen wir?«

»500.000,00 Euro.«

Geschockt stoße ich laut Luft aus.

»Ich hoffe, das Geld irgendwie beschaffen zu können.« In seinen Augen spiegelt sich Hilflosigkeit wider, und es bricht mir das Herz. »Aber jetzt lass uns bitte wieder über etwas Schöneres sprechen. Über dich zum Beispiel.« Er lächelt tapfer. Gegen seine Probleme kommt mir mein Chaos plötzlich total bedeutungslos vor. Trotzdem hat er ein offenes Ohr dafür, und von Angesicht zu Angesicht miteinander reden zu können, tut mir unfassbar gut. Hier mit ihm zu sitzen, fühlt sich an, als müsste es so sein. Habe ich erwähnt, dass ich nicht ans Schicksal glaube? Vielleicht sollte ich meine Meinung nochmals überdenken.

Nachdem der letzte Teller abgeräumt und der Wein – von dem ich wesentlich mehr getrunken habe als er – geleert ist, stelle ich mit Erstaunen fest, dass bereits mehr als drei Stunden vergangen sind.

»Du hast zwar noch einen weiten Weg vor dir. Aber hast du vielleicht trotzdem Lust auf einen kleinen Spaziergang?« Ich will nicht, dass er schon geht. Wieder erscheint dieses Strahlen auf seinem Gesicht, dass mich mit jedem Mal mehr verzaubert. Verliebe ich mich etwa gerade?

»Und ob ich Lust habe!« Sogleich winkt er dem Kellner und lässt sich die schwindelerregend hohe Rechnung bringen. Als wir wenig später nach draußen treten, fröstelt es mich ein wenig. Es ist sicherlich dem Wein zuzuschreiben, dass ich nicht mehr in der Lage bin, meine Strickjacke anzuziehen. Der rechte Ärmel scheint irgendwie an einer anderen Stelle zu sein als sonst. Lucas eilt mir lachend zu Hilfe. Nachdem ich auch den zweiten Arm erfolgreich eingelocht habe, tritt er vor mich und zupft meine Jacke behutsam zurecht. Seine Hände verharren schließlich am Kragen, und seine Nähe bringt mich völlig durcheinander. Mein Herz springt beinahe aus meiner Brust. Ich empfinde ein leichtes Schwindelgefühl.

»Sollen wir?«, frage ich und senke den Blick.

»Gern.«

So hake ich mich wieder bei ihm unter, und wir schlendern Seite an Seite durch die Altstadt. Ein eigentümliches Gefühl macht sich in mir breit. Jahrelang bin ich nur gemeinsam mit Marc durch die Straßen gezogen. Und nun bin ich hier mit einem anderen Mann und einem Kribbeln im Bauch, leicht benommen vom Wein und der Flut an Emotionen, die auf mich einströmen. Während ich versuche, das Chaos in mir zu sortieren, stelle ich fest, dass es sich gut anfühlt, hier mit Lucas zu sein, in diesem Moment. Vielleicht ist er ja wirklich derjenige, der mein Herz heilen kann.

Ein anderes Pärchen kommt uns entgegen. Erst, als sie näherkommen, stelle ich geschockt fest, dass es Marc und Anna sind.

»Tessa?« Zorn schwingt in Marcs Stimme mit. Mit weit aufgerissenen Augen starrt er mich an.

»Marc«, entgegne ich kühl. »Ist irgendwas?«

»So schnell tröstest du dich also mit einem anderen, ja?« Er rast vor Wut. Lucas legt stützend seinen Arm um mich.

»Ich wüsste nicht, was dich das angeht. Du scheinst dich ja auch nicht zu langweilen.« Mein Blick wandert von ihm zu Anna, die wie erstarrt neben Marc steht.

An Lucas gerichtet sage ich:»Lass uns gehen.« Energisch ziehe ich ihn weiter. Von Marc lasse ich mir gewiss nicht den schönen Abend versauen. Als wir uns weit genug von ihnen entfernt haben, atme ich auf. Lucas mustert mich, als versuchte er, meine Gedanken zu erraten.

»Alles in Ordnung?«, fragt er sanft.

Ich halte inne und schaue zu ihm auf.»Ja ... Es ist alles in Ordnung. Und ich schätze, das habe ich dir zu verdanken.«

Im Schein der Laternen sehe ich seine Augen aufleuchten. Dann legt er sanft seine Hand an meine Wange.»Das freut mich sehr.« Jeden Moment will er mich küssen – ganz bestimmt.

»Was riecht denn hier so komisch?«, winde ich mich aus der Situation.

»Ah, Scheiße!«, flucht Lucas, und schaut an sich herunter.

»Was ist passiert?«

Umständlich hebt er seinen Fuß.»Scheiße«, wiederholt er, und ich bekomme einen Lachanfall. Er stimmt mit ein, obwohl ihm vermutlich nicht danach ist. Ungeschickt probiert er, das stinkende Etwas am Bordstein abzustreifen, was nicht so recht gelingen will. Mit Taschentüchern versuche ich schließlich, das Gröbste abzuwischen und muss beinahe würgen von dem Gestank.

»Komm, um die Ecke ist der Marcus-Brunnen. Wir versuchen es mal mit ein bisschen Wasser.« Immer noch muss ich lachen, vor allem, weil Lucas die Sache sichtlich peinlich ist. Als wir am Brunnen ankommen, streift er den Schuh von seinem Fuß und stellt ihn auf dem Brunnenrand ab. Dann nimmt er ein Taschentuch und taucht es ins Wasser. Dabei versenkt er den Schuh im Brunnen. Wieder brechen wir in schallendes Gelächter aus, und Lucas schüttelt verschämt den Kopf.

»Mann, ist das peinlich! Bin ich ein Trottel.«

»Ach, was. Dieses Date werden wir auf jeden Fall niemals wieder vergessen.« Schnell fische ich seinen Schuh aus dem Wasser.

»Bitte schön. Keine Spur mehr von Hundekacke. Dafür mit

Nasse-Socken-Garantie.« Ein leicht höhnisches Grinsen macht sich auf meinem Gesicht breit.

»Shit. Eigentlich wollte ich dich heute noch ganz gentleman-like nach Hause begleiten. Kommt mit nassen Socken aber nicht so gut.«

»Das kannst du ja dann beim nächsten Mal machen.«

»Es wird also ein nächstes Mal geben?« Wieder dieses Strahlen in seinen Augen. Mein Herz hüpft aufgeregt.

»Natürlich.« Er greift nach meiner Hand und ist gerade im Begriff, sie zu küssen. »Das würde ich lieber nicht machen. Hundekacke.«

»Ach ja. Wie konnte ich das nur vergessen?«

Lächelnd stelle ich mich auf die Zehenspitzen und hauche ihm einen Kuss auf die Wange. »Bis bald«, flüstere ich. Dann wende ich mich zum Gehen. Als ich mich noch einmal zu ihm umdrehe, steht er immer noch da mit dem nassen Schuh in der Hand und schaut mir mit einem breiten Grinsen hinterher. Wieder müssen wir lachen. Winkend tauche ich schließlich in die Dunkelheit der bereits schlafenden Stadt ab. Sämtliche Gesichtsmuskeln schmerzen schon, doch ich kann einfach nicht aufhören zu lächeln.

KAPITEL DREIZEHN

MARC

»Warum regst du dich überhaupt so auf?«, will Anna von Marc wissen.

»Das geht dich nichts an«, motzt er. Innerlich kocht er vor Wut. Tessa mit einem anderen zu sehen, hat ihm einen heftigen Stich versetzt. Nicht nur, weil er sie noch liebt, sondern auch, weil sein Vater ihm nach wie vor im Nacken sitzt.

»Du kannst mit mir doch über alles reden«, bohrt Anna nach. Um sie zum Schweigen zu bringen, zieht er sie in einen Kuss. Dass Marc sich weiterhin mit Anna trifft, sieht er als vollkommen legitim an, so lange er Tessa nicht haben kann. Doch er wird sie zurückholen. Sie gehört ihm.

Ich muss diesen Typ irgendwie aus dem Weg räumen, schießt es Marc durch den Kopf. Nur wie soll er das anstellen?

KAPITEL VIERZEHN

TESSA

»Wann darf ich Dich wiedersehen?«, ploppt in aller Herrgottsfrühe eine Mail von Lucas auf. Sofort beschleunigt sich mein Puls. Habe ich mich tatsächlich schon verknallt? Oder ist es nur eine Schwärmerei? Was auch immer – es fühlt sich verdammt gut an. Wie ein Neubeginn. Und das ist es doch, was ich will. *»Am Samstag? Ich komme nach Hamburg.«* Beinahe fieberhaft warte ich auf seine Antwort.

»Liebend gern. Samstagabend steht allerdings ein Event an. Aber wir könnten den Tag miteinander verbringen. Ich habe da auch schon eine Idee. Bist Du sportlich?«

»Nicht im Geringsten.«

»Macht nichts. Dann übernehme ich die Arbeit und Du genießt einfach.«

»Was hast Du denn vor?«

»Lass Dich überraschen! Ich kann es kaum erwarten.«

Erfüllt von Vorfreude springe ich aus dem Bett. Die Sonne strahlt, und ich überlege, was ich mit diesem wundervollen Tag anfangen soll. Nach einem ausgiebigen Frühstück gehe ich in Noahs Zimmer und suche weitere Sachen für Evas Nachwuchs raus. Die Dinge, die mir besonders am Herzen liegen, lege ich in eine Kiste und verstaue sie in meinem Schrank. Von allem anderen möchte ich mich trennen. Da Eva und Oliver das Zimmer für Leo bereits eingerichtet haben, verschenke ich Noahs Möbel an eine bedürftige Familie.

Eine Stunde später ist alles weitestgehend leergeräumt. Bepackt mit zwei großen Säcken fahre ich mit dem Aufzug nach unten und lade die Sachen in den Kofferraum.

Eva ist völlig aus dem Häuschen, als ich wenig später vor ihrer Tür stehe. »Oh Tessa, du kommst wie gerufen. Mir fällt langsam echt die Decke auf den Kopf.«

»Wie fühlst du dich?«, frage ich besorgt.

»Der Arzt hat gesagt, ich solle so viel wie möglich liegen und anstrengende Tätigkeiten vermeiden, weil ich immer wieder Wehen habe.«

»Und wie lange sollst du dich schonen?«

»Bis zur 37. Woche.«

»Puh, das dauert ja noch. Aber du solltest unbedingt darauf hören. Das weißt du, oder?«

»Ja, klar. Aber es nervt langsam. Ich habe schon drei Bücher gelesen und unzählige Serien auf Netflix angeschaut. Das ödet mich inzwischen total an.«

»Dabei liegst du erst seit ein paar Tagen«, wirft ihr Mann Oliver ein. Flehentlich blickt er mich an. »Tessa, kannst du nicht irgendetwas unternehmen, damit ihre Launen wieder zu ertragen sind?«

»Ich kann es versuchen.« Und an Eva gerichtet sage ich: »Du schaust dir jetzt erst einmal die Sachen an, die ich mitgebracht habe, und ich erzähle dir währenddessen von meinem Date mit Lucas gestern.« Sofort hellt sich Evas Miene auf. Ausführlich berichte ich von meinem Abend, lasse die Begegnung mit Marc jedoch bewusst aus. Der Vormittag vergeht wie im Flug. Zum Mittagessen besorgt Oliver Pizza für uns alle, und dann muss ich die beiden wieder sich selbst überlassen. Julia wartet bereits auf mich, denn auch sie ist gespannt und möchte erfahren, was passiert ist. Elisa hat mich am Morgen bereits in unzähligen Voicemails mit Fragen überhäuft, weil ihre Neugier kaum zu stillen war. Vermutlich hätte sie bei unserem Date am liebsten Mäuschen gespielt.

Gegen halb drei schlage ich bei Julia auf. Offenbar wirke ich ziemlich verstrahlt, denn das Erste, was sie sagt, ist:

»Oh je. Du bist total verknallt!«

»Was? Wie kommst du denn darauf?«, tue ich ihre Behauptung ab. Wobei sie damit nicht ganz falsch liegt. Ich schiebe mich an ihr vorbei in die Wohnung, um mich direkt aufs Sofa fallen zu

lassen. Julia hockt sich daneben und mustert mich erwartungsvoll.

»Erzähl schon. Wie war es?«

»Es war nett.« Ich grinse breit.

»Nett? Willst du mich veräppeln?«

»Ich … Hach! Er ist toll. Lucas hat mich total umgehauen.«

»Also war es mehr als nur nett.«

»Wir hatten einen wundervollen Abend. Auch wenn das Ende
ein wenig kurios war.« Erheitert berichte ich von dem Desaster
mit der Hundescheiße. »Nächste Woche sehen wir uns wieder.
Ich besuche ihn in Hamburg.« Aufgeregt zapple ich mit den Beinen.

»Ich sag's ja. Du bist verknallt.«

»Ein bisschen vielleicht.« *Ein bisschen viel*, denke ich still.
Lucas ist ein Glücksgriff. Ich werde das einfach genießen. Punkt.

»Aber was ist eigentlich mit dir los, Julia? Du siehst bedrückt
aus. Oder irre ich mich?« Aufmerksam betrachte ich meine
Freundin. Sorgenfalten verdrängen ihr sonst immer vorhande-
nes Lächeln.

»Es ist mein Vater. Es geht ihm nicht besonders gut. Er muss
am Herzen operiert werden. Nächste Woche schon.« Bekümmert
schaut sie mich an.

»Wirst du hinfliegen?«

»Es gibt einen Flug am Dienstag. Aber … Ich bekomme nicht
genug Geld zusammen.«

»Wieviel brauchst du? Ich werde es dir geben.«

»Ich kann doch kein Geld von dir annehmen!« Sie wirkt ent-
rüstet, hebt abwehrend die Hände.

»Natürlich kannst du. Julia, du bist immer für mich da. Jetzt
kann ich mich endlich mal revanchieren. Keine Widerrede.« Auffordernd warte ich ihre Antwort ab.

»Ich bräuchte 250,00 Euro.« Die Situation ist ihr sichtlich unangenehm.

»Mach dir keine Gedanken. Ich überweise es dir sofort und du
buchst jetzt diesen Flug.«

»Danke«. In ihren Augen schimmern Tränen. Ob vor Erleichterung oder Sorge, kann ich nicht genau ausmachen. Sie drückt mich an sich, und dann erledigen wir alles, was zu erledigen ist. Eine Viertelstunde später ist der Flug gebucht, und wir machen uns gemeinsam daran, ihren Koffer zu packen. In zwei Tagen wird sie nach Dublin fliegen.

Es ist gerade mal halb sechs, als ich Julia zum Abschied umarme. In der Abflughalle herrscht bereits geschäftiges Treiben. Urlauber, die voller Vorfreude sind, Geschäftsleute, die gehetzt wirken – und eben wir. Meine Freundin ist unruhig. Seit sie vor knapp fünf Jahren nach Deutschland gekommen ist, war sie nicht mehr in ihrer Heimat. Jetzt sorgt sie sich um ihren Vater, und das trübt ihre Freude darauf, wieder nach Hause zu kommen.

»Mach dir nicht zu viele Sorgen. Du sagst, dein Vater ist ein zäher Kerl. Er schafft das! Und wenn er die OP hinter sich hat, dann versuche bitte, die Zeit mit deiner Familie zu genießen.«

»Ich gebe mir Mühe.«

»Melde dich, wenn du angekommen bist. Und halte mich auf dem Laufenden, okay?«

»Versprochen.« Sie blickt mich durch tränenverschleierte Augen an. »Und danke. Aus tiefstem Herzen.«

Wir umarmen uns ein letztes Mal, dann verschwindet sie durch die Sicherheitskontrolle. Ich versuche, meinen eigenen Worten Glauben zu schenken und hoffe inständig, dass ihr Vater die Operation gut übersteht. Wenn ich ehrlich bin, beschleicht mich das dumpfe Gefühl, dass sie nicht zurückkehren wird. Ist es egoistisch, wenn ich will, dass sie wiederkommt? Entschlossen schüttle ich diese Gedanken ab und schlendere zum Parkhaus. Um mich ein wenig abzulenken, tippe ich eine Nachricht an Lucas ein.

»*Nur noch vier Tage. Ich freue mich schon auf dich.*«

Oh nein, wie kindisch ich mich aufführe! Kichernd rolle ich mit den Augen und rede mir ein, dass er noch schlimmer ist als ich. Schließlich war er derjenige, der einfach nicht lockergelassen hat. Die Schmetterlinge führen gerade mal wieder ein Tänzchen auf – wie jedes Mal, wenn ich an ihn denke. Am liebsten würde ich mich sofort auf den Weg zu ihm machen. Stattdessen fahre ich nach Hause und esse noch eine Kleinigkeit, bevor ich ins Büro muss. Trotz der viel zu kurzen Nacht geht mir die Arbeit locker von der Hand. Im Moment fühlt sich einfach alles leicht an. Besorgt bin ich ausschließlich um Eva und um Julias Vater. Alles andere bekümmert mich nicht mehr. Es ist, als wäre ich ein neuer Mensch. Und das habe ich nur Lucas zu verdanken.

Die Tage bis zu unserem Wiedersehen zogen sich wie Kaugummi. Jetzt aber sitze ich endlich im Auto auf dem Weg nach Hamburg. Sportliche Kleidung soll ich tragen, für was auch immer er geplant hat. Verabredet sind wir schon um 09.00 Uhr an der Außenalster.

Als ich meinen Wagen im Schatten eines großen Baumes parke, sehe ich ihn schon, wie er lässig an sein Auto gelehnt dasteht. Er trägt Sneakers, eine zerfetzte Jeans und ein enges Shirt, unter dem sich sein muskulöser Oberkörper abzeichnet. Sein Haar trägt er dieses Mal offen, und ich spüre, wie sein Anblick mich um den Verstand bringt. Eilig springe ich aus dem Auto und gehe ihm entgegen. Mit jedem Schritt wird mein Grinsen breiter. Auch er stürmt förmlich auf mich zu. Er hebt mich hoch und dreht sich mit mir im Kreis, dass mir fast schwindelig wird. Meine Arme schlinge ich fest um seinen Nacken. Lucas lacht laut und ausgelassen, und ich könnte platzen vor Glück. Himmelhochjauchzend wie zwei dämliche Honigkuchenpferde strahlen wir uns an.

»Hi.« Er lehnt seine Stirn gegen meine.

»Hi.« Wie sehr ich mich nach ihm gesehnt habe! Seine Nähe lässt bei mir sämtliche Sicherungen durchbrennen. »Also, was haben wir heute vor?«

»Wir gehen paddeln«, entgegnet er trocken.

»Paddeln.« Entgleisen mir etwa schon wieder die Gesichtszüge?

»Keine Sorge. Ich habe ja gesagt, ich übernehme die Arbeit und du genießt einfach nur. Wir paddeln entlang der Romantikstrecke.« Er mustert mich. »Du magst doch hoffentlich Romantik?«

»Ich liebe Romantik! Solange wir nicht ins Wasser fallen.«

»Hm … das könnte passieren.«

»Ich warne dich, Lucas!« Ich traue ihm sogar zu, dass er das ernst meint.

»Dann lass uns mal los.«

Nur wenige Minuten später sitzen wir in einem blauen Kanu. Aus Stolz schnappe auch ich mir ein Paddel, doch schon bald ernte ich jede Menge Gelächter von Lucas.

»So kommen wir niemals von der Stelle!«

»Tut mir leid, ich bin eben völlig talentfrei in solchen Dingen.« Schon wieder laufe ich rot an.

»Das ist kaum zu übersehen. Du solltest das Paddeln wohl doch besser mir überlassen. Sonst kommen wir ja nie an.«

Offenbar bereitet ihm meine nicht vorhandene Begabung jede Menge Spaß.

»Mach dich nur lustig! Ich wollte dich bloß ein bisschen unterstützen.« Vorsichtig lehne ich mich zur Seite und stecke meine Hand schwungvoll ins Wasser, um ihm eine Ladung zu verpassen. Er nimmt es als Kampfansage auf und tut es mir gleich, allerdings mit seinem Paddel. Ein riesiger Wasserschwall ergießt sich über mich. Ich kreische laut auf.

»Na warte!« Ich schnappe mir das zweite Paddel wieder, und wir liefern uns laut lachend eine wilde Wasserschlacht, bis das Boot so stark ins Schaukeln gerät, dass es beinahe kippt.

»Halt! Stopp!«, schreie ich hysterisch. Zwar bin ich schon fast komplett nass, doch baden gehen muss nun wirklich nicht sein.

»Spielverderber«, stichelt er.

Erleichtert atme ich auf, als sich das Gewässer unter uns wieder beruhigt. Prüfend blicke ich an mir herab. »Na toll. Ich sehe aus wie ein begossener Pudel.«

»Der schönste Pudel, der mir je begegnet ist.« Da ist er wieder, dieser Blick. Meine Knie werden butterweich. Er wendet seine Augen nicht von mir ab, als er weiterpaddelt. Mir gelingt es nicht, ihm standzuhalten, deshalb schließe ich die Augen und richte mein Gesicht der Sonne entgegen. Schon bald bin ich wieder weitestgehend trocken und kann die Fahrt durch die Alsterkanäle in vollen Zügen genießen. Es ist wirklich sehr romantisch, von ihm durch die Gegend gegondelt zu werden. Nach einer Weile steuert er aufs Ufer zu. Beinahe elegant springt er aus dem Boot und reicht mir die Hand.

»Kleiner Zwischenstopp, schöne Frau.«

Etwas unbeholfen klettere ich heraus und sehe vor uns auf der Wiese eine rot-weiß karierte Picknickdecke liegen. Daneben steht ein prall gefüllter Korb. So etwas Tolles hat sich noch keiner für mich einfallen lassen.

»Das ist für uns?«

»Na klar.«

»Wow, das ist …«

»Romantisch?«

Mir wird bewusst, dass ich immer noch seine Hand halte. Alles in mir tanzt. »Ja. Ja, das ist es.«

Sanft zieht er mich hinüber zur Decke, und ich nehme, immer noch ein wenig ungläubig, darauf Platz. Lucas kramt alles hervor, was der Korb hergibt.

»Worauf hast du Lust?«, fragt er. *Dich zu küssen*, schießt es mir durch den Kopf. Doch ich traue mich nicht, den ersten Schritt zu machen.

»Tessa?« Verdammt, ich starre ihn an.

»Äh. Erst mal ein Gläschen Sekt.«

Er reicht mir ein Glas, und ich trinke hastig. Anschließend packe ich mir von allem etwas auf meinen Teller. Während wir essen, unterhalten wir uns angeregt, sogar mit vollem Mund. Irgendwie macht es nichts aus. So nervös er mich auch macht, so normal fühlt es sich trotzdem mit ihm an. Keiner braucht sich zu verstellen. Wir können sein, wie wir sind. Zumindest hoffe ich, dass er sich in meiner Gegenwart genauso fühlt. Gut gesättigt packen wir die Reste wieder in den Korb und schieben ihn beiseite. Lucas legt sich auf der Decke lang, ich tue es ihm gleich. Dicht beieinander blicken wir in den azurblauen Himmel und beobachten die dicken weißen Quellwolken dabei, wie sie an uns vorbeiziehen und sich unaufhörlich verwandeln. Verstohlen schaue ich ihn an. Er wirkt nachdenklich.

»Wie geht es Lilly?«, frage ich, in der Hoffnung, den Moment nicht zu zerstören.

»Unverändert.« Seine Stimme klingt matt. »Die Bank hat meinen Kreditantrag abgelehnt. Ich bin ehrlich verzweifelt.«

»Das glaube ich dir«, sage ich betrübt. »Bleibt nur ein Spendenaufruf.«

»Ja. Darum haben wir uns bereits gekümmert. Hoffentlich bringt uns das weiter.« Seine Stirn legt sich in tiefe Falten. Es zerreißt mich, ihn so traurig zu sehen. Zaghaft greife ich nach seiner Hand, und wie von selbst verschlingen sich unsere Finger ineinander. Er nimmt einen tiefen Atemzug, und sein Gesicht entspannt sich wieder. Sein Blick ruht nun auf mir und lässt die Gefühlsachterbahn wieder volle Fahrt aufnehmen. Schnell schaue ich wieder zum Himmel auf.

»Alles okay?«

»Sicher.« Meine Stimme zittert hörbar. »Es ist nur … Ich hatte nicht vor, mich so schnell wieder zu verlieben. Aber ich fürchte, ich bin auf dem besten Weg dorthin.«

Lucas stützt sich auf einen Ellenbogen und legt seine Hand an meine Wange, um mich zu zwingen, ihn anzuschauen. Mir wird furchtbar heiß, und ich spüre, wie die Röte in mir aufsteigt. Wieder einmal.

»Könnte schlechter für mich laufen.« Selig grinst er mich an. Dann kommt er noch näher und beugt sich über mich, bis seine Lippen sanft meine Stirn berühren. Ich bin mir sicher, dass mein Herzschlag gerade durch ganz Hamburg zu hören ist. Langsam lässt er sich wieder zurück auf die Decke rollen und zieht mich mit zu sich hinüber. Nun liege ich in seinem Arm, mein Kopf ruht an seiner Schulter, meine Hand verharrt auf seiner Brust, fest von seiner umschlungen. Ganz deutlich spüre ich seinen Herzschlag, der nicht weniger schnell geht als meiner. Seinen Arm zieht er nun noch fester um mich, als wäre es das Normalste der Welt.

»Ich könnte ewig so mit dir hier liegen, Tessa! Du bist schon jetzt nicht mehr aus meinem Leben wegzudenken. Und das meine ich völlig ernst.« Er spricht leise, was seinen Worten noch mehr Gewicht verleiht.

»Ich weiß gar nicht, was ich sagen soll.«

»Musst du auch nicht. Wir haben alle Zeit der Welt. Ich wollte es dich einfach nur wissen lassen.« Er führt meine Hand an seine Lippen, um sie zu küssen. Unwillkürlich muss ich lächeln und auch, wenn er es nicht sehen kann, bin ich mir sicher, dass er es spürt. Eine Weile liegen wir einfach nur da, keiner sagt ein Wort. Und das ist auch nicht nötig. Es ist ein perfekter Moment.

Widerwillig nehme ich wahr, dass er sich regt. »Ich sage es nur ungern, aber wir müssen weiterpaddeln. Sonst verpasse ich mein Event heute Abend.« Sanft streichelt er über meine Wange.

»Kannst du das nicht einfach sausenlassen?«

»Würde ich gern, das kannst du mir glauben. Aber es ist nun mal mein Job.« Er richtet sich langsam auf.

»Habe ich auch nicht ernst gemeint. Obwohl …« Ohne nachzudenken, ziehe ich ihn wieder zu mir herunter. Plötzlich ist sein Gesicht ganz nah über meinem, und man kann das Knistern beinahe hören. Wie er mich ansieht. Ist das der Moment? Unser erster Kuss? Mein Kopf schreit meinen Bauch an, es langsam angehen zu lassen. Der Bauch schreit zurück, dass der Moment perfekt ist. Und während sich die beiden streiten, fällt mir nichts Besseres ein als: »Wir sollten los!«

Lucas stößt hörbar Luft aus. »Du hast recht.« Mit einem Satz springt er auf und zieht mich zu sich hoch. Es scheint, als hätte er den Gedanken mit dem Kuss noch nicht ganz abgehakt, und mir geht es ähnlich. Trotzdem senke ich lächelnd den Blick und löse mich aus seiner Umarmung. Unbeholfen wie immer klettere ich in unser Kanu. Das Boot schwankt bedrohlich, obwohl Lucas es festhält. Immerhin gelingt es mir, nicht auf der anderen Seite hinauszufallen. Erleichtert lasse ich mich auf der kleinen Bank nieder. Lachend springt Lucas ebenfalls ins Boot, greift nach dem Paddel und lenkt uns gekonnt vom Ufer weg.

»Wie du siehst, bin ich ein hoffnungsloser Fall, was jegliche Art von sportlichen Aktivitäten angeht«, sage ich beschämt. »Ein Körperklaus eben.«

Lucas lacht noch lauter als zuvor. »Dann wird es Zeit, dass ich dir mal ein bisschen was beibringe.«

»Wenn du mich vergraulen willst, bitte.«

»Dann lasse ich das wohl besser. Ich will nämlich alles andere als das.«

Als Antwort entgegne ich ihm lediglich ein kleines Lächeln. Das scheint ihm zu genügen. Er wirkt rundum zufrieden, und wenn ich in mich hineinhorche, bin ich es auch. Das mit uns beiden könnte etwas Gutes werden.

Nach einer knappen Stunde gelangen wir wieder an unseren Startpunkt. Hand in Hand schlendern wir zu den Autos zurück. So schwer es uns fällt, müssen wir schon wieder Abschied voneinander nehmen. Warum muss er ausgerechnet an diesem wundervollen Tag arbeiten? Wehmut überkommt mich. Ich will bei ihm bleiben. Als ob er meine Gedanken lesen könnte, zieht er mich in seine Arme und hält mich so fest, als würde er mich nicht wieder loslassen wollen. Sein Gesicht vergräbt er in meinen Haaren. Gänsehaut überzieht meinen ganzen Körper.

»Ich will dich nicht gehen lassen. Du glaubst gar nicht, wie schwer mir das fällt. Am liebsten würde ich den Job tatsächlich sausenlassen.«

»Lass es lieber. Das war ein unüberlegter Gedanke von mir. Aber wir sehen uns nächstes Wochenende wieder, oder?«

»Natürlich. Auf jeden Fall. Aber eine Woche kann verdammt lang sein.«

»Das stimmt.«

Mit offenem Blick sieht er mich an, und ich glaube, einen leichten Schimmer in seinen Augen zu erkennen. »Verdammt.« Er rauft sich die Haare. Es fällt ihm sichtlich schwer, sich von mir zu trennen. Und mir geht es nicht anders.

Zaghaft lege ich meine Hände um sein Gesicht und stelle mich auf die Zehenspitzen. Sofort schließt er die Augen, beugt sich zu mir herunter, und endlich berühren sich unsere Lippen. Ein sachter, kurzer Kuss – mehr nicht. Es durchfährt mich wie ein Stromschlag und bringt mich so durcheinander, dass ich mich zu schnell wieder zurückziehe. Verlegen schaue ich zu ihm auf.

»Es ist Zeit zu gehen«, flüstere ich. Ein letztes Mal umarmen wir uns innig, dann steige ich in mein Auto und fahre los. Doch es fühlt sich an, als würde ich fliegen.

Am Nachmittag laufe ich wieder in Bremen ein und frage mich, was ich mit dem Rest des Tages anfangen soll. Das Erste, was ich tue, ist Lucas' Spendenaufruf auf Facebook zu teilen und den Großteil meiner Freunde um Hilfe für die kleine Lilly zu bitten.

Und jetzt? Julia ist noch in Irland, Elisa und Paul verbringen das Wochenende in Berlin. Eva hingegen muss nach wie vor überwiegend liegen, also beschließe ich, ihr ein wenig Gesellschaft zu leisten. Bewaffnet mit zwei Packungen Eiscreme kreuze ich bei ihr auf. Freudestrahlend öffnet sie mir die Tür.

»Du kommst wie gerufen, Liebes! Oliver ist noch arbeiten und mir fällt die Decke auf den Kopf.«

»So etwas habe ich mir schon gedacht.« Aus der Küche besorge ich zwei große Löffel und hocke mich neben meine Freundin aufs Sofa.

»Erzähl schon, wie war dein Date mit Lucas?« Gebannt starrt sie mich an und schiebt sich eine große Ladung Schoko-Eiscreme in den Mund.

Doch gerade, als ich zum Erzählen ansetzen will, klingelt mein Handy. Schlagartig zieht sich alles in mir zusammen. »Es ist Marc.«

»Was will dieser Idiot denn noch?« Eva klingt sauer. »Drück ihn einfach weg.«

Genauso mache ich es. Keine zwei Sekunden später klingelt es jedoch erneut. Genervt nehme ich das Gespräch schließlich an.

»Marc, was ist los?«

»Wir müssen reden, Tessa.«

»Ich wüsste nicht worüber.«

»Über die Wohnung.«

»Was ist mit der Wohnung?« Ich schlucke schwer.

»Das möchte ich nicht am Telefon besprechen. Kann ich vorbeikommen?«

»Heute nicht. Ich bin nicht zu Hause.«

»Triffst du dich wieder mit diesem Fatzke?« Seine Sticheleien ignoriere ich bewusst.

»Morgen Vormittag?«

»Meinetwegen. Ich bin um halb elf bei dir«, grummelt er. In meiner Magengegend bleibt ein beunruhigendes Ziehen zurück.

»Was wollte er?«, möchte Eva wissen.

»Über unsere Wohnung reden.«

Nachdenklich zieht sie die Stirn kraus. »Denkst du, er will sie für sich haben?«

»Gut möglich.« Verzweifelt schaue ich sie an, und stoße laut Luft aus. »Mir war zwar schon klar, dass ich irgendwann ausziehen muss, aber offenbar geht das jetzt schneller, als mir lieb ist.«

»Warte erst mal ab. Vielleicht will er dir ja auch mit der Miete entgegenkommen.«

Ein irres Lachen entweicht mir. »Wovon träumst du denn? Ein Wohltäter war Marc noch nie. Außerdem gehört die Wohnung immer noch seinem Vater. So etwas könnte er nicht entscheiden.«

»Und wenn du dir wirklich etwas Neues suchst? Vielleicht wäre das gar nicht so verkehrt.«

»Tue ich ja schon. Doch momentan ist nichts Brauchbares zu finden.« Entschlossen, diese Gedanken zu verdrängen, lenke ich das Thema in eine andere Richtung. Eva erzählt mir daraufhin von ihren Ängsten in Bezug auf die bevorstehende Geburt. Ehrlicherweise höre ich nur halbherzig hin, denn die Sorge, was mit der Wohnung passieren wird, beschäftigt mich mehr, als ich zugeben will. Was ist, wenn Marc wirklich Anspruch darauf erhebt? Kann er mich einfach so auf die Straße setzen? Schlagartig wird mir bewusst, dass der Mietvertrag ausschließlich auf ihn läuft. Ich kann also nur verlieren.

Um kurz nach halb elf steht Marc auf der Matte. Er sieht umwerfend aus, wie immer, doch zu meinem großen Erstaunen lässt mich das völlig kalt. Bestärkt von diesem Gefühl gebe ich mich betont gelassen.

»Komm rein. Möchtest du einen Kaffee?«

»Gern.« Er wirkt verblüfft. Vermutlich hat er nicht erwartet, dass ich ihm mit irgendwelchen Nettigkeiten komme. Gemütlich schlendere ich in die Küche, um ihm kurz darauf seinen Kaffee zu reichen, genauso, wie er ihn gerne mag – mit einem Schuss Milch und zwei Löffeln Zucker. Als er die Tasse entgegennimmt, wirkt er nachdenklich und hat offenbar nicht den Mumm, den ersten Schritt zu tun.

»Worüber möchtest du also mit mir sprechen?«

Er räuspert sich, als sei ihm die Frage unbehaglich. Dabei war er doch derjenige, der dieses Gespräch wollte.

»Ich möchte, dass du auziehst«, sagt er tonlos. Stur starrt er in seine Tasse.

»Willst du die Wohnung für dich haben? Oder sollte ich vielmehr fragen: für *euch*?«

Schweigend starrt er mich an. Seine Feigheit macht mich wütend. »Ist das dein Ernst? Du willst dir in unserer Wohnung ein Liebesnest mit ihr einrichten?«

»Genau genommen ist es *meine* Wohnung«, entgegnet er schon deutlich weniger kleinlaut.

»Ha!« Es klingt verächtlich, und genauso meine ich es auch. »Und euer Baby soll dann in Noahs Zimmer wohnen? Das hast du dir ja toll ausgedacht!«

»Du könntest hier wohnen bleiben. Wenn du mich zurücknimmst.« Ein selbstgefälliges Lächeln macht sich auf seinem Gesicht breit.

»Spinnst du? Welchen Grund hätte ich, mich wieder auf dich einzulassen? Willst du mich für dumm verkaufen? Du gibst dir ja nicht mal Mühe, deine billige Affäre zu verbergen«, schleudere ich ihm wutschäumend entgegen.

Mit einem hämischen Grinsen springt er urplötzlich auf und geht schnurstracks auf Noahs Zimmer zu. »Dann wird Annas Kind wohl doch hier einziehen.« Energisch stößt er die Tür auf. Schlagartig erstarren seine Gesichtszüge. »Was ist hier passiert?«

»Das siehst du doch. Ich habe Abschied genommen. Ich will nicht länger in einer Vergangenheit leben, von der nichts mehr übrig ist.«

»Wo zur Hölle sind die Möbel?« Wütend funkelt er mich an. Der Ausdruck in seinen Augen wirkt furchteinflößend.

»Weg.« Mein Puls rast. »Wolltest du ernsthaft das Kind, das du mit dieser Frau gezeugt hast, im Bett unseres Sohnes schlafen lassen? Was glaubst du eigentlich, wer du bist?«

»Ich bin immer noch dein Mann. Und das werde ich auch bleiben.« Es klingt wie eine Drohung.

»Vergiss es.«

»Sei still! In drei Wochen bist du aus dieser Wohnung verschwunden. Keinen Tag länger.« Sein ganzer Hass schlägt mir entgegen, und ich bin zu schockiert, um zu widersprechen. Marc macht auf dem Absatz kehrt und schlägt die Wohnungstür mit einem gewaltigen Knall hinter sich zu. Erschrocken zucke ich zusammen. Während in meinem Inneren alles tobt, bricht draußen ein Wolkenbruch los, und ich gönne es ihm, diesem feigen Mistkerl. Doch wie soll ich auf die Schnelle eine neue Bleibe finden?

Ich brauche dringend frische Luft. Der Regen reinigt meine Gedanken ein wenig, und mit jedem Schritt, den ich gehe, weicht meine Wut einer unbändigen Entschlossenheit. So leicht kriegt Marc mich nicht klein. Innerlich muss ich darüber schmunzeln, wie oft ich in den letzten Monaten ziellos durch die Straßen gerannt bin. Das ist irgendwie zu meinem Ventil geworden. Als ich wieder einmal den Domshof passiere, sehe ich David und seinen Kumpel unter dem Vordach des Coffee's stehen. Die beiden sind in ein angeregtes Gespräch vertieft. *Immer, wenn es regnet,* denke ich verwundert. Das ist irgendwie seltsam. Ob ich kurz hallo sagen soll? Nein, lieber nicht. Sonst wird David wieder zu meinem Blitzableiter. Er hat sicher Besseres zu tun, als mir beim Probleme-wälzen zuzuhören. Noch während ich überlege, schwenkt Davids Blick plötzlich in meine Richtung. Hastig wende ich mich ab und gehe weiter. Bestimmt hat er mich nicht erkannt.

Wenig später ruft Julia an und berichtet mir, dass es ihrem Vater nach der Operation schon deutlich besser gehe und er Mitte nächster Woche aus dem Krankenhaus entlassen würde. Sie klingt erleichtert und gelöst, und ich bin froh, dass sie in wenigen Tagen ruhigen Gewissens nach Bremen zurückkehren kann. Bevor sie auflegt, erzähle ich ihr, was soeben passiert ist. Sie ist nicht weniger entsetzt als ich. Dennoch bringt sie mich ein bisschen zur Ruhe.

»Zur Not kannst du bei mir unterkommen. Mein Sofa steht immer für dich bereit.«

Für dieses Angebot bin ich mehr als dankbar. Drei Wochen sind definitiv zu kurz, um eine vernünftige Bleibe zu finden. Allerdings frage ich mich, ob Marcs Frist überhaupt angemessen ist und beschließe, mit meinem Anwalt darüber zu reden. Große Chancen male mich mir jedoch nicht aus. Marc ist der alleinige Mieter. Was das für mich bedeutet, liegt auf der Hand.

KAPITEL FÜNFZEHN

MARC

Verflucht, das ging nach hinten los. Marc tobt innerlich vor Wut. Er war überzeugt, sie mit ein wenig Druck zum Umdenken zu zwingen. Also geht es doch nur auf die harte Tour. Tessas Freund muss von der Bildfläche verschwinden. So verknallt wie sie aussah, wird sie am Boden zerstört sein. Und dann wird Marc als ihr Tröster auftreten. Das wird funktionieren. Als er Tessas Facebook-Account checkt, weiß er sofort, wie er das bewerkstelligen kann. Siegessicher tippt er eine Nachricht in den Messenger. Als er auf »Senden« drückt, überkommt ihn das Gefühl von Macht. Schon bald wird Tessa wieder ihm gehören.

KAPITEL SECHSZEHN

TESSA

Gestern habe ich mich den ganzen Tag durch Wohnungsanzeigen geklickt und schließlich drei Wohnungen gefunden, die halbwegs passabel wirken und obendrein einigermaßen erschwinglich sind. Bereits am Nachmittag kann ich eine davon besichtigen. Elisa begleitet mich als moralische Unterstützung. Die Wohnung liegt etwas außerhalb der Altstadt. Um Punkt 15.00 Uhr laufen Elisa und ich vor dem Wohnkomplex auf. Von außen macht das Haus einen guten Eindruck. Nur wenige Sekunden später trifft auch der Makler ein. Er wirkt distanziert und mustert mich von oben bis unten, die Zweifel deutlich ins Gesicht geschrieben.

Wir folgen ihm in den Hausflur, und gleich strömt uns der Geruch nach abgestandenen Zigaretten und nicht gesäubertem Katzenklo oder dergleichen entgegen. Elisa und ich werfen uns einen angeekelten Blick zu. Die Wohnung liegt im vierten Stock. Zu meinem Entsetzen gibt es nicht einmal einen Aufzug. Nicht, dass ich verwöhnt wäre, aber ehrlich gesagt habe ich nur wenig Lust, jedes Mal all die Stufen hinaufzulaufen. Erst recht nicht, wenn ich das verlebte Treppenhaus betrachte. Der erste Eindruck sagt einiges über die Mieter aus. Als wir oben ankommen, japse ich bereits nach Luft. Der Makler öffnet die Tür zu der kleinen Wohnung, die mir auf den ersten Blick überraschend einladend erscheint.

»Momentan werden noch einige Renovierungsarbeiten durchgeführt. Die Vormieter waren nicht besonders ...«, er räuspert sich verlegen, »... sauber.«

Die bereits aufbereiteten Räume wirken schön, doch als wir das Schlafzimmer betreten, sehen wir gleich, was dort im Argen liegt. Unauffällig stoße ich Elisa an und deute in die linke Zimmerecke. Unter der Decke befindet sich ein unübersehbarer grünlicher Fleck.

»Schimmel!«, stellt Elisa trocken fest. »Warum überrascht mich das jetzt nicht?«

»Und dann das Treppenhaus. Das geht gar nicht«, raune ich ihr zu. An den Makler gerichtet sage ich:

»Es tut mir leid, aber weder die Wohnung noch das Treppenhaus sind in einem passablen Zustand. Das ist wohl kaum das Richtige für mich.«

Er nickt einsichtig. »Das habe ich Ihnen gleich angesehen. Sie gehören nicht hierher. Soll ich mich bei Ihnen melden, falls ich etwas Passendes finde?«

Dankend verabschiede ich mich von ihm, und obwohl ich nicht davon ausgegangen bin, gleich bei der ersten Wohnung Glück zu haben, macht sich Enttäuschung in mir breit. Ich will das einfach nur schnell hinter mich bringen.

»Das war ja wohl ein Schuss in den Ofen«, beschwert sich Elisa. »Wie kann man nur so eine verranzte Bude anbieten?«

»Das frage ich mich auch. Aber es gibt bestimmt genug Leute, die aus der Not heraus in solch ein Loch einziehen. So groß könnte meine Not aber niemals sein.«

»Und wie geht es jetzt weiter?«

»Morgen Abend kann ich mir schon die nächste Wohnung anschauen.«

»Hoffentlich hast du da mehr Glück.«

»Ja, hoffentlich.«

»Wolltest du nicht auch deinen Anwalt anrufen? Ich bin mir ja nicht sicher, ob Marc dich einfach so auf die Straße setzen kann.«

»Die Kanzlei ist bis Montag geschlossen. Ausgerechnet jetzt. Aber ich werde mich nächste Woche gleich darum kümmern.«

Am nächsten Morgen erhalte ich schon um kurz nach acht einen Anruf, der mich alles andere als fröhlich stimmt.

»Es tut mir sehr leid, aber die Wohnung ist gestern Abend bereits vermietet worden. Den Besichtigungstermin heute Abend muss ich daher absagen.«

»Das ist sehr schade. Trotzdem danke.« Frustriert lasse ich den Kopf in meine Hände sinken. Jetzt bleibt mir vorerst nur noch eine Besichtigung am Donnerstag. Und wenn das auch nicht klappt? Dann sitze ich bald auf der Straße. Vielleicht lässt Marc ja noch mit sich reden. Aber nach unserer letzten Begegnung brauche ich mir da wohl keine Illusionen zu machen.

Als ich mich am Donnerstag auf den Weg zur Wohnungsbesichtigung begebe, habe ich wenig Hoffnung. Empfangen werde ich von einer freundlichen alten Dame, deren kurzes dauergewelltes Haar einen leichten Lila-Stich hat. Es ist offensichtlich, dass die Wohnung mindestens genauso alt ist wie sie, wenn nicht sogar noch älter. Warum überrascht mich das jetzt nicht? Zunächst führt sie mich in die Küche. Sie ist sehr geräumig und grenzt direkt an ein riesiges Wohnzimmer. Hier kleben noch Tapeten aus den 70ern an den Wänden, und obwohl das wilde Grün-Braun-Orange-Gemisch alles andere als mein Fall ist, hat es fast schon wieder Charme.

»Kommen Sie, ich zeige Ihnen das Bad, junge Dame!« Langsam folge ich ihr auf den kleinen Flur nach links, fünf Stufen hinab.

»Hier ist die Toilette.«

Der winzige Raum ist mit dunkelroten Wandfliesen verkleidet, die Toilette selbst ist blau. Eine fragwürdige Farbkombi. Außerdem ist es so eng, dass ich mit Sicherheit mit den Knien an die Tür stoßen würde, wenn ich auf dem Klo säße. Bei der Vorstellung fange ich an zu kichern. Doch eine Sache irritiert mich noch viel mehr.

»Wo ist denn das Waschbecken?«

»Ach, das. Kommen sie mit!« Im Schneckentempo gehen wir die fünf Stufen wieder hinauf, folgen dem etwa drei Meter langen Flur, der mit einem grasgrünen Teppich ausgelegt ist, und steigen weitere fünf Stufen nach oben.

»Hier ist es. Das Waschbecken und eine Dusche.« Ernsthaft? Man muss also nach der Toilette ins andere Bad laufen, um sich die Hände zu waschen? Verwundert schüttle ich den Kopf, doch die Frau scheint es nicht zu bemerken.

»Kommen Sie, es geht noch weiter.« Wieder steigt sie ein paar Stufen nach oben und atmet dabei schwer.

»Hier oben sind das Schlafzimmer und der Dachboden.« Wir betreten ein kleines Mansardenzimmer, in dem das Bett der alten Dame untergebracht ist. Von diesem Raum geht ein weiterer ab – die Rumpelkammer. Diese Wohnung ist geradezu kurios. Der Blick der Frau bleibt an dem Foto hängen, das auf ihrem Nachttisch steht.

»Vierzig Jahre haben wir hier gewohnt. Dann ist er einfach eingeschlafen und nicht wieder aufgewacht. Und jetzt stecken mich meine Kinder ins Altenheim. Sie haben das einfach so über meinen Kopf hinweg entschieden. Wissen Sie, ich kann nicht mehr gut alleine. Aber ich will hier nicht weg.« Ihr Blick verliert sich im Nirgendwo, und ihre Geschichte bricht mir fast das Herz. Hastig blinzle ich ein paar Tränchen weg und lege behutsam meine Hand auf ihre Schulter.

»Das tut mir sehr leid. Das muss schwer für Sie sein.«

Da erwacht sie aus ihrer Trance und lächelt mich herzlich an. »Ach, wissen Sie – die Erinnerung kann mir immerhin niemand nehmen. Und auch nicht die Liebe. Die habe ich fest in mein Herz eingeschlossen und nehme sie mit, egal, wohin ich gehe.«

Ich kann nicht anders, als sie zu umarmen. »Da haben Sie recht. Danke, dass Sie mir alles gezeigt haben.«

Damit verabschiede ich mich von der Dame. Ihre Worte werden mir sicherlich in Erinnerung bleiben. Von einer neuen Bleibe hingegen bin ich nach wie vor weit entfernt. Das Einzige, das mich gerade ein wenig bei Laune hält, ist mein bevorstehendes Date mit Lucas. Nur noch einmal schlafen.

Nach einigen Regentagen erstrahlt der Himmel wieder in seinem schönsten Blau, und als ich in Flipflops und Shorts ins Freie trete, werde ich von der nahezu sommerlichen Wärme umarmt. Lucas und ich treffen uns gleich an der Schlachte. Schon den ganzen

Tag bin ich von dieser kribbeligen Aufregung erfüllt und führe mich wieder auf wie ein Teenager. Vielleicht sogar schlimmer. Im Büro konnte ich kaum ruhig auf meinem Stuhl sitzen bleiben und habe die ganze Zeit leise vor mich her gesungen. Meinen Kolleginnen raubte ich damit den letzten Nerv. Zu Hause wurde dann wieder der komplette Inhalt meines Kleiderschranks durchprobiert, bis ich endlich zufrieden war mit meinem Spiegelbild. Nun schlendere ich – nein, ich fliege förmlich – über die schmale Brücke, die mich vom Teerhof aus über die Weser führt. Schon von hier aus kann ich sehen, dass sehr viele Menschen die gleiche Idee hatten. Wen wundert es? Das Wochenende steht vor der Tür, und das Wetter ist herrlich. Plötzlich summt mein Handy. Eine Nachricht von Lucas.

»Bin schon da.«

Mein Herz macht einen kleinen Sprung, und ich beschleunige meinen Schritt, während ich eine Antwort eintippe.

»In zwei Minuten bin ich bei Dir!«

Nach wenigen hundert Metern sehe ich ihn an der Mauer stehen, den Blick auf die Weser gerichtet. Einen Moment lang stockt mir der Atem. Ich kann nicht fassen, wie sexy er aussieht. Zugleich wirkt er nachdenklich. Ich gehe etwas langsamer, und als würde er spüren, dass ich da bin, dreht er sich in meine Richtung. Sein Gesicht hellt sich schlagartig auf. Lachend läuft er auf mich zu, um mich gleich darauf wieder durch die Luft zu wirbeln. Ein paar Passanten beobachten uns lächelnd.

»Hallo schöner, fremder Mann! Lust auf ein Date?«

»Aber sowas von!« Offenbar hat er nicht die Absicht, mich loszulassen. »Du kannst dir nicht vorstellen, wie sehr ich dich vermisst habe.«

»Doch, kann ich«, versichere ich ihm. Eine Weile schauen wir uns einfach nur an, und ich verspüre den Drang, ihn zu küssen. Stattdessen frage ich: »Sollen wir?«

Selig nickt er und greift nach meiner Hand, als wäre es völlig selbstverständlich. Nach wenigen Metern erreichen wir das Camarillo, wo ich einen Tisch für uns reserviert habe. Wir nehmen auf der Terrasse unter einem der großen Sonnenschirme Platz, von wo aus wir direkt aufs Wasser schauen können. Lucas setzt sich neben mich.

»So kann ich dir zwar nicht so gut in die Augen schauen, aber ich bin näher bei dir.« Wieder greift er meine Hand und beugt sich dann zu mir herüber, um mir einen Kuss auf die Wange zu geben. Die Schmetterlinge strömen wieder aus. Mitsamt meinem Stuhl rücke ich noch näher zu ihm und lege meinen Kopf an seine Schulter. Er wiederum lehnt seinen an meinen. Wir gehören zusammen, das spüre ich. Einen Moment lang schließe ich die Augen und genieße diesen Moment. Doch dann hebt Lucas ruckartig seinen Kopf.

»Was ist los?«, frage ich irritiert.

»Da vorne.« Groll schwingt in seiner Stimme mit. Suchend richte ich mich auf. Unterhalb der Terrasse, direkt am Wasser, sehe ich ihn. Marc! Mit finsterem Blick starrt er uns an. Seine Hände sind zu Fäusten geballt.

»Er wirkt nicht besonders glücklich darüber, uns beide hier zu sehen«, sagt Lucas tonlos.

»Na und? Das ist mir vollkommen gleichgültig.«

»Bestimmt sieht er jetzt ein, dass es falsch war, dich im Stich zu lassen.«

»Selbst wenn. Dafür ist es längst zu spät.« Verliebt schaue ich wieder zu Lucas. »Ich habe alles, was ich brauche.« Aus dem Augenwinkel sehe ich, wie Marc sich abwendet und weitergeht. Zum Glück ist diese Begegnung ganz schnell wieder vergessen. Wir durchforsten die Karte, und ich bestelle mir einen Maracuja Colada und einen Chicken Wrap. Lucas entscheidet sich für Bier und Burger. Als das Essen vor mir steht, stochere ich lustlos darin herum. Richtig hungrig bin ich nicht. Im Gegensatz zu Lucas, der so beherzt in seinen Burger beißt, dass hinten sämtlicher Belag mit einem Satz hinausschießt. Glücklicherweise landet alles auf dem Teller statt auf seiner Hose. Trotzdem bekomme ich wieder einen Lachanfall und muss unwillkürlich an das Dilemma mit der Hundekacke denken.

»Unfassbar, wie tollpatschig ich in deiner Nähe bin«, grummelt er vor sich hin.

»Ach, daran bin ich schuld?«

»Du bist im Moment an allem schuld. Du hast mein Leben völlig auf den Kopf gestellt.«

Zufrieden lächle ich ihn an. »Glaubst du etwa, mir geht es anders?« Offenbar ist das genau die Antwort, die er hören wollte. Er sagt zwar nichts, sein Gesicht dafür umso mehr. Zärtlich lege ich meine Hand an seine Wange, und er schließt seine Augen unter meiner Berührung. Verdammt, ich bin so verliebt in diesen Kerl.

Leider wird dieser Augenblick vom Kellner gestört, der wissen möchte, ob alles zu unserer Zufriedenheit sei. Sein Blick fällt auf Lucas' Teller, und wir bekommen den nächsten Lachkrampf. Wir versichern ihm, dass alles in bester Ordnung sei und bauen anschließend den Burger kichernd wieder zusammen. Doch auch Lucas scheint keinen allzu großen Appetit mehr zu haben. Nach dem Essen bleiben wir noch eine Weile sitzen und beobachten die Leute, die an der Weser entlang flanieren.

»Sollen wir spazieren gehen?«, frage ich. Lucas stimmt sofort zu. Er kann es wohl kaum erwarten, mit mir allein zu sein. Nachdem wir bezahlt haben, schlendern auch wir am Wasser entlang. Lucas legt seinen Arm um mich, und ich tue es ihm gleich.

Mein Blick fällt auf die Weserburg am anderen Ufer. Unwillkürlich halte ich inne und lese, was in großen Lettern auf dem alten Gebäude prangt: AUF SAND GEBAUT.

Einen kurzen Moment denke ich an Marc. Unsere Liebe war nicht auf festem Grund gebaut. Das wird mir nicht noch einmal passieren.

Fragend schaut Lucas mich an. »Alles okay?«

»Es könnte gerade nicht besser sein.« Ich verliere mich in der Tiefe seiner Augen, die so viel Zuversicht ausstrahlen. Jetzt ist der Moment da. Ich will nicht länger warten. Ohne zu zögern, ziehe ich ihn zu mir herunter, und unsere Lippen treffen aufeinander zu einem ersten, gierigen Kuss. Alles um mich herum ist plötzlich vergessen, die Welt fängt an, sich zu drehen. Wie sehr habe ich mich danach gesehnt.

Atemlos lässt Lucas von mir ab. »Gehen wir irgendwohin, wo es ruhiger ist?«

»Gut. Wohin möchtest du?«

»Lass uns ins Grüne fahren.« Wenig später sitzen wir in seinem Auto und fahren Richtung Bürgerpark. Den Wagen parken wir schließlich am Emmasee.

»Und, zauberst du jetzt wieder irgendwo einen Picknickkorb hervor?«

»Das leider nicht. Aber ich glaube, ich habe eine Decke im Kofferraum.«

»Perfekt.« Wir steigen aus und halten Ausschau nach einem ruhigen Plätzchen. Am Ruderbootverleih werden wir fündig und breiten unsere Decke unter den großen Bäumen aus. Kaum lasse ich mich darauf nieder, zieht Lucas mich wieder in einen Kuss. Schon jetzt bin ich süchtig danach. Nach einer Weile stellen wir lachend fest, dass wir dringend eine kleine Verschnaufpause brauchen. Arm in Arm liegen wir da und lauschen dem leisen Rauschen der Bäume, die sich in der sanften Briese hin- und herwiegen. Enten schnattern lautstark auf dem Wasser. Mir liegt etwas auf dem Herzen, was ich dringend loswerden muss.

»Lucas?«

»Hm?«

»Ich habe mich in dich verliebt.«

Er stützt sich auf, um mich anzuschauen. »Du glaubst gar nicht, wie glücklich du mich gerade machst!« Und dann küsst er mich erneut, noch intensiver als zuvor. »Ich liebe dich, Tessa«, haucht er mir ins Ohr. Ich wage es kaum auszusprechen - ich bin glücklich!

Gestört wird dieser Moment vom Signalton seines Handys. Zaghaft löst sich Lucas von mir und setzt sich hin. »Ich muss kurz nachsehen, ob es etwas Dringendes ist.« Seine Miene verfinstert sich. Er tippt kurz etwas ein und blickt dann wortlos aufs Wasser.

KAPITEL SIEBZEHN

MARC

»Du weißt, was du zu tun hast, damit deine Tochter ihre OP bekommt. Wenn du es nicht tust, sorge ich dafür, dass du nie wieder glücklich wirst.« Marc hat Lucas in der Hand und diese Tatsache befriedigt ihn.

»Du bist so ein Arschloch«, antwortet Lucas.

»Tu es. Sonst wirst du es bereuen, das schwöre ich dir.« Voller Genugtuung lehnt sich Marc zurück. Jetzt muss er nur noch abwarten.

KAPITEL ACHTZEHN

TESSA

Lucas ist plötzlich wie ausgewechselt. Ob etwas mit Lilly ist? Mein Magen krampft sich zusammen. Ich richte mich auf, um ihn ansehen zu können. Er starrt weiterhin stur geradeaus, sein Gesichtsausdruck ist steif, unbeweglich.

»Stimmt etwas nicht?« Die Sorge in meiner Stimme ist kaum zu überhören, und ich spüre, dass plötzlich irgendetwas zwischen uns steht. Wie eine graue Wolke macht sich Angst in mir breit, und die Sonne verdunkelt sich.

Nun sieht Lucas mich unsicher an, versucht, sich ein Lächeln abzuringen. »Eigentlich stimmt alles. Du bist eine wundervolle Frau, Tessa.« Seine Worte klingen hölzern.

»Aber?« Meine Stimme zittert.

»Aber …« Er stockt. »Ach, verdammt! Es liegt nicht an dir. Nur an mir selbst.«

»Wie meinst du das?« Meine Kehle ist wie zugeschnürt. Er antwortet nicht. »Nun sag schon, Lucas!«

»Ich … ich liebe dich nicht. Ich habe mich da in etwas verrannt.« Sichtlich beschämt senkt er den Blick, während ich versuche zu realisieren, was er mir da gerade aufgetischt hat.

»Willst du mich verarschen?« Es ist nicht mehr als ein heiseres Krächzen. »Noch vor fünf Minuten hast du genau das Gegenteil behauptet!«

»Es tut mir leid, Tessa!« Er macht eine fahrige Handbewegung. »Ich habe mich geirrt.« Der Ausdruck in seinen Augen zeigt mir, dass er nicht ehrlich zu mir ist.

»Warum tust du das? Warum lügst du mich an?«

»Ich lüge nicht. Ich empfinde nichts für …«

»Hör auf!«, falle ich ihm harsch ins Wort. »Wie konnte ich mich nur so in dir täuschen?« Mit einem Satz springe ich auf. Ich will einfach nur weg. Sofort ist auch er auf den Füßen, wirkt völlig zerrissen. Doch dann dreht er mir wortlos den Rücken zu.

Wut steigt in mir auf. »Du bist genauso ein Scheißkerl wie alle anderen auch!« Meinen ganzen Frust schleudere ich ihm entgegen, und über uns öffnen sich mit einem lauten Donnern die Schleusen des Himmels. So schnell ich kann, laufe ich los und lasse Lucas im strömenden Regen zurück.

KAPITEL NEUNZEHN

MARC

»*Es ist getan. Ich hoffe, Du bist jetzt zufrieden.*«

Und wie zufrieden Marc ist, als er diese Nachricht liest. Endlich steht Lucas ihm nicht mehr im Weg und er hat bei Tessa wieder freie Bahn.

»*Na, geht doch. Morgen hast du das Geld für die OP auf deinem Konto. Und wage es ja nicht, dich nochmal in Tessas Nähe blicken zu lassen.*«

Befriedigt macht sich Marc auf den Weg zu Tessa. Bestimmt wird sie jeden Moment zu Hause sein. Und er wird da sein, um sie aufzufangen.

KAPITEL ZWANZIG

TESSA

Wie konnte ich nur so dumm sein? Hat er mir die ganze Zeit nur etwas vorgemacht? Das ist nicht möglich. Seine Gefühle waren echt. So etwas bildet man sich doch nicht ein! Irgendetwas ist da faul. Was wollte er mit all dem bezwecken? Macht es ihm Spaß, Frauen zu verarschen? Ich packe es nicht. Unbeirrt laufe ich weiter, völlig durchnässt und nach Luft ringend. Bis nach Hause sind es vermutlich drei bis vier Kilometer. Als ich endlich ankomme, hat meine Kraft mich fast verlassen. Und als ob nicht alles schon schlimm genug wäre, wartet bereits die nächste böse Überraschung auf mich: Marc. Automatisch sträuben sich mir die Nackenhaare.

»Tessa, hey! Was ist denn passiert?« Er gibt sich besorgt. »Du bist ja völlig fertig.« Zielstrebig kommt er auf mich zu und zieht mich in seine Arme. Angewidert winde ich mich wieder heraus.

»Was willst du hier?«, fahre ich ihn an.

»Das spielt doch jetzt keine Rolle. Magst du mir nicht lieber erzählen, was los ist? Sag nicht, dieser Typ hat dich sitzenlassen?« Er streicht mir eine nasse Haarsträhne aus dem Gesicht, und ich schlage seine Hand hastig weg.

»Selbst wenn! Warst du nicht derjenige, der mich vor nicht allzu langer Zeit ebenfalls hat sitzenlassen?«

»Ja, und das bereue ich zutiefst. Ich möchte es gern wiedergutmachen.«

»Das kannst du dir sparen, verdammt!«

»Sollen wir nicht erst einmal raufgehen? Du musst aus den nassen Klamotten raus.«

»Ich gehe rauf – und zwar alleine. Lass mich endlich in Ruhe!« Mit diesen Worten verschwinde ich in der Haustür und fahre mit dem Aufzug nach oben, in der Hoffnung, dass Marc mir nicht folgt. Den Schlüssel zum Hausflur dürfte er immer noch haben.

Das Schloss zur Wohnung habe ich zwischenzeitlich ausgetauscht. Oben angekommen, horche ich, ob sich jemand im Treppenhaus aufhält. Alles ist still. Erleichtert drücke ich die Tür hinter mir zu und horche in die Stille meiner Wohnung. Plötzlich fühle ich mich so verlassen wie nie zuvor. Die Leere in mir droht mich aufzufressen. Schlagartig wird mir klar: Allein halte ich es hier nicht aus. Nicht heute. Nicht die nächsten Tage. Vielleicht nie mehr.

Wie ferngesteuert setze ich mich in Bewegung, hole eine große Tasche hervor und packe ein paar Dinge hinein. Genug, um einige Tage über die Runden zu kommen. Dann verlasse ich die Wohnung und all die Erinnerungen, die darin stecken. Nur Lucas kann ich nicht abschütteln. Unser Glück, unsere Verliebtheit – war das alles nur eine Lüge? Ich muss vollkommen blind gewesen sein. Und was habe ich jetzt davon? Ein gebrochenes Herz. Wieder einmal.

Die Tasche schleudere ich in den Kofferraum meines Autos und setze mich hinters Steuer. Mein Handy piepst. Eine Nachricht von Lucas. Was will er noch?

»Es tut mir leid, Tessa! Aus tiefstem Herzen. Bitte nimm Dich vor Marc in Acht. Mach's gut … Lucas«

»Was hat das zu bedeuten?«, tippe ich verwirrt. Eine Antwort bekomme ich jedoch nicht. Meinen Anruf blockt er ab. Dann eben nicht. Blind vor Tränen starte ich den Motor. Wohin fahre ich eigentlich? Am besten raus aus der Stadt. Weit weg von all dem, was mich an mein soeben verpufftes Glück erinnert.

Die Lichter der Stadt lasse ich schnell hinter mir und tauche in die Dunkelheit der gerade beginnenden Nacht ein. Die Scheiben beschlagen, weil ich nach wie vor die nasse Kleidung trage. Immer wieder werde ich von einem Heulkrampf erschüttert. Erst Marc, dann Lucas. Immer bin ich der Verlierer. Dumm, wie ich war, habe ich ihm Eintritt in mein Innerstes gewährt. Wie konnte ich nur zulassen, dass ich mich in ihn verliebe? Ich war felsenfest davon überzeugt, Lucas sei das große Los. Aber dachte ich das bei Marc nicht damals auch? Meine Tränen strömen mit dem Regen um die Wette. Die Sicht ist so schlecht, dass ich nur sehr langsam vorankomme. Schließlich erreiche ich nach etwa eineinhalb Stunden doch noch mein Ziel – Cuxhaven.

Früher habe ich hier jeden Sommer mit meinen Eltern und meinem Bruder Florian den Urlaub verbracht. Es war wie unsere zweite Heimat. Wenn ich an diese Zeit zurückdenke, überkommen mich ausschließlich glückliche Erinnerungen. Wie unbeschwert und frei ich damals war. Ich sehe mich laut lachend in die Wellen springen und mir Schlammschlachten mit meinem Bruder liefern. Wir bauten die größten Sandburgen und ließen Drachen steigen. Wider Erwarten bahnt sich ein kleines Lächeln den Weg durch mein Tränenmeer.

In Strandnähe fahre ich rechts ran, springe aus dem Auto und laufe wieder los. Meeresluft steigt mir in die Nase, vermischt mit dem Duft nach warmem Sommerregen. Ich nehme einen tiefen Atemzug. Innerhalb weniger Minuten bin ich erneut völlig durchnässt, denn es regnet unaufhörlich weiter. Als ich den kalten, nassen Sand an meinen Füßen spüre, streife ich die Flipflops ab. Wie gut es sich anfühlt, wieder hier zu sein. Weit weg von allem Kummer. Immer weiter laufe ich, bis die sich kräuselnden Wellen meine Füße umschlingen, nur, um sie gleich wieder freizugeben. Das Tosen der tiefschwarzen See klingt vertraut, zwingt den Sturm in meinem Innersten, sich zu bändigen. Mein Puls verlangsamt sich, mein Atem beruhigt sich. Auch meine Tränen versiegen langsam. Still bleibe ich dort stehen und rühre mich nicht, lausche nur den Wellen und starre in die Dunkelheit. Die Berührung des Regens wird sanfter, weicher. Und ich atme auf.

Plötzlich sehe ich den Lichtkegel einer Taschenlampe und dahinter einen dunklen Schatten, der schnellen Schrittes auf mich zukommt. Von den Hotels und Strandbars dringt nur wenig Licht bis ans Wasser, und schlagartig fühle ich mich unbehaglich, allein in der Dunkelheit. Hat Marc mich etwa verfolgt? Oder

Lucas? Langsam werde ich paranoid. Hastig wende ich mich wieder dem Strand zu und schreite eilig den Lichtern entgegen. Da höre ich jemanden meinen Namen rufen.

»Tessa?«

Ich kann die Stimme nicht gleich zuordnen, doch es ist weder Marc noch Lucas. Zögernd wende ich mich der dunklen Gestalt zu. Erst, als er direkt vor mir steht, erkenne ich ihn.

»David? Was tust du hier? Verfolgst du mich etwa?«

»Das sollte ich dich fragen. Ich weiß ja nicht, was du hier machst, aber *ich* bin gerade auf der Flucht vor diesem scheußlichen Regen. Das war überhaupt nicht angesagt. Hast du dieses abscheuliche Wetter mitgebracht?« *Wenn du wüsstest*, denke ich im Stillen. Sichtlich genervt wischt er sich einige Tropfen von der Stirn. »Wie komisch, dass wir uns ausgerechnet hier treffen. Was treibst du denn allein hier in der Dunkelheit? Raus mit der Sprache!«

»Ich musste einfach von zu Hause raus. Bin Hals über Kopf losgefahren«, fasele ich.

»Oh je. So schlimm?«

»Lange Geschichte.«

»Du hast wohl nur lange Geschichten auf Lager.« Zerknirscht zucke ich mit den Schultern. »Hast du schon eine Bleibe?«

»Nee. Werde mich wohl besser mal auf die Suche machen.«

Prüfend blickt er auf sein Handy. »Es ist schon nach halb elf. Heute wirst du sicher nichts mehr finden.«

»Zur Not schlafe ich im Auto.«

»Quatsch. Du kannst mit zu mir kommen. Wir haben hier ein Ferienhaus. Das Gästezimmer ist noch frei.«

Dankbar lächle ich ihn an. »Gern. Wenn dich das nicht stört.«

»Keine Sorge.«

»Ich habe ganz in der Nähe geparkt.« Vage deute ich in die Richtung, wo mein Auto steht, dann laufen wir los. Als wir uns auf die Sitze fallen lassen, beschlagen sofort wieder alle Scheiben.

»Wo müssen wir hin?«

»Dünenweg«, entgegnet David knapp.

»Ist das nicht am FKK-Strand?«, frage ich laut lachend.

»Das hatten meine Eltern damals wohl nicht bedacht, als sie das Haus gekauft haben«, entgegnet er peinlich berührt.

»Nett!« Frech grinse ich ihn an und fahre los. Wenig später halten wir vor einem kleinen, weiß verklinkerten Bungalow.

»Das hier ist es.« Wir steigen aus, und ich hole meine Tasche aus dem Kofferraum. David nimmt sie mir ab, ich folge ihm ins Haus.

Von einem kleinen Flur aus geht es direkt ins Wohnzimmer. Neugierig schaue ich mich um. Ein riesiges Ecksofa füllt nahezu den ganzen Erker aus, gegenüber an der Wand prangt ein übergroßer Fernseher. Rechts befinden sich eine kleine Küchenzeile und ein gemütlicher Essplatz.

»Wow, hübsch habt ihr es hier. Hast du nicht gesagt, das Haus gehört deinen Eltern? Ziemlich modern.«

»Ja, eigentlich, aber sie haben es mir überlassen. Seit ein paar Jahren verbringen sie ihren Urlaub immer auf Teneriffa. Da regnet es nicht so oft.« Grinsend zwinkert er mir zu. »Deswegen habe ich ihre doch eher fragwürdige Einrichtung entsorgt.«

Etwas verloren schaue ich an mir hinunter. Mein nasses Haar hat schon eine kleine Lache auf dem hellen Holzboden hinterlassen. An meinen Füßen klebt noch jede Menge Sand. David deutet auf eine schmale Holztreppe.

»Das Gästezimmer ist oben. Es ist ziemlich klein, aber ich hoffe, das ist okay für dich. Geh ruhig rauf. Du willst dich sicher umziehen.«

»Kann ich vielleicht deine Dusche benutzen? Die hätte ich gerade bitter nötig.«

»Klar. Fühl dich wie zu Hause. Das Bad ist gleich um die Ecke. Aber schau dich nicht zu genau um. Ich habe keinen Damenbesuch erwartet.«

Grinsend schnappe ich mir meine Tasche und verschwinde im Bad. Erfreut stelle ich fest, dass es sogar eine Badewanne gibt. Genau das, was ich jetzt brauche. Während ich das Wasser in die Wanne laufen lasse, schaue mich neugierig um. Auf dem Boden, gleich neben dem Wäschekorb, häuft sich ein Berg aus Klamotten und Handtüchern. Auf der Ablage vor dem Spiegel stehen drei Dosen Deo und mehrere leergequetschte Tuben Haargel. Auf der Fensterbank liegen einige leere Klopapierrollen. Ein typischer Männerhaushalt eben. Doch das stört mich nicht im Geringsten. Erschöpft lege ich mich in das heiße Wasser. Ein wenig komisch ist es schon, in der Badewanne eines wildfremden Mannes zu liegen. Aber mein Leben ist neuerdings sowieso überaus komisch. Alles steht Kopf. Wieder denke ich an Lucas und versuche, gegen die in mir aufkeimenden Gefühle anzukämpfen. Ich muss ihn vergessen. Alles, was passiert ist, muss ich vergessen. Nur wie?

Mit geschlossen Augen lausche ich den dumpfen Geräuschen, die aus der Wohnung zu mir ins Bad dringen. Es hört sich so an, als würde David gerade im Eiltempo die Küche aufräumen, und es tut mir ein bisschen leid, dass ich ihm solche Mühe bereite. Wobei mir die Unordnung völlig gleich ist und ich einfach nur froh bin, für die Nacht ein Dach überm Kopf und ein warmes Bett zu haben. Vielleicht kann ich mich ja morgen revanchieren und uns etwas kochen. Wobei – ich sollte ihn lieber zum Essen einzuladen.

Als das Geklimper aus der Küche verstummt, lasse ich das Wasser ab und klettere aus der Wanne. Meine Haare wickele ich in ein Handtuch und schlüpfe in eine Yogahose – nicht, dass ich jemals Yoga gemacht hätte – und ein ausgeleiertes Shirt. Ungeschminkt und im Schlabberlook stapfe ich wieder ins Wohnzimmer.

»Brauchst du immer so lange im Bad?«, fragt David mit einem frechen Grinsen.

»Ich wollte dir nur genug Zeit geben, um in Ruhe die Küche aufzuräumen.«

Sichtlich beschämt schüttelt er den Kopf. »Eins zu null für dich!« Mit einem triumphierenden Lächeln lasse ich mich aufs Sofa fallen.

»Möchtest du ein Bier? Oder ein Glas Wein? Leider habe ich nichts zu essen hier. Bin auch erst heute angekommen. Könnte dir nur Chips und Waffeln anbieten.«

»Chips sind perfekt. Und Wein.«

Er reicht mir ein Glas Weißwein und stellt eine große Schüssel Chips neben mich aufs Sofa. Dann besorgt er sich aus der Küche ein Bier und setzt sich schließlich neben mich. Auch er hat sich trockene Kleidung angezogen, aber seine Haare sind noch nass, und an seinen Füßen klebt nach wie vor haufenweise Sand.

»Also. Wieder dein Ex-Mann? Wie hieß er noch? Marc?«

»Ja, Marc. Aber der ist ausnahmsweise nicht schuld an meiner Stimmung. Na ja, zumindest nur teilweise. Lucas ist das Problem.«

»Lucas? Hast du etwa einen Neuen? Jetzt komm ich nicht mehr mit.«

»Mach dir nichts draus. Ich komme ja selbst nicht mehr mit.«

Um nicht wieder loszuheulen, setze ich das Glas an die Lippen und trinke es in einem Zug leer.

»Erzähl«, sagt David mit sanfter Stimme.

»Lass mal. Ich kann dich ja nicht schon wieder volljammern.« Entschlossen schüttle ich den Kopf.

»Doch, kannst du. Hab gerade eh nichts anderes vor. Also, was ist nun mit diesem Lucas?« Da passiert es wieder. Wie auf Knopfdruck heule ich los. »Sch, schon gut«, flüstert David. Beruhigend legt er seine Hand auf meinen Arm.

»Ich … bin so furchtbar dumm. Ich habe mich Hals über Kopf in diesen Idioten verliebt und war überzeugt, ich könnte ihm vertrauen. Die ganz großen Gefühle hat er mir vorgegaukelt. Bis ihm plötzlich einfiel, dass er doch nichts für mich empfindet. Geirrt hat er sich. Pah!« Es soll wütend klingen, doch die Wut geht in meinen Tränen unter. David stellt die Schüssel beiseite und rückt etwas näher, um seinen Arm um mich zu legen. Hemmungslos heule ich mich an seiner Schulter aus. Er erträgt es mit stoischer Ruhe. Und ich spüre, wie auch ich wieder runterkomme.

»Du hast es gerade echt nicht leicht, hm?«

»Und dann will Marc mich auch noch auf die Straße setzen. In zwei Wochen soll ich aus der Wohnung raus, und ich habe bisher nichts Neues gefunden. Trotzdem ist er noch so dreist, zu denken, ich würde zu ihm zurückkommen. Ich könnte in der Wohnung bleiben, wenn ich ihm noch eine Chance gebe! Was läuft bei dem falsch?« Mit dem Handrücken wische ich mir über die Augen und löse mich aus Davids Umarmung. »Ganz ehrlich, ich habe die Schnauze endgültig voll. Männer sind zu nichts zu gebrauchen.«

»Außer zum Ausweinen.« Ein wenig ungelenk lächelt David mich an.

»Sorry. Das war nicht auf dich bezogen. Aber eins weiß ich jetzt: Allein bin ich definitiv besser dran. Ich erspare mir zukünftig die Enttäuschungen.«

»Es sind nicht alle solche Idioten.«

»Vielleicht nicht. Doch anscheinend erwische ausgerechnet ich immer nur die Mistkerle.« Der Regen prasselt wütend gegen die großen Fenster, und eine Weile starre ich stumm ins Dunkle. Davids Blick ruht auf mir, das spüre ich. Es ist mir peinlich, dass ich ihn zum wiederholten Male mit meinen Gefühlsausbrüchen überrollt habe. Er kennt mich kaum, und ich kenne ihn noch weniger. Mit welchem Recht lade ich all meinen Frust bei ihm ab?

»Tut mir leid. Ich wollte dich nicht schon wieder mit meinem Liebeschaos belästigen. Ich gehe jetzt wohl besser schlafen.«

»Du brauchst dich nicht zu entschuldigen. Für gar nichts.«

Mühselig ringe ich mir ein kleines Lächeln ab. »Danke.« Dann stehe ich auf, um mich ins Gästezimmer zu verziehen. »Gute Nacht.«

»Gute Nacht, Tessa! Hoffentlich kannst du ein wenig schlafen.« *Daraus wird vermutlich nicht viel*, denke ich still. Doch so aufgewühlt ich auch bin, spüre ich plötzliche Erschöpfung. Schwerfällig schleppe ich mich die Stufen hinauf in die Mansarde. Während ich das Handtuch auf meinem Kopf löse, lasse ich mich wie erschlagen auf das Bett in dem kleinen Zimmer fallen.

Innerhalb weniger Sekunden muss ich eingeschlafen sein, denn als ich mitten in der Nacht aufwache, brennt immer noch das Licht und ich liege zusammengekauert auf dem feuchten Handtuch. Mein Schädel brummt, und ich versuche, darüber nachzusinnen, wie viel Wein ich getrunken habe. Obendrein kratzt mein Hals.

Leise öffne ich die Tür und schleiche die Treppe hinunter, um mir aus der Küche etwas zu trinken zu besorgen. Unten ist alles düster, nur schwaches Mondlicht dringt von draußen herein. Als ich den Kühlschrank öffne, entweicht mir ein heiteres Lachen. Bis auf einige Flaschen Bier und Cola ist dort lediglich eine Packung Margarine zu finden, die bereits seit Wochen abgelaufen ist. Durstig greife ich mir eine Cola und nehme einen großen Zug. Gegen die Küchenzeile gelehnt, schweift mein Blick ab und verliert sich irgendwo in der Dunkelheit der Nacht.

Plötzlich steht David in der Küche, und ich lasse vor Schreck beinahe die Flasche fallen. Ich habe ihn nicht kommen hören. »David! Hast du mich erschreckt.« Hörbar stoße ich Luft aus, während er schlaftrunken vor mir steht. Er trägt nichts weiter als seine enganliegenden Boxershorts. Hastig wende ich meinen Blick ab und bin froh, dass nur so wenig Licht in den Raum fällt. Es könnte jedoch sein, dass mein Kopf so rot wird, dass er im Dunkeln leuchtet. »Kannst du nicht schlafen?«, frage ich, um von der unangenehmen Situation abzulenken.

Er schüttelt den Kopf. »Nee. Hab Brand!« Verschlafen schlurft er zum Kühlschrank. Als er im Licht des Kühlschranks steht, riskiere ich einen kurzen Blick und stelle überrascht fest, dass er einen ziemlich muskulösen Oberkörper hat. *Nicht schlecht,* schießt es mir durch den Kopf. In der nächsten Sekunde komme ich jedoch wieder zur Besinnung. *Was mache ich hier eigentlich?* Schnell senke ich den Blick.

Nachdem er sich ebenfalls eine Cola genommen hat, kommt David zu mir herüber und nimmt die gleiche Position ein wie ich. Er steht so dicht bei mir, dass sich unsere Arme fast berühren.

»Und du?« David mustert mich von der Seite. Während ich stur auf meine Füße starre, zucke ich lediglich mit den Schultern. Eine dicke Haarsträhne fällt mir eigensinnig ins Gesicht, und gerade, als ich sie hinter mein Ohr klemmen will, ist seine Hand schon da und streift mein Haar sanft zurück. Unsicher schaue ich zu ihm auf.

»Vielleicht fühlt es sich im Moment nicht so an, aber der Tag wird kommen, an dem alles wieder gut wird. Und bis dahin hilft sicher ein wenig Ablenkung. Deshalb unternehmen wir morgen etwas. Volles Programm und keine Zeit für trübe Gedanken. Was meinst du?«

»Hört sich gut an.« Leise lächle ich in die Dunkelheit hinein. »Als Erstes sollten wir aber einkaufen gehen. Du könntest neue Margarine gebrauchen«, kichere ich. »Und ich brauche ein Zimmer.«

»Wofür? Du hast doch hier eins. Kannst ruhig bleiben.«

»Ja, schon. Versteh mich nicht falsch – ich bin dir echt dankbar. Aber es ist mir irgendwie unangenehm. Du hast dir deine Auszeit hier sicher ein wenig anders vorgestellt.«

»Das stimmt – und zwar deutlich langweiliger. Du bleibst schön hier. Keine Widerrede!«

»Wirklich?«

»Wirklich!« In seiner Stimme schwingt ein Lächeln mit.

»Okay«, sage ich leise. »Ich geh dann mal wieder ins Bett. Vielleicht finde ich doch noch ein wenig Schlaf.«

»Ich würde dir ja ein Schlaflied singen, aber dann schläfst du garantiert nicht mehr ein. Oder du bekommst Alpträume.«

»Das möchte ich nicht riskieren«, sage ich grinsend.

Gerädert erwache ich am nächsten Morgen und stelle geschockt fest, dass es bereits nach 10.00 Uhr ist. Schlaftrunken raffe ich mich auf und blicke entgeistert in den Spiegel. Meine Augen sind rot unterlaufen, und meine Haare stehen kreuz und quer in alle Richtungen. Meine Haut wirkt fahl, ich sehe kränklich aus. So kann ich nicht runtergehen, aber mir bleibt wohl nichts anderes übrig. Mein ganzes Zeug steht unten im Bad. Hastig suche ich ein paar Klamotten zusammen und stolpere die Treppe hinunter. Leise Musik drängt mir entgegen, und der Duft von Kaffee und Früchtetee steigt mir in die Nase. David hantiert in der Küche, obwohl der Tisch bereits reichlich gedeckt ist.

»Guten Morgen! Das Frühstück ist gleich fertig.« Er lächelt mich schief an. »Ich will ja nichts sagen, aber du siehst …«

»Stopp! Ich habe es selbst schon gesehen. Ich verschwinde dann mal kurz.« Beschämt deute ich Richtung Bad und schlüpfe durch die Tür, so schnell ich kann. Nach einem Schwall kalten Wassers in meinem Gesicht fühle ich mich ein wenig besser. Meine Frisur ist vom Typ Vogelscheuche, da ist nichts zu machen. Um das Unheil zu kaschieren, binde ich sie zu einem strengen Zopf nach hinten. Nach zwei Schichten Schminke sehe ich wieder einigermaßen passabel aus. Zumindest kann ich mich vor die Tür trauen. Schnell streife ich meine Shorts und ein bunt geblümtes Shirt über. Dann trete ich in die Küche und bestaune den kleinen Tisch, auf dem neben frischen Brötchen eine riesige Auswahl an Aufschnitt und anderen Leckereien bereitsteht.

»Wow«, ist das Einzige, was mir dazu einfällt. David kommt nun ebenfalls zum Tisch, in seiner Hand eine Schüssel mit Rührei.

»Ich wusste ja nicht, was du so magst. Deshalb habe ich von allem etwas besorgt.«

»Davon können wir ja eine ganze Woche essen.«

Ich glaube, ein leises »Hätte nichts dagegen« zu vernehmen. Doch dann sagt David sogleich: »Setz dich doch. Du bist bestimmt hungrig.«

»Danke«, entgegne ich. Und das meine ich wirklich so. Es rührt mich, was er für mich tut. Ob er irgendwelche Erwartungen daran knüpft?

»Was geht dir gerade durch den Kopf?«

»Äh. Nichts. Abgesehen davon, dass ich bei der Auswahl gar nicht weiß, womit ich anfangen soll. Und eigentlich wollten wir doch zusammen einkaufen gehen.« Und dass ich keine Ahnung habe, ob du wirklich einfach nur nett zu mir sein willst, oder ob mehr dahintersteckt.

»Ist überhaupt nicht schlimm. Ich bin ja froh, dass du noch ein wenig schlafen konntest. Dann bist du auch fit für unser Tagesprogramm.«

»Von fit kann kaum die Rede sein«, gestehe ich lachend. »Was haben wir denn überhaupt vor?«

»Ein Bekannter hat eine kleine Motoryacht. Er schuldet mir noch einen Gefallen. Er fährt uns zu den Seehundbänken«, sagt er augenzwinkernd. »Hoffe nur, dass sich das Wetter hält. Was meinst du?« Prüfend schaut David aus dem Fenster und beobachtet den wolkenverhangenen Himmel.

»Das ist eine tolle Idee. Allerdings ist es ziemlich stürmisch«, gebe ich zu bedenken, wohl wissend, dass sich das Wetter eher nicht zum Guten wenden wird.

»Ach, das wird bestimmt.« David wirkt so, als würde er seinen Worten selbst keinen Glauben schenken.

»Lassen wir es drauf ankommen. Und heute Abend lade ich dich zum Essen ein – in einer Strandbar deiner Wahl.«

»Du musst mich nicht einladen. Wenn, dann lade ich dich ein.«

»Nichts da! Ich will mich revanchieren. Für das alles hier.« Und damit meine ich nicht nur das Frühstück. Tatsächlich esse ich mit großem Hunger und fühle mich danach viel besser. David erzählt mir zur Abwechslung mal ein bisschen über sich. Über seinen Job, seine Musik, und dass er garantiert niemals an den FKK-Strand gehen würde. Trotz meiner miesen Stimmung schafft er es, mich hin und wieder zum Lachen zu bringen. Im nächsten Moment aber kann es ihm plötzlich die Sprache verschlagen. Manches muss ich ihm förmlich aus der Nase ziehen. Entgegen meines ersten Eindrucks scheint er doch eher der zurückhaltende Typ zu sein.

»Sollen wir dann los?«, fragt er, nachdem wir gemeinsam den Tisch abgeräumt und ein wenig Verpflegung in einen Korb gepackt haben.

»Startklar!« Plötzlich fühle ich mich erstaunlich munter. Ich beschließe, dass der heutige Tag ein guter Tag werden soll und dass ich nicht über das Geschehene nachdenken werde. Ich will mein Leben nicht mehr von meinen gescheiterten Beziehungen bestimmen lassen. Ab jetzt bestimme ich. Ganz allein. Eine halbe Stunde später sitzen wir im Boot und fahren aufs offene Meer hinaus. Innerlich atme ich auf, der Nebel in meinem Kopf lichtet sich. Die Meeresbrise vertreibt sämtliche negativen Gedanken aus meinem Sinn. Der frische Wind schlägt mir immer wieder meinen Zopf ins Gesicht, und das aufspritzende Wasser belebt mich. Möwen kreischen über unseren Köpfen, als würden sie sich beschweren, dass wir ihre Futtersuche stören. Jede Kleinigkeit sauge ich auf wie ein Schwamm. Das Wetter gestaltet unsere Fahrt etwas rasant, denn die Wellen lassen das Boot immer wieder unsanft auf dem Meer aufschlagen. Es gleicht einer turbulenten Achterbahnfahrt und macht unglaublich viel Spaß. Mir zumindest. David hingegen ist still geworden.

»Ist alles in Ordnung mit dir, David?«, schreie ich gegen den Motorenlärm an.

»Was? Ja, klar. Alles gut.« Zweifelnd mustere ich ihn. Es ist unschwer zu erkennen, dass ihm dieser Ausflug nur wenig Freude bereitet. Seine Gesichtsfarbe hat einen leicht grünlichen Ton angenommen.

»Schaut aber nicht danach aus.«

Er wirkt peinlich berührt. »Mir wird auf dem Boot immer schlecht. Der Wind macht es nicht gerade besser.«

»Echt jetzt? Aber du weißt schon, dass das hier deine Idee war, oder?«

»Ich dachte, es würde dich auf andere Gedanken bringen.« Er grinst gequält. Ich kann nicht anders, als in lautes, wenn auch mitleidiges, Gelächter zu verfallen.

»Du bist ja verrückt!«

»Lebensmüde trifft es eher.«

»Wir sind gleich da!«, ruft sein Bekannter Daniel in dem Moment und verlangsamt den Motor.

»Gott sei Dank«, atmet David auf. »Entschuldige mich.« Hastig springt er auf und hängt sich über die Reling. Seinen Mageninhalt leert er im Meer aus. Im Korb krame ich nach einer Flasche Wasser und gehe zu ihm hinüber. Still sackt er in sich zusammen und nimmt sie dankbar entgegen.

»Geht's wieder?«, frage ich besorgt.

Er nickt knapp und murmelt »Mann, ist das peinlich.« Beschämt vergräbt er sein Gesicht in den Händen.

Ich hingegen finde die Situation alles andere als peinlich. Als ich ihn so sehe, überkommt mich ein Anflug von Rührung und Dankbarkeit. Weil er so etwas für mich tut, obwohl ihm klar war, dass er sich hundeelend fühlen würde. Lächelnd lege ich meine Hand auf seine Schulter, und als er mich mit glasigen Augen anschaut, reißt plötzlich die Wolkendecke auf und der Wind legt sich.

»Mensch David, dich nehme ich nicht nochmal mit«, neckt ihn sein Kumpel. »Und jetzt schaut mal nach rechts!«

Sofort richte ich mich auf und komme aus dem Staunen nicht mehr heraus. »David! Schau nur!« Vor uns liegen bestimmt hundert Seehunde auf der Sandbank, vielleicht sogar noch mehr. Ich helfe David auf, der immer noch wackelig auf den Beinen ist. Zur Sicherheit umklammere ich seinen Arm. Nicht, dass er noch über Bord geht.

»Dafür hat sich diese Tortur doch gelohnt«, entgegnet er andächtig.

»Aber sowas von!«, erwidere ich glücklich, während ich den Blick nicht von den Seehunden abwenden kann, die sich genüsslich in der Sonne aalen. Verstohlen wische ich mir eine Träne weg. Dieser Augenblick ist atemberaubend.

Aus dem Augenwinkel sehe ich, dass David mich mustert.

»Alles okay?«, fragt er.

»Ja«, stelle ich erleichtert fest. »An solch einem schönen Ort kann es einem nur gutgehen, oder? Ich könnte stundenlang hierbleiben und ihnen zuschauen.«

»So lange, wie du willst.«

Grinsend wende ich mich ihm zu. »Ich denke, wir sollten schauen, dass wir dich wieder an Land schaffen.« Auch er kann schon wieder lächeln.

»Eine Weile halte ich noch durch«, entgegnet er. David schaut mir intensiv in die Augen. Verlegen wende ich den Blick wieder den Seehunden zu. Unbewusst lehne ich meinen Kopf an seine Schulter.

Eine Weile stehen wir einfach so da. Die Stille zwischen uns fühlt sich nicht unangenehm an, im Gegenteil. Vielmehr fühle ich mich von innerer Ruhe durchflutet.

»Sollen wir zurückfahren?«, frage ich ihn schließlich.

»Gegen festen Boden unter den Füßen hätte ich nichts einzuwenden«, gibt er zu und deutet seinem Bekannten, dass wir umkehren wollen.

»Setz dich nach vorne und schau aufs Meer, dann wird es nicht so schlimm mit der Übelkeit«, rät Daniel. »Ich fahre auch etwas langsamer, du Seefahrer, du.« Er hat sichtlich Spaß an Davids Zustand. Ich für meinen Teil hoffe, dass es ihm während der Rückfahrt besser ergeht. Tatsächlich übersteht er die Fahrt ohne weitere Anfälle von Übelkeit, und er wirkt sichtlich erleichtert, als er an Land geht. Anschließend reicht er mir die Hand, um mir vom Boot zu helfen, und mit einem Satz stehe ich direkt vor ihm. Abrupt lässt er mich wieder los, als wäre er geschockt, mir plötzlich so nahe zu sein.

»Äh … sorry nochmal. Also die Sache mit dem – du weißt schon. Das ist mir echt unangenehm.« Mit hochgezogenen Schultern und gesenktem Kopf starrt er auf seine Schuhe.

»Ach was! Mach dir keine Gedanken. Ich bin total gerührt, dass du das für mich getan hast.«

Verstohlen schaut er mich an, und sein Gesicht hellt sich wieder auf. »Kleiner Strandspaziergang?«

»Gern.«

Inzwischen ist es angenehm warm geworden, nur eine leichte Brise weht vom Meer zu uns herüber. Versonnen streife ich meine Flipflops ab, um mit den Füßen durchs Wasser zu waten.

Es ist eiskalt, dennoch gewöhne ich mich schnell daran. Auch David hat sich seiner Schuhe entledigt. Einträchtig schlendern wir nebeneinander am Meeresufer entlang. Trotz seiner Gesellschaft schweifen meine Gedanken ab. Mich überkommt plötzlich wieder das Gefühl von Einsamkeit. David scheint es sofort zu bemerken. »Was geht dir gerade durch den Kopf?«, möchte er wissen. Zögernd teile ich meine Gedanken mit ihm. Ich erzähle ihm von meinen Freundinnen. Von Eva und ihrem Baby, ohne jedoch Noah dabei zu erwähnen, und von Elisas bevorstehender Hochzeit, die in nur fünf Wochen stattfindet. So sehr ich mich auch für sie freue, fühle ich mich deshalb noch einsamer als ohnehin schon. *Alles in mir ist ein einziger Widerspruch*, schwirrt es mir durch den Kopf. Innerlich sehne ich mich so sehr nach Nähe und Liebe, dass es mich fast zerreißt, doch gleichzeitig will ich von all dem nichts mehr wissen. Zu groß ist meine Angst vor einer weiteren Enttäuschung. Ob ich jemals wieder jemandem vertrauen kann?

David mustert mich, als versuchte er, meine Gedanken zu lesen. Zu viel will ich jedoch nicht preisgeben. Der Tag war bisher so schön, dass ich ihn nicht weiter mit Trübnis füllen will. Gedankenlos hake ich mich bei ihm ein, doch schon im nächsten Moment frage ich mich, ob er daraus nicht falsche Schlüsse ziehen könnte. Mehr als einen Freund sehe ich in ihm nicht. Doch was sieht er wohl in mir? Viel Zeit, darüber nachzudenken, bleibt mir nicht. Plötzlich stürmt ein schwarzes Ungetüm auf uns zu. Bellend springt es David an, der mitsamt dem riesigen Neufundländer im Wasser landet. Beinahe hätten die beiden mich noch mitgerissen.

»Ah, Scheiße! Mensch, Luke – musste das sein?« Dann verfällt David in lautes Gelächter, und ich stimme augenblicklich mit ein. Ergeben liegt er im Wasser. Der klatschnasse Hund tollt vergnügt um ihn herum und fordert ihn zum Spielen heraus. Nur mühsam gelingt es David, sich in eine sitzende Position zu bringen.

Lachend zücke ich mein Handy, um diesen Moment festzuhalten. »Das wird nicht auf Facebook veröffentlicht!«, mahnt mich David gespielt brüskiert.

»Luke!!!«, hört man von Weitem ein Rufen, gefolgt von einem Pfiff. Sofort zieht der Hund wieder ab und lässt David wie einen begossenen Pudel zurück.

»Was war das denn?«, frage ich immer noch lachend. David rafft sich auf und betrachtet sich von oben bis unten.

»Das war Luke«, erwidert er leicht grimmig. »Der Hofhund von dem kleinen Laden, wo ich öfter einkaufe. Das habe ich jetzt davon, dass ich ihm immer Leckerli mitbringe.«

»Tzzz. Bevor wir essen gehen, ziehst du dich aber noch mal um, oder?! *So* nehme ich dich nicht mit.« Ich kichere ausgelassen.

»Verdammt! Ist echt nicht mein Tag heute«, flucht David theatralisch.

»Ich weiß gar nicht, was du hast? *Ich* habe auf jeden Fall eine Menge Spaß.«

KAPITEL EINUNDZWANZIG

DAVID

Was für ein verrückter Tag, erinnert sich David im Stillen. Ihm war von vornherein klar, dass er sich mit der Bootsfahrt keinen Gefallen tun würde, doch dass es gleich so ausgeartet ist ... Peinlich. Tessas Sorge um ihn und ihre Nähe haben ihm hingegen sehr gefallen. Und noch mehr ihre Freude, als sie die Seehunde beobachtete. Mit einem Mal wirkte sie so glücklich, und der Kummer aus ihren Augen war verflogen. Und dann die Sache mit Luke. Wie gelöst und ausgelassen sie war!

Ihr Lachen klingt so wundervoll, denkt David zufrieden. Er möchte es immer wieder hören, ganz egal, ob er sich dafür zum Deppen machen muss.

Er will derjenige sein, der sie wieder glücklich macht. Nur wie soll er das anstellen? Er kann sich kaum vorstellen, dass ihr gerade danach ist, sich auf ihn einzulassen. Er weiß ja nicht einmal, ob er ihr überhaupt gefällt. Ihm bleibt nur eins: abwarten und hoffen.

Verträumt beobachtet er Tessa. Als sie vom Abendessen zurückkamen, war sie total k.o., trotzdem setzte sie sich noch neben ihn aufs Sofa, um einen Film anzuschauen. Bereits nach zwanzig Minuten schlief sie jedoch an seiner Schulter ein.

Nun hat er ihren Kopf vorsichtig auf seinen Schoß umgebettet, und anstatt weiter auf den Film zu achten, kann er seine Augen nicht eine Sekunde von ihr abwenden. Wie schön sie ist! Und wie friedlich sie aussieht, wenn sie schläft. Als wäre ihr all das nie passiert.

Sacht lässt er seine Finger über ihr Gesicht gleiten, und es sieht fast so aus, als würde sie lächeln. Am liebsten würde er sie küssen. Stattdessen schaut er sie einfach weiter an und lauscht ihren tiefen, gleichmäßigen Atemzügen. Ihm wird klar, wie sehr er sie jetzt schon liebt, auch wenn er nicht weiß, woher diese starken Gefühle kommen. Sie waren einfach von Anfang an da.

Als ihn ebenfalls die Müdigkeit überkommt, entfernt er sich vorsichtig von ihr, aus Angst, was sie wohl denken würde, wenn sie hier neben ihm aufwachte. Bevor er ins Schlafzimmer schleicht, legt er eine Decke über sie und küsst sanft ihre Stirn. »Gute Nacht, Tessa«, haucht er.

Am nächsten Morgen wacht David schon früh auf. Ihm kommt die spontane Idee, für Tessa eine Fahrt durchs Watt mit einer Pferdekutsche zu organisieren. Bevor er das Haus verlässt, betrachtet er sie einen Augenblick lang, wie sie immer noch tief und fest auf dem Sofa schläft. Er hinterlässt ihr einen Zettel mit der Nachricht:

»Bin gleich wieder da. David«

Als er nach einer halben Stunde ins Ferienhaus zurückkehrt, ist Tessa verschwunden.

KAPITEL ZWEIUNDZWANZIG

TESSA

Erschrocken fahre ich hoch, als das Schrillen meines Handys mich aus dem Schlaf reißt. Verwirrt suche ich nach Orientierung und stelle fest, dass ich auf Davids Sofa eingeschlafen sein muss. Fahrig greife ich nach meinem Handy und schaue aufs Display. Ein Anruf von Oliver? Sofort bin ich alarmiert.

»Olli, was ist los?«

»Tessa! Gott sei Dank erreiche ich dich. Ich bin mit Eva im Krankenhaus. Sie hat plötzlich starke Blutungen und Wehen bekommen. Es ist doch noch viel zu früh dafür!« Verzweiflung schwingt in seiner Stimme mit.

Geschockt halte ich die Luft an. »Sag schon, was ist mit den beiden?«

»Die Ärzte meinen, dass mit Leo etwas nicht stimmt. Die Herztöne sind sehr unregelmäßig. Mehr wissen wir noch nicht. Ich sollte dir Bescheid geben. Eva will, dass du kommst.«

»Ich mache mich sofort auf den Weg!«

Hastig laufe ich durchs Haus, raffe all meine Sachen zusammen und werfe sie wild durcheinander in die Tasche. Wenige Minuten später hechte ich durch die Tür nach draußen.

Moment – David! Ich renne wieder hinein und stürze ohne anzuklopfen in sein Schlafzimmer. Er ist nicht da.

»David?«, rufe ich laut. Nichts. Kopflos schaue ich mich um, da fällt mein Blick auf einen Zettel, der auf dem Küchentisch liegt.

»Bin gleich wieder da. David«

Mit zittriger Hand schreibe ich darunter:

»Es tut mir leid, ich muss dringend weg. Ein Notfall. Danke für alles, Tessa«

Nur wenige Sekunden später sitze ich im Auto auf dem Weg nach Bremen. In meinem Kopf herrscht das absolute Chaos. Die

Sorge um Eva und Baby Leo gewinnt immer wieder die Oberhand über mein schlechtes Gewissen, weil ich einfach so verschwunden bin, ohne David persönlich zu danken. Er hat sich in den letzten beiden Tagen ein Bein ausgerissen, um mich auf andere Gedanken zu bringen. Mist! Nicht einmal meine Nummer habe ich dagelassen. Was denkt er wohl jetzt von mir? Egal – nun konzentriere ich mich erst einmal auf Eva.

Zum Glück ist an diesem Sonntagmorgen kaum Verkehr und ich komme nach einer knappen Stunde und ein paar kleinen Verkehrssünden am Klinikum in Bremen an. Sogar einen Parkplatz finde ich problemlos. Im Laufschritt eile ich durch den Haupteingang weiter zu den Kreißsälen. Wie ein Häufchen Elend sehe ich Oliver dort sitzen, den Kopf in die Hände gestützt, nervös mit den Beinen wippend. Ich stürze auf ihn zu und packe ihn an den Schultern.

»Olli, wo ist sie? Wie geht es den beiden?«

»Ich weiß es nicht«, schluchzt er. »Sie machen einen Notkaiserschnitt. Das dauert schon viel zu lange.«

Bestürzt setze ich mich neben ihn auf den Stuhl und streiche ihm beruhigend über den Rücken.

»Bleib ruhig. Die Ärzte werden alles tun, damit es den beiden gutgeht.« Doch nicht mal ich selbst schenke meinen Worten Glauben. Im Stillen bete ich, dass ich recht habe und es meiner Freundin und ihrem Kleinen gutgeht. Nach einer guten halben Stunde kommt ein Arzt zu uns herüber. Unruhig springen wir auf, mein ganzer Körper schmerzt von der Anspannung.

»Herr Abler, die OP ist gut verlaufen. Ihre Frau liegt jetzt im Aufwachraum. Sie können zu ihr.«

»Und das Baby?«, frage ich, als ich merke, dass Oliver nach Worten ringt.

»Wir haben bei ihrem Sohn einen Herzfehler festgestellt. Er hat ein Loch in der Vorhofscheidewand. Wir haben ihn bereits in den OP gebracht, dort soll er einen Herzkatheter bekommen. Sie müssten bitte diese Unterlagen unterschreiben.«

»Aber …« Mehr bringt Oliver nicht heraus.

»Wird er es schaffen?«, springe ich daher ein.»Ist es ein schwieriger Eingriff?« Sofort muss ich an Lilly denken. »Seien Sie unbesorgt. Solch ein Herzfehler kommt gar nicht so selten vor, und es handelt sich um einen eher leichten Eingriff. Der kleine Leo wird das schon schaffen. Obwohl er zu früh dran war, ist er ein kräftiger kleiner Bursche. Kümmern Sie sich jetzt bitte um Ihre Frau. Sie wird Ihre Unterstützung brauchen, wenn sie aufwacht.« Oliver nickt stumm.

»Darf ich auch zu ihr?«, frage ich den Arzt.

»Sie sind?«

»Quasi sowas wie die Tante.«

»Quasi.« Der Arzt lächelt.»Gehen Sie ruhig.«

Leise betreten wir den Aufwachraum. Eva schläft noch und hat keine Ahnung, was gerade mit ihrem Baby passiert. Oliver lässt sich auf einen Stuhl sinken und legt den Kopf neben sie aufs Bett. Nach einiger Zeit regt sie sich, und ich ergreife ihre Hand. Als sie blinzelnd die Augen aufschlägt, schaut sie sich verwirrt um.

»Olli«, flüstere ich. Sofort setzt er sich auf.

»Wo ist Leo?«, fragt Eva mit schwacher Stimme. Oliver bricht sofort in Tränen aus, und ich sehe Panik in Evas Augen aufsteigen.»Was ist mit ihm? Sagt es mir!«

»Sch, ganz ruhig. Hör zu. Die Ärzte kümmern sich gerade um ihn. Leo hat ein Loch im Herzen.« Eva unterbricht mich mit einem lauten Aufschrei, und auch Oliver, der ihre Hand fest umklammert, kann nicht an sich halten.»Ich verstehe deine Sorge. Aber bitte versuch, ruhig zu bleiben. Alles wird gut! So etwas kommt häufiger vor, sagt der Arzt. Sie haben ihn sofort in den OP gebracht und setzen ihm einen Herzkatheder. Das ist kein schwieriger Eingriff. Leo schafft das! Es wird es ihm gutgehen, glaub mir.« Beruhigend streichle ich über ihre Stirn.

Eva und Olli kommen beinahe um vor Sorge. Ich tue mein Bestes, die beiden zu beruhigen, ganz ungeachtet davon, dass ich innerlich alles andere als ruhig bin. Eine gefühlte Ewigkeit vergeht, die wir mit Warten, Bangen und Weinen verbringen.

Zwischenzeitlich wird Eva aufs Zimmer verlegt. Das bringt uns immerhin kurzzeitig auf andere Gedanken. Oliver rennt immer wieder los, um zu erfahren, wie es seinem Sohn geht, wird jedoch jedes Mal vertröstet. Bis gefühlte Stunden später endlich ein Arzt zu uns kommt.

»Familie Abler, Ihr Sohn hat die Operation bestens überstanden. Er ist ein zäher kleiner Kerl. Er wurde vorübergehend auf die Intensivstation gelegt, aber keine Sorge, das ist nur zur Überwachung. Sie können jetzt gern zu ihm, Herr Abler.« Das Gesicht der beiden hellt sich merklich auf, und auch mir fällt ein Stein vom Herzen.

An Eva gerichtet sagt der Arzt jedoch: »Sie müssen allerdings noch liegenbleiben. Frühestens morgen können Sie zu ihm, so leid es mir tut.« Erneut füllen sich Evas Augen mit Tränen, die Enttäuschung und die Sehnsucht nach ihrem Baby sind unübersehbar.

»Geh ruhig«, sage ich an Oliver gerichtet. »Ich bleibe bei ihr. Und mach bloß ein paar Fotos!« Er nickt stumm und küsst seine Frau, bevor er das Zimmer verlässt. Mitfühlend hocke ich mich neben Eva ins Bett und halte sie im Arm, während sie sich an meiner Schulter ausweint.

»Jetzt bin ich Mutter und darf nicht zu meinem Kind«, jammert sie. Wie sehr ich ihren Schmerz spüre!

»Morgen. Morgen darfst du ihn im Arm halten. Ich weiß, du hast dir das anders vorgestellt. Und glaub mir, niemand versteht dich so gut wie ich. Aber der Tag wird vorbeigehen. Du schläfst dich aus, erholst dich ein wenig, und dann kommt euer großer Moment. Es geht ihm gut, das ist die Hauptsache.«

»Ja. Es geht ihm gut.« Ein Lächeln mischt sich in ihr Schluchzen. »Gott sei Dank. Es geht ihm gut.«

Oliver bleibt lange weg. Verständlich, hat er gerade eben seinen Sohn kennenlernen dürfen. Evas Ungeduld wächst jedoch ins Unermessliche. So gut es geht, lenke ich sie ab, helfe ihr dabei, eine Kleinigkeit zu essen, rufe die Schwester, damit sie ihr etwas gegen die Schmerzen gibt. Schließlich schläft sie erschöpft ein, und ich merke, wie auch mich die Müdigkeit überkommt. Dennoch werde ich bei Eva leiben, bis Oliver zurückkommt. Ich versuche es mir auf einem Stuhl halbwegs gemütlich zu machen, und zum ersten Mal, seit ich Cuxhaven fluchtartig verlassen habe, finde ich die Ruhe, um die letzten Tage Revue passieren zu lassen.

Die Trennung von Marc war gefühlt erst gestern, und bevor ich das richtig verdaut hatte, fiel mir nichts Besseres ein, als mich in Lucas zu verlieben. Jetzt ist von all dem nichts mehr übrig, außer mein inneres Chaos. Ich bin allein. Auf der Straße sitzen werde ich bald auch.

Dann kommt David daher, der alles gegeben hat, um mich zur Ruhe zu bringen, und ich lasse ihn quasi im Regen stehen. Hallo, schlechtes Gewissen! Sicher bin ich ihm zu nichts verpflichtet, aber ein solches Verhalten hat er nicht verdient. Er hat sich innerhalb kürzester Zeit als wahrer Freund erwiesen. Ob ich ihn wiedersehen werde? Ich weiß ja nicht mal genau, wo er wohnt. Eigentlich weiß ich gar nichts über ihn. Aber das ist gerade zweitrangig. Erst einmal muss ich mich um eine neue Wohnung kümmern. Und um Eva. Und am Dienstag kommt Julia zurück. Meine Augen werden schwer von all diesen Gedanken, und ich falle in einen leichten Schlaf.

Plötzlich schrecke ich auf, als jemand meine Schulter berührt. Oliver hockt vor mir, mit strahlendem Gesicht. Stolz hält er mir sein Handy unter die Nase und zeigt mir ein Foto von dem kleinen Leo. Sofort wird mein Herz weich. Wie er da so zart und verloren liegt, in seinem Bettchen - verkabelt und in eine viel zu große Windel gepackt.

»Ich kann es kaum erwarten, ihn im Arm halten zu dürfen«, sage ich lächelnd und drücke Oliver an mich.

»Danke für alles, Tessa! Geh ruhig nach Hause, ich bleibe jetzt bei ihr.«

»Morgen komme ich wieder.« Zum Abschied streichle ich meiner schlafenden Freundin über die Hand und schleiche dann aus dem Zimmer.

Heute darf ich Leo zum ersten Mal besuchen. Gleich nach der Arbeit fahre ich zum Krankenhaus. Mein Herz erobert er im Sturm. Ich kann gar nicht aufhören, ihn anzuschauen. Es fällt mir schwer, mich wieder von ihm loszueisen, doch ich muss mich dringend auf den Weg zum Flughafen machen. Julia landet um 17.55 Uhr, und ich bin verdammt spät dran. Als ich eine halbe Stunde später in der Ankunftshalle strande, hat die Gepäckausgabe bereits begonnen, doch Julia wartet zum Glück noch nicht auf mich. Nach wenigen Minuten kommt sie mir freudestrahlend entgegen. Überschwänglich fallen wir uns um den Hals, freuen uns, einander wiederzuhaben.

»Du glaubst gar nicht, wie froh ich bin, dass du wieder da bist!« Ich will sie gar nicht loslassen, halte sie weiter im Arm.

»Ich freue mich auch, das kannst du mir glauben!«

»Wie war es denn?«

»Die Zeit bei meiner Familie war wirklich schön, aber auch ziemlich anstrengend. Ich bin nur so glücklich, dass es meinem Vater wieder besser geht.«

»Das glaube ich dir.« Schließlich lassen wir uns los.

»Und was ist hier so passiert?«, fragt sie neugierig.

»Oh, jede Menge. Ein paar Dinge weißt du ja schon, den Rest erzähle ich dir in Ruhe. Lass uns fahren.«

Während der Fahrt berichtet Julia ausführlich über ihre Zeit in Irland. Kurz bevor wir ihre Wohnung erreichen, hakt sie schließlich nach. »Wie geht es Eva und Leo?«

»Den beiden geht es soweit gut. Heute habe ich Leo zum ersten Mal sehen dürfen. Er liegt noch im Wärmebettchen auf der Intensivstation, darf aber voraussichtlich in zwei Tagen runter. Dann kann er endlich bei Eva sein. Die beiden müssen allerdings noch im Krankenhaus bleiben, bis Leo genug auf die Waage bringt.«

»Da bin ich aber froh. Das hätte auch ganz anders ausgehen können«, entgegnet sie nachdenklich.

»Ja, da hast du recht. Sie hatten Glück im Unglück.«

»Und was macht deine Wohnungssuche?«

»Hör bloß auf! Ein paar Wohnungen habe ich mir angeschaut, eine schlimmer als die andere. Ich werde auf die Schnelle wohl keine Bleibe mehr finden. Freunde dich schon mal mit dem Gedanken an, dass ich dir bald auf der Pelle hänge.«

»Ach, was. Das wird bestimmt lustig. Trotzdem muss doch irgendwas zu finden sein!«

»Wenn das nur mein einziges Problem wäre«, sage ich leise und wehre mich gegen die Gefühle, die sich an die Oberfläche kämpfen wollen. Mit aller Macht blinzle ich die aufkommenden Tränen weg und zwinge mich zu einem Lächeln.

»Ist noch etwas passiert?«

»Lucas ist passiert.«

»Was? Hat er dich sitzenlassen?«

Jetzt finden die Tränen doch ihren Weg. »Er hat mir gesagt, dass er mich liebt ...« Meine Stimme erstickt.

»Aber?«

»Nur wenige Minuten später war er wie ausgewechselt und tischte mir auf, er würde nichts für mich fühlen.«

»Wie bitte?«

Ein bitteres Lachen entweicht mir. »Komischerweise lässt mich das Gefühl nicht los, dass irgendetwas anderes dahintersteckt.«

»Wie meinst du das?«

»Er schrieb mir kurz darauf, ich solle mich vor Marc in Acht nehmen. Seitdem ist Lucas unerreichbar.«

»Glaubst du etwa, Marc hat etwas damit zu tun?«

»Einerseits kann ich es mir kaum vorstellen. Andererseits ... Marc stand vor der Tür, nachdem ich die Abfuhr von Lucas bekommen hatte. Das kann kaum ein Zufall gewesen sein.« Ein eigenartiges Gefühl beschleicht mich. Das kann nicht möglich sein. Es darf nicht!

»Das ist gruselig. Was willst du jetzt tun?«

»Keine Ahnung. Lucas will nichts mehr von mir wissen. Er ignoriert jeden meiner Versuche, Kontakt mit ihm aufzunehmen. Was bleibt mir anderes übrig, als es so hinzunehmen?«

»Mensch, Tessa, warum hast du mich denn nicht angerufen?«

»Du hattest schon genug um die Ohren, da wollte ich dich nicht auch noch mit meinem Kram belasten.«

»Du weißt schon, dass du dich immer bei mir melden kannst, oder?«

»Natürlich weiß ich das.« Etwas unbeholfen parke ich den Wagen und atme tief durch.

»Und dann hast du die ganze Zeit allein zu Hause gehockt?« Besorgt mustert sie mich.

»Nein. Ich habe die Flucht ergriffen und bin ans Meer gefahren. Nach Cuxhaven, wo ich früher immer mit meinen Eltern war.«

»Der Abstand tat dir hoffentlich gut?«

»Erstaunlich gut sogar.« Sofort muss ich an David denken. Lächle ich etwa gerade?

»Möchtest du mir vielleicht noch etwas erzählen?«, bohrt meine Freundin nach.

»Ach, nichts Weltbewegendes. Kannst du dich noch erinnern, dass mir so ein Typ mal Kaffee über den Mantel geschüttet hat?«

»Dunkel.«

»Genau der ist mir zufällig in Cuxhaven am Strand begegnet. Wie klein die Welt ist, oder? David – so heißt er – hat dort ein Ferienhaus. Er war so nett und hat mir sein Gästezimmer angeboten.«

»Komischer Zufall. Läuft da etwa was zwischen euch?« Julias Stirn legt sich in Falten.

»Natürlich nicht!« *Auch wenn er sich vielleicht etwas anderes erhofft,* kommt mir in den Sinn. »Als ob ich darauf gerade Lust hätte! Er war einfach nur nett zu mir.« Kopfschüttelnd stupse ich sie an. »Und jetzt komm, wir bringen deine Sachen rauf. Dann erzähle ich dir den Rest.«

Bei einer Tasse Tee berichte ich Julia ausführlich vom vergangenen Wochenende. »Und dann kam der Anruf von Oliver, und ich bin Hals über Kopf losgefahren, um Eva zur Seite zu stehen.«

»Und was ist jetzt mit David? Gefällt er dir?«, hakt sie nach.

»Habe ich doch schon gesagt. Nichts ist mit David. Er ist wirklich nett, ja. Aber nur ein Freund. Abgesehen davon ist er auch gar nicht mein Typ. Ich habe nur ein schlechtes Gewissen, weil ich einfach so verschwunden bin.«

»Das wird er schon verkraften.«

Ich hoffe es, denke ich im Stillen.

Julia wirkt müde, deshalb mache ich mich bald auf den Weg nach Hause. Auch ich fühle mich erschöpft, als ich den Wagen vorm Haus parke. Gerade, als ich die Haustür aufschließe, erhalte ich eine Nachricht von Marc.

»Ich muss mit dir reden«, fordert er.

»Keine Sorge, ich ziehe rechtzeitig aus. Und jetzt lass mich in Ruhe«, antworte ich knapp.

»Ich will dich zurück.«

Ich reagiere nicht darauf. Was denkt der sich eigentlich dabei? Ein seltsames Gefühl beschleicht mich. Als ob mich jemand beobachten würde. Hastig drücke ich die Tür hinter mir ins Schloss, um mir sogleich albern vorzukommen. Werde ich langsam verrückt? Kein Wunder, nach der Achterbahnfahrt der letzten Monate.

»Frau Vallender, hier ist Dr. Wellers. Ich habe Ihre E-Mail gerade gelesen und wollte Ihnen mitteilen, dass Sie unbesorgt sein können. So ohne Weiteres kann Ihr Mann Sie nicht aus der Wohnung werfen. Als Ehefrau haben Sie dort ein Wohnrecht, und erst nach dem Scheidungsverfahren wird entschieden, wem die Wohnung zugeteilt wird. Zumal Ihr Mann Ihnen die Wohnung zunächst freiwillig überlassen hat. Dennoch sollten Sie sich diesbezüglich auf jeden Fall mit Ihrem Vermieter in Verbindung setzen.«

»Der Vermieter ist mein Schwiegervater«, entgegne ich ernüchtert.

»Auch Ihr Schwiegervater muss sich an das geltende Recht halten. Sollte es weitere Probleme geben, melden Sie sich jederzeit bei mir.«

»Vielen Dank, Herr Dr. Wellers.« Erleichtert atme ich auf.

Endlich mal ein Tag, der mit einer guten Nachricht beginnt! Damit fällt eine riesige Last von meinen Schultern. Dennoch frage ich mich, wie mein Schwiegervater die Sache sieht. Zwar habe ich bei ihm einen Stein im Brett, doch Blut ist bekanntlich dicker als Wasser. Eine Schlammschlacht ist das Letzte, was ich gebrauchen kann. Bevor ich anfange, mir den Kopf darüber zu zerbrechen, rufe ich Darius im Büro an.

»Vallender Bau GmbH, guten Tag.«

»Darius, ich bin es – Tessa.«

»Tessa, Liebes! Wie geht es dir?« Sofort klingt seine Stimme weicher. »Tut mir leid, dass ich mich so lange nicht nach dir erkundigt habe. Ich habe gerade viel um die Ohren. Kann ich irgendwas für dich tun?«

»Ich habe tatsächlich etwas auf dem Herzen. Könnten wir uns vielleicht heute treffen?«

»Heute ist hier die Hölle los. Gleich muss ich noch raus zum Bau, weil Marc mal wieder nicht da ist. Ständig meldet er sich krank in letzter Zeit. Es könnte spät werden – aber wenn dich das nicht stört, komme ich einfach bei dir vorbei, wenn ich fertig bin.«

»Das wäre wirklich toll. Danke.«

Es ist nach 20.30 Uhr, als es klingelt. Darius sprintet die Treppen herauf, ohne dass es ihn anstrengen würde. Von ihm sollte ich mir in Punkto Sportlichkeit unbedingt eine Scheibe abschneiden.

»Tessa!« Er umarmt mich mit einem freudigen Lächeln, das mich Hoffnung schöpfen lässt. Offenbar steht die Trennung von Marc nicht zwischen uns.

»Komm herein. Möchtest du etwas trinken?«

»Nein, danke. Ich hatte gerade erst einen Kaffee.«

»Um diese Uhrzeit noch?«

»Du weißt doch, ich kann das Zeug immer trinken.« Lächelnd setzt er sich mir gegenüber an den Tisch und mustert mich. »Also Tessa, was hast du auf dem Herzen?«

»Es geht um die Wohnung.« Ich spüre einen Kloß im Hals.

»Du willst doch wohl nicht hier ausziehen?« Überrascht mustert er mich.

»Von Wollen kann keine Rede sein. Weißt du es denn noch nicht?«

»Was denn?« Fragend runzelt er die Stirn.

»Marc will die Wohnung für sich haben. Er kam vor vierzehn Tagen hier angetanzt und hat mir eine Frist von drei Wochen gesetzt. Hat er dir nicht davon erzählt?«

»Er hat was?« Für einen kurzen Augenblick gerät Darius in Rage. Seine Hände ballen sich zu Fäusten, die Ader an seiner Schläfe schwillt sichtbar an. Doch sofort nimmt er sich wieder zusammen, bringt sich in eine aufrechte Haltung, und bemüht sich um Contenance.

»So sieht es aus. Er hat mir die Pistole auf die Brust gesetzt und war dann noch so dreist, mir anzubieten, dass ich hierbleiben könnte, wenn ich ihn zurücknähme.« Nun gleitet Darius sämtliche Farbe aus dem Gesicht. Unbeirrt fahre ich fort. »Ich habe mich bereits auf die Suche nach etwas Neuem gemacht, doch auf die Schnelle lässt sich einfach nichts finden. Deswegen wollte ich dich um mehr Zeit bitten. Mit Marc will ich nämlich nicht mehr darüber reden.«

»Tessa, vergiss die Suche«, entgegnet er entschlossen. »Du bleibst, wo du bist. Das wäre ja noch schöner, dass Marc dich auf die Straße setzt, nach allem, was er dir angetan hat!« Er schnaubt verächtlich. »Was ist bloß in ihn gefahren? Ich erkenne meinen eigenen Sohn nicht mehr!«

»Die Scheidungsunterlagen hat er auch noch nicht unterschrieben. Er kapiert nicht, dass ich ihn nicht mehr will. Ich weiß, du hast dir erhofft, dass es wieder wird zwischen uns, aber ich kann das nicht mehr. Könntest du mit ihm reden? Bitte! Vielleicht hört er ja auf dich.«

»Selbstverständlich. Ich schäme mich zutiefst dafür, wie er mit dir umspringt. Und ich werde dafür Sorge tragen, dass eure Scheidung schnell über die Bühne geht.«

»Danke«, sage ich erleichtert. Darius lächelt mich herzlich an.

»Aber da wäre noch etwas. Die Miete werde ich mir auf Dauer nicht leisten können. Wäre es möglich …«

»Mach dir darum keine Sorgen«, fällt mir Darius ins Wort. »Das regeln wir schon. Das ist das Mindeste, was ich für dich tun kann.« Er legt seine Hand auf meine, und ich sehe ihm an, dass er mit sich zu kämpfen hat. »Weißt du, Marc ist zwar mein Sohn, aber ich könnte ihn gerade durch den Fleischwolf drehen. Ganz gleich, was passiert, wirst du immer ein Teil unserer Familie sein. Du bist für mich wie eine Tochter, und auch die Tatsache, dass Marc so dumm war, dich zu verlassen, ändert nichts daran.«

Vor Rührung kullert ein Tränchen über meine Wange, und ich stehe auf, um Darius an mich zu drücken. »Ich danke dir.« Vielleicht wendet sich mein Leben doch wieder zum Guten, wage ich vorsichtig zu hoffen. Es wird Zeit, dass ich ein wenig zur Ruhe komme.

Nachdem Darius sich verabschiedet hat, mache ich es mir auf dem Sofa gemütlich und schlafe kurze Zeit später ein. Geweckt werde ich gegen Mitternacht von einer Mail.

»Tessa, ich will dich. Wir beide gehören zusammen. Das weißt du genauso gut wie ich. Es bringt auch nichts, wenn du meinen Vater vorschickst. Du gehörst mir.«

»Kapierst Du es nicht? Es ist vorbei. Unterschreib die Unterlagen und gut ist's. Ach, und falls Du es noch nicht weißt: Ich bleibe hier wohnen! Abgesegnet von Deinem Vater.« So, das hast du jetzt davon!

Aufgebracht ziehe ich vom Sofa ins Bett um. Die Wut hindert mich zwar lange daran, wieder einzuschlafen, aber irgendwann döse ich doch noch ein, bis der Wecker mich aus wirren Träumen reißt.

Der morgendliche Blick auf mein Handy bietet mir eine weitere Nachricht von Marc, die schon ganz anders klingt als die vorige. Offensichtlich tobt er vor Wut, und irgendwie gefällt mir dieser Gedanke. Er hat wohl immer noch nicht verstanden, dass er sich das selbst zuzuschreiben hat. Gerade, als ich das Handy weglegen will, ploppt eine Mail von Elisa auf.

»*Hallo Mädels! Ich brauche Eure Hilfe. Können wir uns heute
Abend alle im Krankenhaus treffen? Falls Dir das nicht zu viel ist, Eva?
Es ist ein Notfall! Danke Ihr Süßen – Elisa*«

Die nächste Hiobsbotschaft? Bei einer solchen Nachricht auf
nüchternen Magen kann einem nur schlecht werden. Besorgt
frage ich Elisa, was los ist, sie vertröstet mich jedoch auf später.
Immerhin zerbreche ich mir dadurch nicht weiter den Kopf um
mich selbst. Was mag wohl passiert sein? Paul hat sie doch hoffentlich nicht so kurz vor der Hochzeit sitzenlassen? Als ich
gleich nach Feierabend zu Eva ins Krankenhaus fahre, versuche
ich herauszufinden, ob sie mehr weiß, doch sie ist genauso
schlau wie ich.

»Und du hast wirklich keine Ahnung? Du bist doch ihre beste
Freundin«, hake ich nach.

»Nein, ich weiß nichts. Ich mache mir auch schon die ganze
Zeit Gedanken. Sie hat uns noch nicht einmal hier im Krankenhaus besucht. Irgendwas ist da faul.« Dann lenkt Baby Leo uns
von unseren Spekulationen ab, weil er Hunger hat. Eva nimmt
ihn behutsam aus seinem Bettchen und legt ihn an. Erstaunt beobachte ich, wie gierig er trinkt. Die Operation hat er enorm gut
weggesteckt. Es macht mich glücklich, die beiden endlich zusammen zu sehen, und einen Moment lang schweifen meine Gedanken zu Noah.

Bevor mich die Sehnsucht vollkommen übermannt, stößt Julia
zu uns. Nur Elisa lässt auf sich warten, was völlig untypisch für
sie ist. Während wir Leo verliebt bewundern, rätseln wir, was da
im Busch sein könnte. Die wildesten Theorien kommen uns in
den Sinn.

Schließlich platzt unsere Freundin völlig abgehetzt ins Zimmer, einen Stapel Kataloge unter den Arm geklemmt. Ihre Wangen sind gerötet, die Frisur ganz wirr. Sie lächelt beschämt.

»Na endlich!«, ruft Eva laut. Leo zuckt in ihrem Arm zusammen. Elisa steuert direkt auf die beiden zu und nimmt Eva in den
Arm. Sie murmelt etwas vor sich hin, was wie eine Entschuldigung klingt.

»Ich wollte wirklich früher kommen. Tut mir leid, dass ich so eine miese Freundin bin und mich noch nicht habe blicken lassen, um Leo zu sehen. Aber es ist ...« Sie gerät ins Stocken, und wir alle starren sie an.

»Setz dich erst einmal.« Julia schiebt ihr einen Stuhl hin. Dankbar lässt sie sich darauf fallen und schaut in die Runde.

»Also, es ist so. Es ist ein Desaster, und irgendwie auch nicht.« Dann sieht Elisa mich an und greift nach meiner Hand. »Ich bin schwanger.«

»Aber das ist doch toll«, freut sich Eva. Julia und ich stimmen ihr zu. Jede von uns ist sichtlich überrascht.

»Ja, natürlich ist das toll. Aber ich heirate in vier Wochen. Seht mich doch nur an! Ich passe schon jetzt nicht mehr in mein Kleid. Meine Brüste explodieren bald. Den Bauch kann ich auch kaum noch verstecken. Und außerdem wollte ich es doch so richtig krachen lassen!«

Tatsächlich erkennt man schon eine kleine Wölbung, und auch sonst wirkt sie verändert. Ihre Wangen sind rosig und in ihren Augen liegt ein besonderer Glanz. Sie strahlt von innen heraus.

»Komisches Sushi, was ihr da gegessen habt«, sage ich grinsend. »Hey, ihr habt euch so sehr ein Kind gewünscht. Genieß das doch einfach! Natürlich ist der Zeitpunkt etwas ungünstig, aber die Hochzeit wird sicher trotzdem wunderschön – auch ohne dein Traumkleid und ohne Alkohol.«

»Bestimmt hast du recht.« Ihr bedröppelter Gesichtsausdruck weicht einem kleinen Lächeln. »Ich freue mich ja auch wie verrückt. Ich werde Mama! Ich hatte schon fast nicht mehr daran geglaubt. Und trotzdem ...« Sie hält inne und schaut nachdenklich in die Runde.

»Wie wäre es denn, wenn ihr die Hochzeit etwas kleiner gestaltet und dann dafür nach der Geburt noch mal eine riesige Party macht?«, bringt Julia ein.

»Ja, die Idee ist prima! Dann können wir zwei Mal feiern«, jubelt Eva und schaut Elisa erwartungsvoll an.

»Hm. Diesen Gedanken hatte Paul auch schon. Aber glaubt ihr, wir können jetzt noch alles umschmeißen? Die Feier steht, es ist bereits alles in trockenen Tüchern.«

»Da lässt sich ganz bestimmt etwas machen«, ermutige ich sie.

»Ist ja quasi ein Notfall.« Ich lasse mir von Eva einen Block und einen Stift geben und schreibe drauflos, während Elisa, Eva und Julia sich über die Kataloge hermachen. Ein neues Kleid ist schnell auserkoren. Und auch die Hochzeit ist binnen weniger Minuten komplett umgeplant – zumindest auf dem Papier. Wir besprechen gemeinsam den neuen Ablauf der Feier, und am Ende wirkt Elisa entspannt und zufrieden.

»Das hört sich perfekt an. Tessa, du bist die Beste!« Elisa atmet hörbar auf.

»Und gleich danach springt ihr ins Flugzeug und macht richtig tolle Flitterwochen«, wirft Eva in den Raum. »Wenn das Baby da ist, dann war's das nämlich erst einmal mit Luxusurlaub.«

»Der Gedanke ist nicht verkehrt.« Elisa grinst breit.

Erleichtert und zufrieden verabschieden wir uns wenig später voneinander. Genervt stelle ich fest, dass Marc schon wieder geschrieben hat. Er will es einfach nicht kapieren. Mir schwant, dass er so schnell nicht aufgeben wird.

KAPITEL DREIUNDZWANZIG

Die letzten vier Wochen vergingen wie im Flug. Ich war vollauf damit beschäftigt, Elisa bei der Umplanung ihrer Hochzeit zu helfen und Eva im Krankenhaus vor einem Lagerkoller zu bewahren. Nicht nur sie war erleichtert, als sie nach zwei Wochen endlich mit ihrem Sohn nach Hause gehen durfte.

Wie vermutet, ließ Marc nicht locker und meldete sich permanent bei mir, bis ich es schließlich leid war und seine Nummer blockierte. Auch aus sämtlichen Freundeslisten kickte ich ihn. Es fühlte sich befreiend an.

Hin und wieder musste ich an David denken. Unterschwellig ist da immer das Gefühl, ihm erklären zu wollen, warum ich so plötzlich verschwunden bin. Vielleicht wird sich dazu noch einmal eine Gelegenheit bieten. Es ärgert mich, dass ich nicht wenigstens meine Nummer dagelassen habe.

Heute ist Elisas großer Tag. In aller Herrgottsfrühe stehe ich bereits in meinem kurzen, zartrosa Cocktailkleid parat, dessen Oberteil mit Blüten und silberfarbenen Pailletten bestickt ist. Passend dazu habe ich silberne Pumps ergattert, die allerdings überall drücken. Freudige Aufregung macht sich in mir breit, als ich mich auf den Weg mache, um Julia abzuholen. Der Himmel erstrahlt in seinem schönsten Blau, nicht die kleinste Wolke ist zu sehen. Der Tag kann nur perfekt werden.

»Wow, du siehst umwerfend aus, Tessa!«, begrüßt mich Julia, als sie in mein Auto steigt.

»Das kann ich nur zurückgeben«, erwidere ich. Julias dunkelgrünes Chiffonkleid bildet den perfekten Kontrast zu ihrem roten Haar. »Nicht, dass du uns heute noch wegkommst«, necke ich sie.

Julia lacht laut auf. »Keine Sorge, das wird nicht passieren.«

Als wir am Standesamt eintreffen, schwappen Erinnerungen in mir hoch, und ich vernehme ein Ziehen in der Magengegend.

Marc und ich haben uns hier damals ebenfalls das Ja-Wort gegeben, und vor meinem geistigen Auge blitzen Bilder vom Tag unserer Hochzeit auf. Entschlossen verdränge ich jegliche Gedanken an die Vergangenheit und begrüße die anderen Gäste, um mich abzulenken. Inzwischen ist auch Paul mit seinen Eltern eingetroffen. Sichtlich nervös zupft er unablässig an seinem Jackett herum. Er trägt einen dunkelgrauen Anzug und ein cremefarbenes Hemd mit einer passenden Fliege. Sein braunes Haar ist kurz geschnitten, und ausnahmsweise ist er gründlich rasiert. Es steht ihm ausgezeichnet. Elisa schreibt mir, dass sie gleich da sein wird. Wer noch fehlt, sind Eva, Olli und Leo.

Auf einmal geht ein Raunen durch die Menge, als ein uralter weißer Benz mit einem Herz aus roten Rosen vorfährt. Durch die Scheibe erkenne ich, wie Elisa sich schon jetzt vorsichtig die Augen mit einem Taschentuch abtupft. Ihr Vater steigt aus dem Wagen und öffnet der Braut die Tür. Etwas unbeholfen klettert sie heraus, streift ihr Kleid glatt und geht dann an der Hand ihres Vaters langsam auf ihren Verlobten zu. Jetzt gibt es kein Halten mehr. Der sonst so coole Paul wischt sich verstohlen über die Augen, und Elisa läuft schluchzend auf ihn zu. Als sich alle wieder ein wenig gefangen haben, gehe ich zu meiner Freundin hinüber und drücke sie an mich.

»Du siehst hinreißend aus!« Ich nehme sie bei den Händen, um sie von oben bis unten zu begutachten. Unter dem schlichten, bodenlangen Kleid ist das kleine Bäuchlein bereits deutlich sichtbar. Seitlich über dem Bauch prangt eine große Blüte, und das Oberteil ist mit hauchzarter Spitze bedeckt. Ihr sonst kurzes Haar hat sie zu einem Bob herangezüchtet, den sie heute gelockt trägt. Ein Blumenkranz mit kleinen rosafarbenen Blüten krönt ihr Haupt. Sie sieht aus wie eine Elfe. Eine schwangere Elfe, wohlgemerkt.

»Ich kann dir gar nicht sagen, wie aufgeregt ich bin«, raunt sie mir zu.

»Das glaube ich dir! Selbst ich bin völlig hibbelig.« Nervös schaue ich auf die Uhr. »Wir sollten langsam reingehen.«

»Sind denn überhaupt schon alle da?« Elisa und Paul schauen sich prüfend in der Menge um.

»Ich denke schon. Außer Eva und Olli. Keine Spur von den beiden. Ans Telefon gehen sie auch nicht.«

»Wir gehen trotzdem schon mal rein. Sonst verpassen wir noch unsere eigene Trauung«, meint Paul.

»Aber Eva ist meine Trauzeugin! Wir können nicht ohne sie anfangen.« Verzweifelt schaut sich Elisa um.

»Wir hätten in ihre Einladung besser eine Stunde früher reinschreiben sollen«, scherze ich. »Sie wird sicher gleich da sein. Zur Not springe ich ein.«

Wenige Minuten später haben sich alle Gäste im Trauzimmer eingefunden. Elisa versucht, die Standesbeamtin hinzuhalten.

»Wir können noch fünf Minuten warten, dann müssen wir wirklich anfangen«, entgegnet die. Unentwegt starrt die Braut auf die Uhr an der Wand. Nichts passiert, außer dass sich langsam Unruhe breitmacht. Schließlich dreht Elisa sich zu mir um und nickt auffordernd. Genau in dem Moment platzt Eva ins Trauzimmer, dicht gefolgt von Oliver samt Kinderwagen. Elisa verfällt in hysterisches Gelächter, während alle hörbar aufatmen. Eva entschuldigt sich mehrmals für ihr Zuspätkommen, das ihr ausnahmsweise mal wirklich peinlich zu sein scheint. Nun kann es losgehen.

Es folgt eine kurze, aber sehr emotionale Rede, bis die Standesbeamtin schließlich den Satz ausspricht, auf den alle gewartet haben. »Sie dürfen die Braut jetzt küssen!«

Paul zieht seine wunderschöne Braut an sich, und die beiden legen einen filmreifen Kuss hin. Alle applaudieren jubelnd. Julia und ich heulen miteinander um die Wette. Schließlich stürmen alle auf Elisa und Paul zu, um ihnen ihre Glückwünsche auszudrücken.

Bis ich an der Reihe bin, bin ich bereits so aufgelöst, dass ich kaum noch ein Wort hervorbringe und meine Freundin einfach nur fest in den Arm nehme. Als Antwort ihrerseits erhalte ich eine Mischung aus Schluchzen und Lachen.

Mit überschwappenden Emotionen treten wir wieder ins Freie. Vor dem historischen Standesamt schießt der Fotograf bereits die ersten Fotos von Elisa und Paul, für die restlichen Bilder verabschieden sie sich in den Bürgerpark. Gemeinsam mit den anderen Gästen machen wir uns auf den Weg zur Mühle am Wall, wo die Feier stattfindet. Eine knappe Stunde später stößt das Brautpaar unter Applaus wieder zu uns. Nun möchten alle mit ihnen anstoßen. Augenrollend nimmt Elisa ein Glas Orangensaft von mir entgegen. Ich selbst spüre die Wirkung des Alkohols bereits deutlich nach nur zwei Gläsern Sekt. Später werde ich wohl ein Taxi nehmen müssen. Mit *den* Schuhen kann ich auf jeden Fall nicht nach Hause laufen. Ich könnte die Dinger jetzt schon zum Mond schießen. Als das Brautpaar das Buffet eröffnet, mache ich mich gierig darüber her. Den vollsten Teller allerdings hat Elisa.

»Wenn ich schon nicht trinken kann, muss ich wenigstens das Essen in vollen Zügen genießen. Außerdem esse ich schließlich für zwei.« Unschuldig schaut sie mich an.

»Ich sag' ja gar nichts. Das ist dein Tag. Iss so viel, wie du willst. In deinem Kleid ist ja genug Platz.«

Nach der ganzen Völlerei legt das Brautpaar einen schwungvollen Walzer aufs Parkett, und gerade, als ich anfange zu bedauern, dass ich keinen Tanzpartner mehr habe, reißt Elisas Vater mich auf die Tanzfläche und wirbelt mich hin und her. Lachend gelingt es mir, mich seinem Tempo anzupassen. Nach diesem Tanz bin ich jedoch für den Rest des Tages bedient. Schwindelig lasse ich mich auf einen der Stühle plumpsen und gönne mir noch ein Gläschen Sekt.

Der Nachmittag verfliegt. Draußen auf der Terrasse wird gerade eine kunstvolle, dreistöckige Hochzeitstorte aufgefahren, überzogen mit weißem Fondant, verziert mit einem Meer aus rosafarbenen Zuckerröschen. Alle stehen brav Schlange, um ein Stück zu ergattern.

Unbemerkt entziehe ich mich dem Trubel und beobachte das Geschehen aus ein paar Metern Entfernung. Wie glücklich sie alle aussehen. Das strahlende Brautpaar, zugleich werdende Eltern, Eva mit ihrer kleinen, bezaubernden Familie und all die anderen Paare, die heute hier sind und so viel Glück ausstrahlen.

Vollkommen unerwartet werde ich von meinen Emotionen übermannt, als mir wieder bewusst wird, dass ich niemanden mehr habe. Meine große Liebe habe ich auf bitterste Art und Weise verloren. Lucas hat sich ebenfalls als Enttäuschung entpuppt. Auch wenn ich mit all dem inzwischen abgeschlossen habe, bin ich dennoch allein. Selbst inmitten dieses Trubels. Vermutlich wird die Einsamkeit von nun an mein ständiger Begleiter sein.

Ein Krachen reißt mich aus meiner Trance. Über uns haben sich in Windeseile düstere Wolken zusammengebraut und bauen sich zu einer bedrohlichen Wand vor uns auf.

»Gleich kommt richtig was runter!«, höre ich jemanden rufen.

»Jetzt nicht!«, murmele ich mit tadelndem Blick nach oben. *Reiß dich zusammen, Tessa!* Mit aller Macht versuche ich, meine Gedanken in eine positive Richtung zu lenken. Schließlich will ich meinen Freunden diesen wundervollen Tag nicht mit einem Wolkenbruch vermiesen.

Als Julia auf mich zukommt, atme ich erleichtert auf. Ihre Hochsteckfrisur ist im Begriff, sich aufzulösen, und sie schaut mich hilfesuchend an.

»Warte, ich mach das schon.« Während ich mir an ihrer roten Mähne zu schaffen mache, lockert sich mein Gemütszustand mitsamt der Wolkenwand wieder etwas auf.

»Tessa?«, höre ich plötzlich meinen Namen. Irritiert schaue ich zu den anderen hinüber, doch niemand scheint auf der Suche nach mir zu sein.

»Tessa!« Schon wieder.

»Hinter dir«, sagt Julia. »Wer ist das?«

Langsam drehe ich mich um. »David!« Er steht unterhalb der Mühle im Schatten des riesigen Baumes und wirkt ein wenig verloren.

»Ach, das ist also David«, raunt Julia mir zu. Augenrollend boxe ich ihr in die Seite.

»Was machst du denn hier?«, rufe ich zu ihm hinunter. Er hält etwas Graues hoch, das ich auf den ersten Blick nicht genau erkennen kann.

»Du hast dein Halstuch bei mir vergessen.«

»Ach. Das habe ich noch gar nicht bemerkt.« Leicht schwankend stakse ich die Stufen in den Park hinunter. Nur wenige Zentimeter vor ihm bleibe ich stehen.

»Hi!«

»Hey.«

»Woher weißt du, dass ich hier bin?«, frage ich verdutzt.

»Du hast mir erzählt, dass deine Freundin heute heiratet. Erinnerst du dich? Und da du ja vor mir geflüchtet bist und ich nicht wusste, wie ich dich erreichen soll, war das die einzige Gelegenheit, dir das hier zurückzubringen.«

Es rattert in meinem Kopf. Natürlich hatte ich ihm von Elisas Hochzeit erzählt. Unsere Hände berühren sich zufällig, als ich das Tuch entgegennehme, und unsere Blicke treffen sich. David läuft rot an, ich finde es irgendwie niedlich. Irritiert stelle ich fest, dass mein Herz anfängt zu rasen. Woher kommt das denn jetzt?

»Du siehst wunderschön aus«, entgegnet er leise.

»Danke.« Verlegen senke ich den Kopf. »Es tut mir übrigens furchtbar leid, dass ich einfach so abgehauen bin. Das ist sonst nicht meine Art. Aber es war wirklich dringend.«

»Was ist denn passiert?«

»Lange Geschichte«, sage ich grinsend, und sofort platzt ein Lachen aus ihm heraus.

»Möchtest du sie mir erzählen? Wir könnten etwas trinken gehen. Natürlich nicht heute. Du kannst ja jetzt nicht hier weg.«

»Genaugenommen … doch. Das Brautpaar verabschiedet sich jeden Moment in die Flitterwochen.«

»Wie jetzt? Ich dachte, du feierst hier die ganze Nacht, bis dir die Füße vom Tanzen wehtun.«

»Noch 'ne lange Geschichte. Meine Füße tun mir übrigens jetzt schon weh«, kichere ich. »Komm doch einfach mit rauf, dann können wir gleich nach der Feier los.«

»Nee, lass mal. Ich bin überhaupt nicht passend angezogen.« Er schaut unsicher an sich herunter und deutet auf sein Shirt und die kurze Hose.

»Jetzt stell dich nicht so an!« Ehe er sich versieht, packe ich ihn am Arm und schleife ihn die Treppe hinauf. Elisa bekommt sofort Wind davon und rauscht zu uns herüber.

»Hey, da ist ja noch ein verspäteter Gast. Willst du uns nicht vorstellen?«, fordert meine Freundin mich mit einem Funkeln in den Augen auf.

»Das ist David. Er ...«

»David!«, fällt sie mir ins Wort. »Ich freue mich, dich endlich kennenzulernen.«

»Herzlichen Glückwunsch«, presst er sichtlich verlegen hervor. Unwillkürlich muss ich lächeln. Jetzt wirkt er wieder wie ein schüchterner kleiner Junge.

»Du bist ein *bisschen* spät dran«, meint Elisa augenzwinkernd. »Die Party ist leider schon vorbei. Aber du kannst ja mit Tessa allein weiterfeiern.« Dabei grinst sie mich verschwörerisch an, und ich rolle kopfschüttelnd mit den Augen.

Als Paul seine Braut zu sich ruft, stoße ich erleichtert Luft aus. »Kommst du, Elisa?«

Sofort macht sie auf dem Absatz kehrt, um sich neben ihrem Mann vor dem Eingang der Mühle aufzustellen. Alle versammeln sich um das junge Ehepaar, das zum Abschluss der Feier eine kleine Dankesrede hält. Ich spüre, wie Davids Blick auf mir ruht. Ob er wieder versucht, meine Gedanken zu erahnen? Alles, was ich preisgebe, ist ein zufriedenes Lächeln. Denn seit David aufgetaucht ist, fühle ich mich tatsächlich zufriedener, und es verwundert mich nicht einmal. Seine Nähe fühlt sich auch jetzt wieder eigentümlich beruhigend an.

Eine Viertelstunde und unzählige Umarmungen später sitzen Elisa und Paul schließlich in dem alten Benz und brausen mit lautem Gehupe davon. Elisa ließ es sich jedoch nicht nehmen, mir vorher noch ihren Brautstrauß in die Hand zu drücken.

»Den brauche ich nicht zu werfen. Der ist nur für dich. Mach was draus!« Das ist so typisch für sie. Trotzdem fühle ich mich überrumpelt, erst recht, als David mich grinsend mustert. Die Hochzeitsgesellschaft löst sich nach und nach auf. Auch mir ist danach, mich davonzustehlen.

»Sollen wir?«, richte ich mich an David.

»Wenn du soweit bist?«

»Klar. Ich hätte nur eine kleine Bitte.« Klimpernd halte ich ihm meinen Autoschlüssel unter die Nase. »Ich hatte ein klitzekleines bisschen zu viel Sekt. Und ich würde gern kurz nach Hause, um mich umzuziehen. Diese Schuhe bringen mich um.«

Lachend nimmt er den Schlüssel entgegen. »Na, dann wollen wir mal. Darf ich bitten?« Auffordernd hält er mir seinen Arm hin, und ich hake mich bei ihm unter.

»Julia? Sollen wir dich mitnehmen?«

»Schon gut. Ich laufe die paar Schritte nach Hause.« Mit einem bedeutungsschwangeren Lächeln winkt sie mir zu. Was haben sie nur heute alle? Dieser ganze Romantiküberschuss hat offensichtlich allen das Hirn vernebelt.

Schwerfällig lasse ich mich auf den Beifahrersitz meines Autos fallen und streife sofort meine Pumps ab. »Endlich!«

David startet schmunzelnd den Motor, und ich lotse ihn durch die Stadt, bis wir im Hinterhof parken.

»Magst du kurz mit raufkommen?«

»Wenn es dich nicht stört?«

»Du darfst dich nur nicht umschauen. Ich habe heute Morgen etwas Chaos hinterlassen.« Als wir oben ankommen, verfrachte ich David aufs Sofa und verschwinde im Schlafzimmer. Innerhalb weniger Minuten habe ich meinen halben Kleiderschrank auseinandergerissen, probiere fünf bis zehn – ich weiß es ehrlich gesagt nicht mehr so genau – Outfits an und entscheide mich letztendlich für ein schlichtes Sommerkleid und flache Sandaletten.

»Bin schon fertig«, trällere ich, als ich wieder ins Wohnzimmer hüpfe.

»Schon.« David grinst. Gespielt zerknirscht entgegne ich:»Mein Zeitgefühl ist gerade vielleicht etwas verschoben.«

»Das Warten hat sich gelohnt, würde ich sagen. Und wohin darf ich die Dame nun entführen?«

»Das überlasse ich dir. Ich bin nämlich nicht mehr ganz zurechnungsfähig. Halt, warte! Eis. Ich hätte Lust auf einen riesengroßen Eisbecher.«

»Da bin ich dabei!«

Keine zwanzig Minuten später sitzen wir im Eiscafé. Vor mir steht ein riesiger Erdbeerbecher, und ich stelle ernüchtert fest, dass ich überhaupt keine Lust mehr auf Eis habe. Während ich David von meinen Erlebnissen der letzten Wochen erzähle, rühre ich lustlos in dem Becher herum. Lediglich die Erdbeeren picke ich heraus. David hingegen hat seine Schale bereits blitzblank geleckt.

»Dann warst du quasi Mädchen für alles. Immerhin bist du auf andere Gedanken gekommen, das ist doch gut.«

»Ja, schon. Und trotzdem habe ich ständig das Gefühl, dass etwas fehlt.« David sieht mich an, als würde er genau verstehen, was ich meine. Ob er sich auch einsam fühlt? Schlagartig wechselt er das Thema, als fühlte er sich ertappt.

»Was ich dich noch fragen wollte: Was ist eigentlich aus der Sache mit deiner Wohnung geworden? Die drei Wochen sind doch längst rum.«

Ich schenke ihm ein süffisantes Grinsen.»Tja, mein Schwiegervater war glücklicherweise ganz anderer Meinung als sein Sohn. Er war nämlich alles andere als einverstanden mit Marcs Plänen und besteht darauf, dass ich dort wohnen bleibe.«

»Kannst du dir die Hütte denn überhaupt leisten?«

»Nicht wirklich. Aber auch das will mein Schwiegervater regeln. Allerdings hat er sich diesbezüglich nicht mehr gemeldet.

Ich sollte wohl nochmal nachhaken.« Unruhig rutsche ich auf meinem Stuhl hin und her.

»Alles in Ordnung mit dir?«

»Ich muss mal kurz weg. Der Alkohol.« Genervt rolle ich mit den Augen. »Hast du so lange ein Auge auf meine Tasche?« Hastig springe ich auf und eile zum Klo.

Als ich zurückkehre, lächelt mich David triumphierend an. Was hat das jetzt wieder zu bedeuten? Vielleicht interpretiere ich das in meiner Nebelwolke aber auch falsch. Ich entschließe mich, es einfach zu ignorieren.

»Dein Eis kannst du jetzt wohl trinken.«

»Ich kriege absolut nichts mehr runter. War wohl doch ein bisschen zu viel von allem heute.«

»Soll ich dich nach Hause bringen?«

»Lass uns lieber ans Wasser gehen. Ein wenig frische Luft könnte mir sicher nicht schaden.« Mir ist nicht danach, allein in meiner zu Wohnung hocken.

»Gute Idee!«

Still schlendern wir Seite an Seite die Uferpromenade entlang. Die Restaurants an der Schlachte sind total überfüllt, kaum einer der dicht aneinander stehenden Tische ist unbesetzt. Einige Leute blicken sich suchend nach einem freien Platz um. Doch unten am Wasser halten sich zum Glück nur wenige Menschen auf. Die Ruhe kommt mir nach dem trubeligen Tag sehr gelegen.

»Ich glaube, ich kann keinen Schritt mehr laufen«, stöhne ich. »Meine Füße wollen einen Sitzstreik antreten.«

»Sollen wir uns eine Weile hier ans Ufer setzen? Wenn es danach immer noch nicht geht, trage ich dich zur Not Huckepack nach Hause.«

»Reizvolle Vorstellung«, lache ich.

So elegant wie möglich versuche ich mich zu setzen, was mit dem kurzen Kleid gar nicht so einfach ist. Nachdem ich eine halbwegs vorteilhafte Position eingenommen habe, blicken wir einträchtig aufs Wasser und schauen den Möwen dabei zu, wie sie kreischend ihre Kreise ziehen. Als ich einen vorsichtigen Seitenblick auf David riskiere, erweckt er den Eindruck, als würde irgendetwas in ihm arbeiten. Bedrückt ihn etwas? Vielleicht kann ich zur Abwechslung mal ihm zuhören.

»Alles okay?«

»Alles perfekt.«

»Gut«. Trotzdem hake ich noch einmal nach. »Du bist heute noch stiller als sonst. Ist wirklich alles in Ordnung?« Warum fühlt sich die Situation auf einmal so verkrampft an? Oder bilde ich mir das auch wieder ein? Ich hätte wirklich weniger trinken sollen.

Plötzlich wendet David sich mir zu und sieht mich direkt an. Lange hält er meinem Blick jedoch nicht stand. Er starrt auf seine Hände, sagt kein Wort.

»Möchtest du mir irgendetwas sagen?« Zögernd lege ich meine Hand auf seine, in der Hoffnung, dass er sich öffnet. Er nimmt einen tiefen Atemzug, wirkt, als müsste er sich sammeln. Dennoch sagt er nichts. Stattdessen legt er zaghaft seine Hand an meine Wange und zieht mich sanft zu sich. *Was passiert hier gerade?*

Mein Herz spielt mir einen Streich und beginnt wild zu rasen. Anstatt mich dagegen zu wehren, lasse ich es einfach zu. Unsere Lippen berühren sich und verschmelzen ineinander, als würden sie zusammengehören. Nie zuvor habe ich bei einem Kuss so empfunden. Einen Augenblick lang verliere ich völlig meine Fassung. Ohne mir darüber im Klaren zu sein, was ich da eigentlich tue, erwidere ich seinen vorsichtigen Kuss. Während ich nicht weiß, wie mir geschieht, löst er sich langsam von mir und legt seinen Kopf an meine Stirn. Seine rechte Hand liegt immer noch in meinem Nacken, mit der anderen fährt er durch mein Haar. Er zittert und ringt um Haltung.

»Tessa, ich habe keine Ahnung, ob das der richtige Zeitpunkt ist.« Oh nein! Erst jetzt wird mir klar, worauf er hinauswill. Wie konnte ich nur so ein riesiges Brett vorm Kopf haben? »Du gehst mir einfach nicht mehr aus dem Kopf. Ich … ich habe mich in dich verliebt. Wenn das überhaupt ausreichend beschreibt, was ich für dich empfinde.«

Abrupt löse ich mich von ihm und gehe in Abwehrhaltung. Warum habe ich das nicht viel eher kommen sehen? Verdammt, ich habe völlig falsche Signale gesetzt. Schweigend starre ich ihn an. Unzählige Gedanken schießen durch meinen Kopf. Marc. Lucas. Das ganze Chaos der letzten Monate. Ein stechender Schmerz durchfährt meine Brust, reißt alle Wunden wieder auf. Alles, was ich in diesem Moment will, ist weglaufen. Ich kann und will niemandem mehr vertrauen. Und schon gar nicht will ich jemanden lieben. Nur so kann ich mein Herz beschützen. Nach Worten ringend blicke ich zum Himmel. In diesem Moment hüllt der Regen mich beschützend ein.

»Ich … Es tut mir leid. Ich kann das nicht.« Kopfschüttelnd springe ich auf und setze mich in Bewegung. Schon wieder laufe ich davon – dieses Mal jedoch vor mir selbst.

»Tessa!«, ruft er mir hinterher. »Warte doch! Bitte!« Aber ich drehe mich nicht um.

KAPITEL VIERUNDZWANZIG

DAVID

»Was bin ich nur für ein verdammter Idiot«, flucht David vor sich hin. »Warum musste ich sie auch so überfallen? Ich hätte wissen müssen, dass es noch zu früh ist.«

Mit einer Mischung aus Enttäuschung und Wut starrt David Tessa hinterher, obwohl er sie schon längst nicht mehr sehen kann. Sein Herz schreit ihn an, ihr hinterherzulaufen, sie um Verzeihung zu bitten, doch die Vernunft gewinnt Überhand. Wenn er sie jetzt nicht in Ruhe lässt, verspielt er sich auch noch den letzten Hauch einer Chance.

Habe ich überhaupt eine Chance? Diese Frage hämmert unaufhörlich in Davids Kopf. Ihre Reaktion war mehr als eindeutig. Aber der Kuss – sie hat ihn erwidert. Wenn er daran denkt, schnellt sein Puls sofort wieder in die Höhe. Beinahe spürt er noch ihre weichen Lippen auf seinen, kann den Duft ihrer Haut riechen. Mit sich selbst hadernd beschließt er, ihr Zeit zu lassen. Doch einfach aufgeben wird er sie nicht, dafür bedeutet sie ihm viel zu viel. Und immerhin weiß er nun, wo er sie finden kann.

KAPITEL FÜNFUNDZWANZIG

TESSA

»Stell dir das mal vor, Julia! Er kann mich doch nicht einfach so küssen!« Haareraufend laufe ich im Wohnzimmer meiner Freundin auf und ab.

»Offensichtlich kann er das schon«, gibt meine Freundin zu bedenken. »War es denn wirklich so schlimm?«

»Was? – Nein. Ehrlich gesagt war der Kuss sogar sehr schön«, gebe ich zu. »Aber ich will überhaupt nichts von ihm. Das muss er doch merken, oder? Und er hat nichts Besseres zu tun, als mir seine Liebe zu gestehen.«

»Du hast ihn zurückgeküsst. Das kann man doch nur falsch verstehen, Tessa.« Julia schüttelt tadelnd den Kopf.

»Glaub mir, das war nicht mein Plan. Aber es hat sich so gut angefühlt, da konnte ich gar nicht anders. Ach Mann, damit habe ich alles nur noch schlimmer gemacht.« Ich könnte mich selbst ohrfeigen. »Und dann laufe ich Depp einfach weg und lasse ihn stehen. Bestimmt ist er jetzt total sauer auf mich. Ihm vor den Kopf zu stoßen ist das Letzte, was ich wollte. Ach, verflucht! Warum ist eigentlich immer alles so verkorkst?«

Julia zuckt überfragt mit den Schultern. »Was willst du jetzt machen?«

»Nichts. Was soll ich auch schon tun? Ich habe ja nicht einmal seine Nummer.«

»Dann kannst du nur hoffen, dass ihr euch noch einmal begegnet. Damit du dich entschuldigen kannst.«

»Oder auch nicht. Das kann ja nur peinlich werden. So blöd, wie ich reagiert habe, redet er bestimmt kein Wort mehr mit mir.«

»Da wäre ich mir nicht so sicher.«

»Keine Ahnung. Immerhin weiß er jetzt, woran er ist. Vielleicht ist das auch besser so.« *Auch wenn ich es ihm gern schonender beigebracht hätte,* denke ich. Ratlos schaue ich meine Freundin an.

»Lass uns ein bisschen rausgehen. Das lenkt dich sicher ab.«

»Okay. Aber was, wenn ich ihm begegne?«

»Dann redest du mit ihm. Ganz einfach.«

Obwohl der Himmel wolkenverhangen ist, tummeln sich viele Leute in der Altstadt. Als wir durch die Sögestraße schlendern, beschleicht mich wieder dieses seltsame Gefühl. Es ist wie ein Kribbeln in meinem Nacken. Als ob mich jemand beobachten würde. Abrupt bleibe ich stehen.

»Alles okay?« Julia mustert mich fragend.

Still schüttle ich den Kopf und drehe mich suchend um. Dann sehe ich ihn! Zwischen all den Menschen steht Marc und starrt mich an, seine Augen weit aufgerissen. Ganz klar, er fühlt sich ertappt. Zorn steigt in mir auf, und ich bin gewillt, all meine Wut an ihm auszulassen. Entschlossen und selbstbewusst spurte ich auf ihn zu.

»Was zur Hölle tust du hier? Ich will dich nicht mehr sehen! Kapierst du das nicht?«, schleudere ich ihm entgegen. Einige Blicke habe ich bereits auf mich gezogen. Julia eilt an meine Seite.

»Ich will nur mit dir reden, Tessa. Wir gehören zusammen! Du wirst keinen besseren Mann finden, versteh das endlich.«

»Quatsch nicht so einen Müll! *Du* hast mich betrogen. Du bekommst ein Kind mit dieser Frau! Mehr gibt es nicht zu sagen!«, brülle ich. Julia murmelt etwas Unverständliches und versucht, mich am Arm wegzuziehen. Hastig greift Marc nach meiner Hand.

»Tessa, es ist unser Schicksal. Du und ich. Wir haben uns das Wort gegeben. Es muss so sein.«

»Scheiß auf das Schicksal. Scheiß auf dich! Verschwinde endlich!« Entschieden reiße ich mich los und kehre ihm den Rücken.

»Du gehörst mir. Daran führt kein Weg vorbei.« Der Unterton in seiner Stimme hat etwas Bedrohliches.

»Der Blitz soll dich treffen!«, rufe ich ihm zu, und Donnergrollen ertönt über unseren Köpfen. Julia und ich verschwinden, so schnell wir können. Zum Glück folgt Marc uns nicht.

»Was war das denn?« Julia hält mich an den Schultern fest und schaut mich mit schreckgeweiteten Augen an. »Marc ist ja völlig irre.«

»Ich glaube, er ist mir nicht zum ersten Mal gefolgt.« Mühsam ringe ich nach Luft. »Aber bestimmt hat er es jetzt begriffen.«

Wochen vergehen, in denen ich versuche, den Vorfall mit Marc zu vergessen. Ebenso den mit David. Dummerweise gelingt mir das nicht. Ständig muss ich darüber nachdenken, wie wir auseinandergegangen sind. David hat eine solche Abfuhr nicht verdient. In meinem Kopf lege ich mir immer wieder aufs Neue eine Entschuldigung zurecht, für den Fall, dass wir uns zufällig über den Weg laufen. Er muss wissen, warum ich so reagiert habe. Und dass er sich keinerlei Hoffnungen machen soll. Inzwischen bin ich felsenfest davon überzeugt, dass ich allein besser dran bin. Wobei »allein« der falsche Ausdruck ist. In Julia habe ich die beste Freundin, die ich mir wünschen könnte. Außerdem habe ich Elisa und Eva und Baby Leo. Und ich kann jederzeit zu meinen Eltern fahren, wenn mir danach ist. Im Grunde genommen habe ich alles, was ich brauche. Doch warum will mir dieser Kuss einfach nicht aus dem Kopf gehen?

»Mensch, Mädels, das wurde aber echt mal wieder Zeit!« Es ist der erste Freitag im August. Unser monatlicher Mädelsabend ist inzwischen einige Male ausgefallen, deshalb haben wir uns nun besonders viel zu erzählen. Für Eva ist es das erste Mal, dass sie alleine ausgeht, seit Leo auf der Welt ist. Nach nur einem Glas Hugo kichert sie ununterbrochen, was zu unser aller Belustigung beiträgt. Elisa zeigt uns Fotos von ihren Flitterwochen und ein Ultraschallbild, während sie stolz ihren Bauch streichelt. Julia und ich berichten, was in den letzten Wochen passiert ist. Viel ist das allerdings nicht. Der Sommer ist so unerträglich heiß, dass ich die meiste Zeit nur in der abgedunkelten Wohnung hocke. Erst am späten Abend zieht es mich nach oben auf die Dachterrasse. Von David habe ich nichts mehr gehört und gesehen. Auch von Marc nicht, außer, dass er endlich die Scheidungsunterlagen unterschrieben hat. Bestimmt hat Darius ihm nochmal Druck gemacht. Ich muss zugeben, dass ich meine neue Freiheit genieße. Jetzt kann ich tun und lassen, was ich will, ohne auf jemand anderen Rücksicht nehmen zu müssen.

»Ich glaube, mich muss jemand nach Hause bringen«, kichert Eva. »Ich kann keinen Fuß mehr vor den anderen setzen.«

»Das übernehme ich!« Elisa legt ihre Hand um Evas Arm, als hätte sie Angst, dass sie weglaufen würde. Laut lachend verabschieden wir uns voneinander. Es ist bereits dunkel, als ich den Heimweg einschlage, und trotz der bunten Lichter der Stadt, kann ich einige Sterne am Nachthimmel erkennen. Mit einem Lächeln schlendere ich durch die noch gut gefüllten Gassen. Mitten auf der Brücke über der Weser bleibe ich stehen. Hier kann man den Sternenhimmel viel besser beobachten. Nur, weil die Müdigkeit mich übermannt, reiße ich mich davon los und trotte verträumt weiter. Kurz vor der Haustür fahre ich entsetzt zusammen. Das Kribbeln. Es ist wieder da. Mit rasendem Puls beschleunige ich meinen Schritt. Dann höre ich ihn rufen.

»Tessa!«

Erschrocken halte ich die Luft an. Jeder Muskel meines Körpers zieht sich beim Klang dieser Stimme zusammen. Stur eile ich weiter, krame in meiner kleinen Handtasche hastig nach dem Hausschlüssel. Mist, ich kann ihn nicht finden. Seine Schritte kommen näher, werden immer lauter.

»Du redest jetzt mit mir.« Die Stimme ist nun direkt hinter mir, und ich erschaudere. Meine Halsschlagader pocht spürbar, mein Herz droht aus meiner Brust zu springen. Da ist er ja! Erleichtert ziehe ich das Schlüsselbund heraus und versuche, den Schlüssel ins Schloss zu stecken. Doch er fällt zu Boden.

»Jetzt hör mir endlich zu!« Grob greift er nach meinem Arm und dreht mich zu sich herum. Im schwachen Licht der Hausbeleuchtung erkenne ich ein gieriges Funkeln in Marcs Augen. Der Himmel öffnet schlagartig seine Schleusen, und ich nutze das Überraschungsmoment, um mich von ihm loszureißen.

»Lass mich in Ruhe! Es gibt nichts mehr zu sagen.« Meine Stimme klingt fest, doch in mir schrillen sämtliche Alarmglocken. Lucas' Mail kommt mir wieder plötzlich in den Sinn. *»Nimm Dich vor Marc in Acht.«* Schlagartig wird mir klar, dass er seine Finger im Spiel gehabt haben muss. Marc muss Lucas mit irgendetwas gedroht haben. Plötzlich ergibt alles einen Sinn. *Ich muss hier weg.* Panisch bücke ich mich, greife nach meinem Schlüssel und wende mich wieder der Haustür zu. Erneut packt er mich, hält mich mit beiden Händen fest an den Schultern. Er zieht mich so nah zu sich, dass ich gezwungen bin, ihn anzuschauen. Sein Atem riecht nach Alkohol, sein nasses Haar klebt ihm in der Stirn. Angst packt mich bei der Kehle.

»Ich habe noch jede Menge zu sagen. Du weißt, dass wir zusammengehören, Tessa! Und du ignorierst mich seit Wochen? Das war ein großer Fehler. Das siehst du doch ein, nicht wahr?«

»Hör auf. Du tust mir weh!« Kalter Schweiß perlt von meiner Stirn. Mit irrem Blick starrt Marc mich an und lacht hämisch. Eine Träne läuft mir über die Wange. Verzweifelt versuche ich, mich von ihm zu befreien.

»Du weinst? Ja, weine ruhig. So, wie ich die letzten Wochen deinetwegen geweint habe. Wir werden zusammen sein, Tessa. Ich mache dich glücklich. Kein anderer.« Dann presst er seinen Mund auf meinen, und mir entweicht ein gequälter Schrei.

»Schrei nur. Dich wird eh keiner hören.«

»Du bist ja krank.« Seine Hände krallen sich noch fester in meine Schultern, und er drückt mich gegen die Tür. Die Last seines Körpers ist erdrückend. Ich kann kaum atmen. Weinend schließe ich die Augen und ringe nach Luft, bohre angsterfüllt meine Fingernägel in seine Unterarme. Das stachelt ihn nur umso mehr an.

Gierig schiebt er seine Hand unter mein Kleid. »Ich nehme mir nur, was mir zusteht.«

Da taumelt er plötzlich zurück und geht ächzend zu Boden. Und ich begreife, warum.

»David!« Es ist kaum mehr als ein Flüstern. Kraftlos kauere ich mich vor der Haustüre zusammen, vergrabe mein Gesicht in den Händen und schluchze laut.

»Du lässt die Finger von ihr, du verfluchter Dreckskerl!« David ist wütend. Sehr wütend. Ich kann es in seiner Stimme hören und schaue verängstigt zu den beiden.

Schwankend rappelt sich Marc auf und springt schreiend auf seinen Kontrahenten zu, doch David weicht ihm geschickt aus und packt ihn von hinten.

»Ruf die Polizei, Tessa!« Ich rege mich nicht. »Tessa, ruf an!«, brüllt David.

Panik blitzt in Marcs Augen auf. Gewaltsam befreit er sich aus Davids Griff und verschwindet in der Dunkelheit. David will hinter ihm herlaufen, doch ich halte ihn zurück.

»Bitte David, lass es gut sein.«

»Aber ...« Er sieht mich kurz an, und der Zorn verschwindet aus seinem Gesicht. Dann stürzt er auf mich zu und zieht mich beschützend in seine Arme. »Bist du okay?«

Stumm nicke ich, ohne zu wissen, ob er es überhaupt registriert. Mein ganzer Körper bebt, immer noch wie gelähmt vor Angst. David hält mich fest. Eine kleine Ewigkeit lang.

»Danke«, bringe ich kaum hörbar hervor.

»Ich hatte solche Angst um dich. Du musst diesen Scheißkerl anzeigen. Hat er dir schon öfter aufgelauert?«

Erneut nicke ich. Und dann wird mein Kopf auf einen Schlag wieder klar. Mühsam richte ich mich auf, um David anzusehen.

»Was tust du überhaupt hier?« Ich kann es mir nicht zusammenreimen.

»Ich wollte mit dir reden.«

»Und dafür lungerst du mitten in der Nacht hier herum?«

»Ich ...«

Zorn übermannt mich. »Das glaube ich jetzt nicht. Du bist kein Stück besser als er!«, schreie ich ihn an. »Verschwinde! Lass mich in Ruhe!« Mit letzter Kraft komme ich auf die Füße.

»Bitte, Tessa ...«

»Nein!«, schleudere ich ihm entgegen.

Dieses Mal treffe ich das Schloss, schlüpfe durch die Tür und drücke sie geräuschvoll hinter mir zu. Niemals zuvor habe ich mich so dreckig und benutzt gefühlt.

KAPITEL SECHSUNDZWANZIG

DAVID

Davids Puls rast und er weiß nicht, wo ihm der Kopf steht. Abgesehen von ein paar Rangeleien mit seinen Brüdern hat er sich nie mit jemandem geschlagen. Als er jedoch sah, wie dieser Dreckskerl Tessa bedrohte, brannten ihm sämtliche Sicherungen durch. Zum Glück kam er gerade noch rechtzeitig! Welch ein Widersinn, dass sie ihm genau das nun vorwirft. Er hat sie aus dieser bedrohlichen Situation befreit und es sich damit endgültig versaut. Das ist vollkommen absurd. Was hätte dieser Typ ihr wohl angetan, wenn er nicht gekommen wäre? Darüber möchte David lieber nicht nachdenken. Er will nur zu ihr. Sie sollte jetzt nicht alleine sein. Andererseits hat sie ihm überdeutlich zu verstehen gegeben, dass er sie in Ruhe lassen soll. Mit dem Kopf an Tessas Haustür gelehnt, steht er da und weiß nicht, was er tun soll.

»Verschwinde! Lass mich in Ruhe!«, hallt es in seinen Ohren nach. Vermutlich ist es an der Zeit, sie aufzugeben, gesteht sich David widerwillig ein. Er muss sie vergessen, um seinetwillen. Und um ihretwillen. Aber wie soll er das anstellen? Sie hat sich längst in sein Herz eingebrannt. Besorgt und schwermütig wendet er sich zum Gehen.

Ohne Unterlass grübelt David darüber nach, wie es Tessa gehen mag und wie sich ihr Wiedersehen wohl gestaltet hätte, wäre sie nicht in diese Notsituation geraten. Verständlich, dass sie völlig durch den Wind war. Was ist, wenn der Kerl sie ein weiteres Mal bedrohen würde? Es fühlt sich an, als hätte er sie im Stich gelassen. Dabei wollte *sie*, dass er geht.

Handyklingeln reißt David aus seinen Gedanken. Seine Mutter am anderen Ende der Leitung erkennt schnell, dass ihn etwas belastet. Obwohl er das Geschehene für sich behalten will, erzählt er ihr, was passiert ist. Sie überzeugt ihn schließlich, sich ein paar Tage freizunehmen und mit seinen Eltern nach Teneriffa zu fliegen. Etwas Abstand könnte ihm sicher nicht schaden. Allerdings hat er Zweifel daran, dass ihm die Reise helfen wird, Tessa zu vergessen.

KAPITEL SIEBENUNDZWANZIG

TESSA

»Es war richtig, dass du ihn angezeigt hast. Du würdest dich sonst nie wieder sicher fühlen.« Elisa nickt Julia zustimmend zu. »Hoffentlich bekommt er auch die Strafe, die er verdient.« Eva schüttelt ungläubig den Kopf. »Ich kann das immer noch nicht fassen. Wie konnte er sich vom Traummann plötzlich zum Monster entwickeln?«

»Es ist ja zum Glück nichts Schlimmeres passiert.« Beschwichtigend hebe ich die Hände.

»Dank David«, wirft Elisa ein.

»Ja«, überlege ich nachdenklich. »Dank David.«

»Du hättest ihn nicht vergraulen dürfen. Ihn mit Marc auf eine Stufe zu stellen, war ziemlich übertrieben.«

Julia protestiert. »Denkt euch doch mal in diese Situation hinein. Wie hättet ihr wohl reagiert?« Betretenes Schweigen tritt ein, alle starren stumm auf den Boden.

»So, jetzt ist aber mal gut.« Ich zwinge mich zu einem aufgesetzten Lächeln. »Aber wo wir gerade bei Marc sind … Ich habe heute meinen Scheidungstermin bekommen. In fünf Wochen bin ich ihn endgültig los.«

»Bei dir wird es wohl nie langweilig«, meint Elisa.

»Nein, wirklich nicht.«

»Ich dachte immer, man muss ein Trennungsjahr einhalten.« Julia guckt mich fragend an.

»Das ist auch eigentlich so. Ich denke, Darius hatte da seine Finger im Spiel und hat die Sache irgendwie beschleunigt. Fragt mich nicht, wie er das hingekriegt hat, aber je schneller wir geschieden sind, desto besser.«

»Ich werde dich begleiten«, sagt Julia.

»Bin auch dabei«, meint Eva. »Was ist mir dir, Elisa?«

»Wenn mein Chef mir freigibt, komme ich selbstverständlich auch.«

»Ihr seid einfach die Besten!« Dankbar schlinge ich meine Arme um alle drei gleichzeitig.

Sobald ich allein bin, kommen sie allerdings wieder zurück. Die Bilder. Immer wieder flammen sie vor meinem geistigen Auge auf. Marc, der mich mit seinem irren Blick anstarrt, wie er hämisch lacht und mich gegen die Tür presst. Wie weit wäre er wohl gegangen, wenn David nicht aufgetaucht wäre? Wieder beginnt mein ganzer Körper zu beben, und so sehr ich versuche, ruhig zu atmen – es gelingt mir nicht. Die Angst hält mich in ihren Schraubzwingen gefangen, lässt mich nicht mehr los. Was, wenn er wiederkommt? Anzeige hin oder her, das interessiert ihn sicher nicht. Niemals hätte ich erwartet, dass er sich als ein solcher Psychopath entpuppen würde. Der Mann, den ich einmal aus tiefstem Herzen liebte, dem ich blind vertraut habe. Wie kann man sich nur so in einem Menschen täuschen? Und warum werde ich das Gefühl nicht los, dass diese Sache noch nicht ausgestanden ist? Er wird wiederkommen, ganz gewiss. Und dann wird mit Sicherheit kein David mehr da sein, um mich zu retten.

Fahrig greife ich nach dem Bromazepam, welches der Arzt mir verschrieben hat, und drücke mir gleich zwei Tabletten aus dem Blister. Mit einem Schluck Wasser spüle ich sie hinunter und verkrieche mich im Bett. Während ich dem Regen lausche, der gegen das Fenster prasselt, dreht sich das Gedankenkarussell unaufhörlich weiter. Mit einem Mal jedoch überrollt mich die Müdigkeit und zieht mich endlich in einen tiefen, traumlosen Schlaf. Wach werde ich erst, als irgendwo in der Ferne der Wecker klingelt. Kraftlos drücke ich ihn aus, schaffe es indes nicht, aufzustehen.

Ich hatte mir vorgenommen, wieder zur Arbeit zu gehen, obwohl ich noch krankgeschrieben bin, denn wenn ich zu Hause bleibe, drehe ich durch. Ich muss mich ablenken. Doch so sehr ich mich auch bemühe, schaffe ich es nicht, mich aufzuraffen. Stattdessen bleibe ich, wo ich bin, und schlafe sogleich wieder ein.

Dieses Mal träume ich. Egal, wohin ich gehe, taucht Marc auf und bedroht mich – in meiner Wohnung, im Büro, mitten in der Stadt, überall. Und jedes Mal ist es David, der mich aus dieser Situation befreit. Schweißgebadet wache ich gegen Mittag auf und schleppe mich benommen ins Bad, wo ich eiskalt dusche. Der Nebel in meinem Kopf will sich nicht verziehen. Irgendwo im Trüben wabert die Erinnerung daran, wie David mich festgehalten hat. Noch jetzt spüre ich seine schützend um meinen Körper geschlungenen Arme. Bekomme ich Wahnvorstellungen?

Mein Blick fällt auf die Tablettenschachtel, und ich beschließe, dass sie schuld an meiner verschobenen Wahrnehmung sind. Alles dreht sich, und ich lasse mich kraftlos aufs Sofa fallen. Eingewickelt in eine Decke, starre ich teilnahmslos auf den Fernseher. Nicht die geringste Kleinigkeit dringt zu mir durch. Als meine Augen erneut schwer werden, wehre ich mich nicht dagegen. Solange ich schlafe, muss ich nicht nachdenken.

Wirre Träume lassen mich jedoch immer wieder aufschrecken. Wieder taucht Marc auf. Doch dieses Mal gelingt es ihm nicht, mir zu nahe zu kommen. David steht vor mir wie ein Schutzschild und wehrt Marcs Attacken ab. Dann dreht er sich zu mir um, küsst mich. Und es fühlt sich so echt an wie unser Kuss am Ufer der Weser. Seine weichen Lippen auf meinen, wie wir ineinander verschmelzen. Als ich wieder zu mir komme, berühre ich meine Lippen mit den Fingerspitzen. Mein Herz schlägt wild, und ich spüre ein verräterisches Flattern in der Magengegend. Warum um alles in der Welt muss ich plötzlich ständig an David denken?

Nächtelang träume ich immer wieder diesen einen Traum. David, der mich vor Marc beschützt. Von einer Nacht auf die andere verändert sich dieser Traum jedoch. Marc ist plötzlich daraus verschwunden, und es gibt nur noch David und mich. Ich rede mir weiterhin ein, diese Tabletten seien daran schuld. Aber selbst, nachdem ich sie abgesetzt habe, taucht David jede Nacht bei mir auf. Und er geht auch nicht, wenn ich wach bin. Unaufhörlich schwirrt er in meinem Kopf herum, und mir wird klar, dass er mich nicht nur einmal gerettet hat.

Jedes Mal, wenn sich die dunkelsten Gewitterwolken über mir zusammenbrauten, war er da und sorgte dafür, dass der Sturm sich verzog. Ganz heimlich und unbemerkt hat er sich dabei in meinem Herzen eingenistet – bloß, dass ich es nicht kapiert habe. Zu sehr war ich mit meinem Scherbenhaufen beschäftigt und habe dabei vollkommen übersehen, dass der Schlüssel zu meinem Glück direkt vor mir liegt. Jetzt macht es endlich Klick. *Ich liebe David.* Und ich habe ihn weggestoßen. Diese Erkenntnis trifft mich wie ein Schlag.

»Ach Julia, es ist ein Desaster. Warum musste ich ihn unbedingt davonjagen? Was soll ich denn jetzt machen?« Wieder einmal laufe ich wie ein aufgescheuchtes Huhn durch ihre Wohnung. Ständig präsentiere ich ihr dasselbe Bild. Ob sie mich inzwischen für verrückt hält? Mein Kopf arbeitet auf Hochtouren, ohne dass etwas Brauchbares dabei herauskäme.

»Jetzt beruhige dich erstmal. Das ist ja nicht auszuhalten!« Energisch stellt sie sich mir in den Weg und verdonnert mich dazu, mich hinzusetzen. »So, ein Schritt nach dem anderen. Ich weiß ehrlich gesagt nicht so genau, was ich davon halten soll. Nicht, dass du dich wieder in etwas verrennst!« Zweifelnd schüttelt sie den Kopf. »Du bist also in David verliebt.«

»Es ist viel mehr als das. Ich kann das nicht so genau erklären. Dieses Gefühl geht tiefer. Klingt total verrückt, oder? Frag mich nicht, wie er das angestellt hat - aber ich liebe ihn. Ich muss ihn finden!« Die Worte sprudeln nur so aus mir heraus und sind überschwemmt von Verzweiflung und Sehnsucht.

Julia mustert mich und nickt kaum merklich. »Das ist mehr als verrückt. Aber es ist kaum zu übersehen, wie ernst du das meinst. Also gut, was weißt du alles über ihn?«

»Nicht viel, fürchte ich. Er hat mal erwähnt, dass er in der Bornstraße wohnt. Aber wo genau, weiß ich nicht. Und da ich nicht einmal seinen Nachnamen kenne, erschwert das die Sache ungemein.«

»Hm, das bringt uns nicht weiter. Wo habt ihr euch denn zum ersten Mal getroffen?«

»Im Coffee's. Genau, Julia! Dass ich da nicht selbst draufgekommen bin! Der Laden gehört seinem Kumpel. Ich muss einfach nur den fragen. Er wird mir sicher Davids Nummer geben.«

»Dann lass uns sofort los!« Voller Elan springt Julia auf und reißt mich mit. Im Laufschritt stürzen wir das Treppenhaus hinunter und rennen lachend die wenigen hundert Meter bis zum Coffee's. Plötzlich schießt so viel Energie durch meine Adern, gemischt mit der Vorfreude auf das Wiedersehen mit David. Ohne genau zu wissen, was ich ihm sagen werde, hoffe ich inständig, dass er mir mein Verhalten verzeiht. Ich werde ihm beweisen, wie ernst es mir ist. Auf meine Euphorie folgt jedoch schlagartig Ernüchterung.

»Es ist geschlossen!« Enttäuschung schwingt in meiner Stimme mit.

»Wann machen sie wieder auf?«

»Erst nächste Woche Samstag. Sie machen Urlaub.« Frustriert sinke ich auf eine der Stufen und vergrabe mein Gesicht in den Händen. »Das kann doch nicht wahr sein. So lange kann ich nicht warten!«

Julia hockt sich neben mich. »Dann bleibt wohl nur eins. Du hast nicht zufällig ein Foto von ihm?«

»Haha! Und was für eins!« Schmunzelnd krame ich mein Handy hervor und halte es meiner Freundin unter die Nase. »Da hat David ein unerwartetes Bad genommen.« Lachend denke ich an den Moment zurück, wo er von Luke ins Meer gerissen wurde, und wie das schwarze Ungetüm bellend um ihn herumtollte.

»Wirklich gut erkennen kann man ihn darauf nicht. Aber besser als nichts.«

Fragend blicke ich meine Freundin an. »Was hast du denn damit vor? Willst du Flugblätter in der Stadt verteilen?«

»Auch keine schlechte Idee. Sollten wir für den Notfall im Hinterkopf behalten. Doch vorher werden wir alle Häuser in seiner Straße abklappern.«

»Nicht dein Ernst.«

»Hast du eine bessere Idee?«

Ratlos schüttle ich den Kopf und denke angestrengt nach. Da mir aber nichts anderes einfällt, tippe ich eine Nachricht in den Gruppenchat.

»Mädels, ich brauche Eure Hilfe! Wir müssen David suchen.«

»Na endlich!!!«, antwortet Elisa innerhalb weniger Sekunden.

»Bin dabei. Wie lautet der Plan?«, will Eva wissen.

»Es wird Euch nicht sonderlich gefallen, fürchte ich. Wir klingeln an jedem Haus in seiner Straße.«

Als Antwort ernte ich zunächst nur haufenweise lachende Smileys und dann die Frage: *»Wann geht's los?«*

Jede von uns mit einem Foto bewaffnet, starten wir am Samstagmorgen unsere Suchaktion in der Bornstraße. Julia und ich nehmen die rechte Straßenseite, Eva und Elisa die linke. Die ersten Haustüren kosten uns große Überwindung. Nach einer halben Stunde kommt es mir allerdings so vor, als hätte ich mein Leben lang nie etwas anderes gemacht. Leider kennt keiner der Anwohner David, wobei ein Großteil nicht mal zu Hause ist. Mit jeder Tür schwindet meine Zuversicht, ihn zu finden, bis in der Nummer 62 ein Mann sagt:

»Ich glaube, der wohnt hier im Block nebenan. Aber mehr kann ich Ihnen auch nicht sagen.« Mein Puls beschleunigt sich rasant, und wir rufen Elisa und Eva zu uns herüber.

»Hier wohnen ziemlich viele Leute«, stellt Eva trocken fest, als wir die Klingelschilder studieren.

»Es nützt ja nichts, legen wir einfach los!« Elisa drückt einen der Knöpfe, ich tue es ihr gleich. Bereits an der dritten Tür bekomme ich den entscheidenden Tipp.

»Der wohnt ganz oben unterm Dach. Glaube, in der mittleren Wohnung«, sagt mir eine junge Frau. Mein Herz macht einen

Sprung. Sofort mache ich auf dem Absatz kehrt und sprinte die Treppe hinauf.

»Hab' ihn aber seit ein paar Tagen nicht gesehen«, ruft sie mir hinterher. Ihren Hinweis ignoriere ich und laufe weiter bis in den vierten Stock. Verdammt, warum gibt es hier denn keinen Aufzug? Elisa folgt mir und ist trotz ihres immer größer werdenden Babybauchs deutlich fitter als ich.

»Er wohnt ganz oben«, keuche ich, lasse mich von meiner Kurzatmigkeit jedoch nicht aufhalten. Als wir endlich ankommen, gönne ich mir ein paar Sekunden, um nach Luft zu schnappen. Unsicher bleibe ich vor seiner Tür stehen.

»Na dann, worauf wartest du?«, drängt Elisa.

Entschlossen atme ich noch einmal tief durch und drücke die Klingel. Nichts passiert. Ich warte einen Moment, versuche es erneut. Wieder nichts.

»Er ist nicht da«, entgegne ich ernüchtert.

»Vielleicht ist es ja doch nicht die richtige Wohnung. Soll ich mal nebenan klingeln?« Stumm nicke ich ihr zu.

»Ja, bitte?« Ein Mann mittleren Alters lauert argwöhnisch durch die nur einen Spalt breit geöffnete Tür.

»Entschuldigen Sie die Störung. Wir sind auf der Suche nach diesem Mann hier – David. Ist es richtig, dass er hier nebenan wohnt?«, erkundigt sich Elisa.

»Genau, er wohnt hier. Warum wollen Sie das wissen?«

Elisa macht mit dem Kopf eine Andeutung in meine Richtung.

»Meine Freundin hier hat sich in ihn verliebt, aber aufgrund einer Verkettung unglücklicher Umstände haben die beiden sich aus den Augen verloren. Deswegen haben wir schon fast die ganze Straße nach ihm abgeklappert.« Sie präsentiert ihr schönstes Lächeln.

Die Mundwinkel des Mannes ziehen sich zu einem breiten Grinsen nach oben. »Verrückte Aktion. Also, wie gesagt, das ist seine Wohnung. Aber seit Anfang der Woche habe ich ihn nicht mehr gesehen.« Ahnungslos hebt er die Schultern.

»Aber ausgezogen ist er nicht, oder?!«

»Nee, das hätte ich wohl mitbekommen.« An mich gerichtet sagt er: »Viel Glück dann!« Mehr als ein Lächeln bringe ich nicht heraus. Inzwischen sind auch Eva und Julia oben angekommen. »Und?«, fragen sie wie aus einem Munde.

»Das ist seine Wohnung. Aber er scheint seit einigen Tagen nicht mehr hier gewesen zu sein.« Mutlos lasse ich die Schultern hängen.

»Hey Süße, er macht bestimmt nur Urlaub oder ist auf Geschäftsreise oder so. Jetzt weißt du immerhin schon mal, wo er wohnt und wie er heißt«, meint Elisa.

»Urlaub – genau, das ist es!« Nervös hüpfe ich auf und ab. »Er ist bestimmt in Cuxhaven in seinem Ferienhaus. Wer von euch hat Lust auf einen kleinen Ausflug?«

Eva und Elisa klinken sich aus. Julia, die sich für unsere Suchaktion den ganzen Tag freigenommen hat, sitzt nun neben mir im Auto auf dem Weg nach Cuxhaven. Voller Zuversicht und erfüllt von einem Hochgefühl kann ich mich kaum auf den Verkehr konzentrieren. Meine Freundin mahnt mich immer wieder zur Ruhe.

Als wir nach eineinhalb Stunden vor seinem Häuschen Halt machen, verpufft meine Vorfreude in einer grauen Dunstwolke. Das Haus ist leer. In jedes einzelne Fenster werfe ich einen Blick, doch alles ist aufgeräumt und verlassen. Es scheint, als wäre er seit Wochen nicht hier gewesen. Die Stühle auf der Terrasse sind von einer dicken Staubschicht bedeckt, Haufenweise Laub und anderer Schmutz bedecken die hellen Bodenfliesen.

»Lass uns fahren«, sage ich enttäuscht zu Julia.

Sie nickt und nimmt mich kurz in den Arm. »Hast du sonst noch eine Idee, wo er sein könnte?« Niedergeschlagen zucke ich mit den Schultern und schlurfe ohne ein weiteres Wort zum Auto zurück. »Jetzt kannst du nur noch warten, bis er wieder nach Hause kommt.«

»Und wenn er nicht mehr kommt?«

»So ein Quatsch! Er wird wohl kaum fluchtartig das Land verlassen haben und nie wieder zurückkehren.«

»Hast ja recht.« Nun muss ich über mich selbst grinsen. »Warten ist nicht gerade meine Stärke.«

Schweigend fahren wir etliche Kilometer zurück Richtung Bremen. In meinem Kopf arbeitet es unaufhörlich. Gibt es keine andere Möglichkeit, ihn zu finden? Ich muss ihm unbedingt sagen, was ich für ihn fühle. Ich will nicht mehr warten! »Ein Facebook-Post. Ich werde eine Suchaktion über Facebook starten!«, kommt es mir plötzlich in den Sinn.

»Ist das nicht ein bisschen übertrieben? Immerhin weißt du jetzt, wo er wohnt. Du musst nur etwas Geduld haben.« Laut hörbar stoße ich Luft aus. Wieder hat sie recht. Trotzdem war es nicht das, was ich hören wollte. Als ich Julia zu Hause absetze, habe ich den Gedanken an den Facebook-Post noch nicht ganz verworfen. Zuvor werde ich es aber noch einmal bei ihm zu Hause versuchen. Vielleicht muss er ja am Montag wieder arbeiten und ich kann ihn dann dort erreichen. Einen Versuch ist es wert.

Montagmorgen klingelt mein Handy, als ich den Wagen gerade vor der Firma parke. »Tessa, meine Liebe! Könntest du heute Abend um 18.00 Uhr zu mir kommen? Wir hatten die Sache mit der Miete ja noch nicht final geklärt.«

»Natürlich Darius, kein Problem. Ich hatte mich schon gefragt, ob du mich vergessen hast«, necke ich ihn.

»Das würde ich doch nie. Aber du weißt ja – die Firma nimmt mich voll ein. Erst recht, seit ich mich auf Marc nicht mehr verlassen kann. Bis später dann.«

Als ich auflege, ärgere ich mich. Eigentlich wollte ich heute Abend doch zu Davids Wohnung. Ausgerechnet heute muss ich auch noch länger arbeiten, weil zwei Kolleginnen ausgefallen sind. Egal, das kriege ich schon irgendwie unter einen Hut.

Es ist bereits halb sechs, als ich das Büro endlich verlasse. Im Hechtsprung schwinge ich mich hinters Steuer und fahre schnurstracks in die Bornstraße. Konzentriert studiere ich die

Klingelschilder. Da ist es: Bardos. Hibbelig drücke ich den Knopf gleich zwei Mal. Nichts passiert. Auch der nächste Versuch ist selbstverständlich nicht von Erfolg gekrönt. Unsicher läute ich noch einmal bei dem Nachbarn. Er drückt nach wenigen Sekunden den Summer, und ich hechte wieder all die Stufen hinauf in den vierten Stock.

»Ach, Sie schon wieder«, sagt er mit einem gutmütigen Lächeln. »Ich nehme an, Sie haben ihn noch nicht gefunden.«

»Nein. Leider nicht. Sie haben ihn zwischenzeitlich nicht zufällig gesehen?«

»Tut mir leid. Aber vielleicht hinterlassen Sie ihm einfach eine Nachricht.«

»Gute Idee. Danke.« Zerstreut krame ich in meiner Tasche nach einem Stift und einem Stück Papier, als Darius mir wieder in den Sinn kommt. So ein Mist. Es ist bereits 18.07 Uhr. Hastig stürze ich die Treppe hinunter und scrolle mich währenddessen durch die Kontaktliste in meinem Handy, um Darius anzurufen.

Wie vom Blitz getroffen bleibe ich stehen. Da steht sie – Davids Nummer. Direkt unter der von Darius. Wie ist das möglich? Mein Herz rast. Noch während ich mich frage, ob ich Gespenster sehe, drücke ich auf »Wählen«. Wie gebannt warte ich auf das Freizeichen. Stattdessen bekomme ich Folgendes zu hören:

»Der gewünschte Gesprächspartner ist vorübergehend nicht zu erreichen.«

Das kann doch alles nicht wahr sein! Wie kommt Davids Nummer in mein Handy? Und warum um alles in der Welt geht er nicht ran? Sofort tippe ich eine Nachricht an ihn ein. Bestimmt wird er sich bald melden.

Das Läuten des Handys reißt mich aus meinen Gedanken. Völlig aufgelöst hebe ich ab, fasele eine Entschuldigung in den Hörer und mache mich sofort auf den Weg zu Darius.

»Wie geht es dir, Tessa?« Darius sitzt mir mit besorgtem Blick gegenüber. »Ist alles in Ordnung?« Was mich wirklich beschäftigt, will ich nicht preisgeben, und antworte stattdessen:

»Ja, alles okay. Tut mir echt leid, dass ich zu spät bin. Ich musste heute länger arbeiten.«

»Wenn es nur das ist. Marc hat sich nicht noch einmal bei dir blicken lassen, hoffe ich?« Stumm schüttele ich den Kopf. Es ist unschwer zu erkennen, wie sehr es Darius mitnimmt, dass sein Sohn plötzlich so querschießt. »Er ist seit ein paar Tagen wie vom Erdboden verschluckt. Ich fürchte, ihm geht der Arsch auf Grundeis, und er ist untergetaucht. Seine Freundin ist sogar schon bei mir aufgekreuzt, weil Marc sich auch bei ihr nicht mehr meldet.«

Er hält kurz inne, dann fährt er mit gedämpfter Stimme fort. »Sie hat übrigens das Kind verloren.«

»Sie hat was?« Fassungslos versuche ich, das soeben Gehörte zu verarbeiten. »Wie ist es passiert?«

»Sie ist gestürzt«, erwidert Darius tonlos. Voller Entsetzen starren wir uns an. Kann das wirklich wahr sein? Keiner wagt das Unaussprechliche auszusprechen. Ich bin überzeugt, er denkt das Gleiche wie ich.

»Aber wir sind ja hier, um etwas anderes besprechen«, bricht Darius die betäubende Stille. Er ringt sich ein Lächeln ab, doch ich sehe, dass es ihn Mühe kostet. »Es geht um deinen Mietvertrag, meine Liebe. Der ist leider hinfällig.« Schlagartig fällt mir auch das letzte bisschen Farbe aus dem Gesicht.

»Wie bitte?« Ohne mir zu antworten, hält Darius mir einen kleinen Packen Papier unter die Nase. »Schenkungsurkunde?« Ungläubig starre ich auf die dickgedruckten Buchstaben. »Wieso …«

»Ich bin nicht mehr der Jüngste, Tessa. Sollte mir einmal etwas passieren, würden meine Besitztümer – und damit auch diese Wohnung – an Marc übergehen. Wobei ich gerade alles andere als sicher bin, ob er weiterhin als mein Erbe infrage kommt. Auf jeden Fall möchte ich, dass die Wohnung dir gehört.«

»Ich … ich weiß gar nicht, was ich sagen soll. Das kann ich nicht annehmen.«

»Natürlich kannst du. Ich bestehe darauf. Schon einmal habe ich dir gesagt, du gehörst zu unserer Familie. Und das ändert sich auch nicht, ganz egal, was mein Sohn davon halten mag.« Überwältigt kullern mir ein paar Tränen der Rührung übers Gesicht, und ich falle meinem Schwiegervater dankbar um den Hals. Damit hätte ich niemals gerechnet.

»Wir müssen nur noch zum Notar, dann gehört sie offiziell dir.« Bevor wir uns verabschieden, bedanke ich mich hundertfach. Ich kann es immer noch nicht fassen. Plötzlich bin ich Eigentümerin einer Immobilie. Einerseits könnte ich schreien vor Glück, weil mir so etwas Großartiges widerfahren ist. Andererseits möchte ich auf der Stelle losheulen, weil ich mich gerade ernsthaft fragen muss, ob Marc nicht nur meine Beziehung zu Lucas auf dem Gewissen hat, sondern auch das Leben meines Kindes. So sehr Marc sich auch als Monstrum entpuppt hat, kann und will ich das nicht glauben. Es darf einfach nicht sein.

Als mein Handy klingelt, erwacht Hoffnung in mir, dass es David sein könnte. Mit einem Hauch von Enttäuschung stelle ich jedoch fest, dass es Julia ist. Warum meldet er sich nicht?

»Hey Liebes! Gut, dass du anrufst. Es gibt Neuigkeiten. Soll ich vorbeikommen?«

»Hi Tessa! Ja, das wäre gut. Ich habe auch Neuigkeiten.« Täusche ich mich, oder klingt sie niedergeschlagen?

»Alles okay?«

»Erzähle ich dir gleich in Ruhe.«

»Gut. Bin gleich da.« Besorgt lege ich auf und mache mich sofort auf den Weg.

»Was ist los?«, frage ich meine Freundin, noch bevor ich sie überhaupt richtig begrüßt habe.

»Mein Vater hatte einen schweren Herzinfarkt.«

Geschockt schlage ich mir die Hand vor den Mund und nehme Julia tröstend in den Arm. Sie bemüht sich sichtlich um Haltung und erzählt mir, dass ihr Vater zwar vorerst über den

Berg ist, jedoch in den nächsten Wochen und Monaten intensive Pflege benötigt.

»Ich habe eine schwere Entscheidung getroffen, Tessa.« Julia holt tief Luft und muss sich offenbar sammeln, um die nächsten Worte auszusprechen. »Ich werde Deutschland verlassen und wieder zurück nach Hause gehen. Meine Eltern brauchen mich. Meine Mutter ist auch nicht mehr die Jüngste, sie schafft das nicht allein.«

Beklommen nicke ich. »Was ist mit deinen Geschwistern?«

Julia rollt mit den Augen und macht eine wegwerfende Geste. »Die sind hoffnungslos überfordert.«

Mein Herz wird schwer. Mir ist klar, dass ich sie ziehen lassen muss, doch es zerreißt mich innerlich. Julia ist mir in den letzten Jahren zur Familie geworden. Ohne sie fehlt ein wichtiges Stück davon. Vor allem in den vergangenen Monaten war sie immer da, egal, wie schwierig es war. Schweigend sehen wir uns an und realisieren vermutlich beide gleichzeitig, was das für uns und unsere Freundschaft bedeutet. Wie auf Knopfdruck brechen sich bei uns beiden die Tränen Bahn, und wir fallen uns tieftraurig um den Hals.

»Ich werde dich schrecklich vermissen«, bringe ich erstickt hervor.

»Und ich dich erst!«

Nur drei Tage später hat Julia ihre Habseligkeiten in ein paar Koffer gepackt. Von meinem furchtbaren Verdacht habe ich ihr nichts erzählt, der Zeitpunkt wäre völlig falsch. Sie soll nicht besorgt von Deutschland fortgehen. Auch die Suche nach David ist in den Hintergrund gerückt, denn für den Moment ist nichts wichtiger, als meine Freundin zu unterstützen und die letzten Tage mit ihr voll auszukosten. Irland ist zwar nicht das andere Ende der Welt, es fühlt sich aber gerade genauso an.

Ihr letztes Gehalt hat Julia sich sofort auszahlen lassen, um davon das Flugticket zu bezahlen. Die Möbel verbleiben vorerst in ihrer Wohnung, ihre Schwester Mona wird sich beizeiten darum kümmern.

Gemeinsam mit Mona und deren Mann begleite ich Julia zum Flughafen. In meinem Magen liegt ein schwerer Stein. Wie ich Abschiede hasse! So gut ich kann, reiße ich mich zusammen, um es ihr nicht noch schwerer zu machen. Deutschland ist in den letzten Jahren zu ihrer Heimat geworden, mehr, als es Irland jemals war. Sie würde bleiben, wenn sie könnte. Als sie einen Blick auf ihre Uhr wirft, nickt sie uns nur stumm zu. Es ist Zeit zu gehen. Wie in Trance beobachte ich, wie Julia zuerst ihren Schwager und anschließend ihre Schwester innig umarmt. Dann steht sie vor mir. Wir fassen uns bei den Händen, schauen uns durch tränenverschleierte Augen an.

»Wirst du irgendwann zurückkommen?«

»Ich weiß es nicht genau, aber ich hoffe es. Das hier ist mein Zuhause. *Ihr* seid mein Zuhause.« Nacheinander sieht sie uns alle noch einmal an. Dann fallen wir uns in die Arme, wie wir es schon so oft getan haben. Nur wird es das letzte Mal sein.

»Finde ihn! Finde David!«, flüstert sie mir ins Ohr, bevor sie mich loslässt und sich zum Gehen abwendet.

Stumm nicke ich und wische mir mit dem Jackenärmel die Tränen aus den Augen. Sie winkt uns noch einmal zu, dann verschwindet sie hinter der Passkontrolle. Als ich sie nicht mehr sehen kann, sage ich leise: »Das werde ich. Ich werde ihn finden.«

Schon jetzt vermisse ich Julia schmerzhaft. Auch wenn wir regelmäßig miteinander telefonieren oder skypen werden, ist es nicht dasselbe. Sie wird hier fehlen. Immer. Wenn David jetzt nur hier wäre! Ihm würde es gelingen, mich auf andere Gedanken zu bringen. Zum hundertsten Mal wähle ich seine Nummer, aber er bleibt unerreichbar.

KAPITEL ACHTUNDZWANZIG

DAVID

Einige Tage zuvor

David hatte gehofft, auf Teneriffa die nötige Distanz zu gewinnen, doch seine Gedanken kreisen unaufhörlich um Tessa. Er wünscht sich nichts sehnlicher, als mit ihr zusammen zu sein, das ist ihm durch den Abstand nur umso klarer geworden. Er muss noch einmal mit ihr reden und ihr beweisen, dass sie ihm vertrauen kann. Nur wie soll er das anstellen, ohne dass sie sich bedrängt fühlt? Wieder spulen sich die Bilder ihrer letzten Begegnung in seinem Kopf ab. Jedes Mal, wenn er daran denkt, wie dieser Typ sie bedroht hat, steigt eine unfassbare Wut in ihm auf. Nie wieder soll ihr so etwas passieren. Er will sie beschützen. Er will sie lieben dürfen, und er weiß, dass er sie glücklich machen könnte, wenn sie es nur zulassen würde. Ob es vielleicht doch eine Chance für sie beide gäbe? *Ich muss nach Hause,* schießt es ihm durch den Kopf. Er beschließt, den nächsten Flieger nach Deutschland zu nehmen und gleich nach seiner Rückkehr zu ihr zu gehen. Hoffentlich jagt sie ihn nicht erneut zum Teufel! Ein dritter und letzter Versuch.

Am Sonntagnachmittag befindet sich David schließlich auf der Heimreise. Er kann es kaum erwarten, Tessa wiederzusehen, auch wenn er nicht weiß, wie sie auf ihn reagieren wird. Es ist bereits Abend, als er im Landeanflug auf Bremen ist. Trotzdem beschließt er, noch bei ihr vorbeizugehen. Nachdem er seine Koffer zu Hause abgeladen hat, macht er sich zu Fuß auf den Weg. Im Kopf legt er sich zurecht, was er ihr sagen will. Vor ihrem Haus angekommen, zieht er sein Handy aus der Hosentasche, um auf die Uhr zu schauen. Schon kurz vor neun. *Ob ich jetzt noch bei ihr klingeln kann?*

Bevor er diesen Gedanken zu Ende denkt, spürt er einen dumpfen Schlag auf den Hinterkopf. Tessas Gesicht flammt vor seinem inneren Auge auf, dann wird alles schwarz.

KAPITEL NEUNUNDZWANZIG

MARC

»Scheiße, was habe ich getan?«, murmelt Marc voller Panik in die Stille der Nacht. David liegt vor ihm auf dem Boden, und eine Blutlache breitet sich unter ihm aus. Kopflos hievt er ihn über seine Schulter und schleppt ihn zu seinem Auto, das nicht weit entfernt in einer Seitenstraße geparkt ist. Umständlich lässt er ihn in den Kofferraum fallen. *Er stirbt,* zuckt es ihm durch den Kopf. *Selbst schuld, wenn er denkt, er kann sich an Tessa ranschmeißen. Der funkt mir auf jeden Fall nicht mehr dazwischen.* »Sieht übel aus für dich, Junge«, murmelt er gehässig. *Aber nicht nur für ihn,* schießt ihm plötzlich durch den Kopf. *Das ganze Blut... Mist! Ich muss das Blut von der Straße verschwinden lassen.* Ein Glück, dass es genug Leute gibt, die ihm noch einen Gefallen schulden. Das ist also gerade sein kleinstes Problem. Er kann nur hoffen, dass ihn niemand beobachtet hat. Und was soll er nun mit David anstellen? Kopflos rast er davon, raus aus der Stadt. Er muss ihn irgendwie loswerden und dann schauen, dass er Land gewinnt.

181

KAPITEL DREISSIG

TESSA

Gegenwart

Schon früh wache ich mit einem flatternden Gefühl im Bauch auf. Endlich ist Samstag und das Coffee's macht wieder auf. Gleich nach dem Frühstück werde ich hinlaufen, bestimmt ist dann schon jemand da, um alles vorzubereiten. Voller Elan springe ich aus dem Bett und husche ins Bad. Anschließend schiebe ich mir hastig zwei Scheiben Toast in den Mund. Dann mache ich mich, ohne den Tisch abzuräumen, auf den Weg und eile im Laufschritt zum Domshof. Gute fünfzehn Minuten später bin ich da und reiße energisch am Türgriff. Die Tür ist jedoch verschlossen. Hätte ja auch mal auf Anhieb etwas klappen können! Mit der Hand über den Augen spähe ich durch die Scheiben ins Innere. Zwar kann ich niemanden sehen, allerdings brennt das Licht über der Theke. Eine Klingel suche ich vergebens. Also klopfe ich, so laut ich kann gegen die Tür. Nichts. Ungeduldig laufe ich entlang der Fensterfront hin und her und schaue in jedes Fenster, ebenfalls erfolglos. Auch der Hintereingang ist verschlossen. Doch als ich wieder vorne ankomme, sehe ich Christoph hinterm Tresen stehen. Laut hämmere ich gegen die Tür und rudere wild mit den Armen, um auf mich aufmerksam zu machen.

Chris rennt sofort zur Tür und schließt auf. Seine Haut ist stark gebräunt, wahrscheinlich ist er gerade erst aus dem Urlaub zurückgekehrt.

»Tessa! Was machst du hier? Komm rein.«

»Du weißt, wie ich heiße?« Verdutzt schaue ich ihn an.

»Natürlich weiß ich das. David heult mir schließlich seit Wochen die Ohren von dir voll.« Er grinst mich schief an. »Kann ich irgendetwas für dich tun?«

»Ganz bestimmt sogar. Ich bin auf der Suche nach ihm. Also nach David.« Hoffnung schwingt in meiner Stimme mit.

»Ach!« Ein erleichtertes Lächeln hellt sein Gesicht auf.
»Weißt du, wo er ist? Er scheint wie vom Erdboden verschluckt!« Eindringlich mustere ich ihn.
»Keine Sorge. Er hat sich nur `ne kleine Auszeit genommen. Er ist nach Teneriffa geflogen, seine Eltern haben dort eine Finca. Er dürfte aber heute Nachmittag nach Hause kommen, soweit ich weiß.«

Mein Herz tanzt Samba, doch dann fällt mir seine Handynummer wieder ein. »Ist das hier Davids Nummer?«

»Hast du sie also entdeckt?«, lacht er. »Die hat er dir mal heimlich eingetippt. Als ihr Eis essen wart, glaub ich.«

Mir geht ein Licht auf. Ich hatte meinen Kram auf dem Tisch liegenlassen, als ich zur Toilette musste.

»Ach, jetzt verstehe ich das endlich!«

»Warum rufst du ihn dann nicht einfach an?«

»Habe ich. Mindestens hundert Mal. Offenbar ist das Handy ausgeschaltet.«

Chris runzelt nachdenklich die Stirn. »Das sieht ihm gar nicht ähnlich. Warte, ich versuch's mal.« Er zieht sein Handy aus der Hosentasche, wählt Davids Nummer und stellt auf Lautsprecher. Wieder ertönt die immer selbe Ansage.

»Merkwürdig.«

»Hast du die Nummer von seinen Eltern?«

»Nee, leider nicht. Am besten warten wir erst einmal bis heute Abend ab.«

Niedergeschlagen lasse ich den Kopf sinken und setze mich auf einen der Barhocker. Chris schiebt mir eine Cola rüber und setzt sich neben mich.

»Eine bessere Idee habe ich leider auch nicht. Bestimmt hat er sein Handy im Meer versenkt oder es ins Klo fallenlassen.«

Mich überkommt ein merkwürdiges Gefühl. »Und wenn ihm etwas passiert ist?«

»Ach was! Er ist ein zäher …« Chris wird vom Schrillen des Telefons unterbrochen. »Sorry, da muss ich kurz rangehen.« –
»Coffee's Bistro, was kann ich für Sie tun?«

Er richtet seinen Blick sofort auf mich, während sein Gesprächspartner aufgeregt auf ihn einredet. Allerdings kann ich kein Wort verstehen. Christophs Miene verfinstert sich. »Es tut mir leid, ich habe auch seit Tagen nichts von ihm gehört.« Dann lauscht er wieder konzentriert. »Meldet euch bitte sofort, wenn es etwas Neues gibt.« Unruhe macht sich in mir breit. »Was ist los?«, frage ich sogleich, als Chris auflegt.

»Das war Davids Vater. Er hat gesagt, David sei schon letzten Sonntag abgereist, weil er unbedingt zu dir wollte. Seitdem hätten sie nichts von ihm gehört und können ihn auch nicht erreichen. Ich gehe davon aus, er ist nicht bei dir aufgetaucht?«

»Wie bitte? Nein, natürlich nicht, sonst wäre ich jetzt nicht hier.«

»Scheiße.«

»Ich habe es am Montag noch bei ihm zu Hause versucht, aber er hat nicht geöffnet. Dann das ausgeschaltete Handy … Was hat das zu bedeuten?« Angst überrollt mich, mein Körper beginnt zu zittern. »Irgendetwas ist ihm passiert. Das spüre ich.« *Oder irgendjemand.* Eine grausige Vermutung beschleicht mich.

Chris legt beruhigend seine Hände auf meine Schultern.

»Mach dich nicht verrückt. Bestimmt gibt es eine ganz simple Erklärung für all das, und er taucht bald wieder kerngesund auf.«

»Glaubst du das selbst?« Schweigend starrt er mich an. »Ich gehe jetzt zur Polizei. Begleitest du mich?«

In Absprache mit Davids Eltern geben wir eine Vermisstenanzeige auf. Im Zuge dessen berichte ich den Beamten von meiner Vermutung, dass Marc seine Finger im Spiel haben könnte. Nach dem Gehörten leiten sie umgehend die Fahndung nach ihm ein.

Auch bei der Suche nach David verlieren sie keine Zeit. Die Polizei findet schnell heraus, dass er wie geplant an Bord ging und auch seinen Wagen vom Langzeitparkplatz am Bremer Flughafen abgeholt hat. Das Auto wurde schließlich vor seinem

Haus gefunden, dort verliert sich aber jede Spur von ihm. Sie suchen weiterhin nach ihm, doch mit jedem Tag wächst meine Angst um David. Auch Marc ist weiterhin wie vom Erdboden verschluckt. Ganz bestimmt ist er untergetaucht, was ihn nur umso verdächtiger macht. Jetzt können wir nur abwarten.

WER HAT DIESEN MANN GESEHEN?

David Bardos aus Bremen

30 Jahre alt, ca. 1,85 Meter groß, blond, blaue Augen
Er wurde zuletzt am Flughafen in Bremen gesehen. Dort hat er am Abend sein Auto vom Langzeitparkplatz abgeholt. Der Wagen wurde vor seinem Haus aufgefunden, doch von ihm fehlt jede Spur. Wer ihn gesehen hat, soll sich bitte bei mir melden. Und bitte, bitte, teilt diesen Beitrag!
David – wenn Du das hier liest: Ich liebe Dich!
Du findest mich dort, wo die Wolken am dunkelsten sind.
Tessa

Völlig aufgelöst teile ich meinen Aufruf bei Facebook in der Hoffnung, einen Hinweis zu bekommen. Die Sorge um David zerfrisst mich, ich bin kurz davor, durchzudrehen. Draußen tobt ein Sturm, und es gießt wie aus Eimern, als würde die Welt jeden Moment untergehen. Und genauso fühlt es sich für mich an. Immer wieder höre ich bei Chris nach, ob es etwas Neues gibt. Er steht jetzt in ständigem Kontakt zu Davids Eltern, die am nächsten Tag gleich in den ersten Flieger nach Bremen steigen werden. Doch alles bleibt unverändert. David ist wie vom Erdboden verschluckt.

Mein Aufruf bleibt ebenfalls ergebnislos. Obwohl der Beitrag bereits mehr als vierhundert Mal geteilt wurde und alle mir viel Glück bei der Suche wünschen, hat keiner einen Hinweis, der uns weiterhelfen könnte. Mit jeder Stunde, die vergeht, sinkt meine Hoffnung.

KAPITEL EINUNDDREISSIG

DAVID

Mit brummendem Schädel erwacht David aus seinem Dämmerzustand. Fahrig fasst er sich an den Hinterkopf und ertastet einen Verband. Das gleißend helle Licht schmerzt in seinen Augen. Nur mit großer Mühe gelingt es ihm, sich ein wenig aufzurichten. Irritiert schaut er sich um. *Bin ich im Krankenhaus? Was ist passiert?*

Erschöpft und mit unzähligen Fragezeichen im Kopf, lässt er sich wieder in das weiche Kissen zurücksinken. Da fällt ihm der rote Knopf ins Auge. Nur wenige Sekunden, nachdem er ihn gedrückt hat, ist eine Krankenschwester bei ihm.

»Sie sind wach. Endlich!« Sie lächelt ihn freudig an. »Wie fühlen Sie sich?«

»Bescheiden.«

»Können Sie mir sagen, wie Sie heißen?«

»David. David Bardos.«

»Sehr gut, Sie können sich erinnern. Sie hatten keine Papiere dabei. Sind Sie überfallen worden?«

»Ich weiß nicht.«

»Man hat Sie in einem kleinen Waldstück bei Rotenburg gefunden.«

»Wie bin ich denn da hingekommen?« David versucht sich zu erinnern, aber sein Kopf ist wie leergefegt. »Wie lange bin ich schon hier?«

»Eine gute Woche.«

»Wie bitte? Welcher Tag ist heute?«

»Mittwoch.« Geschockt schreckt David auf. Sofort bekommt er die Retourkutsche. Sein Kopf wird jeden Moment zerplatzen, davon ist er fest überzeugt.

»Legen Sie sich wieder hin, ich hole einen Arzt.«

»Warten Sie! Meine Eltern! Sie suchen sicher nach mir.«

»Wie heißen Ihre Eltern? Wir kümmern uns darum.«

Knappe zwei Stunden später stürzen Davids Eltern ins Zimmer. Seine Mutter Gila fällt ihm völlig aufgelöst um den Hals und auch Leonard, sein Vater, kämpft mit Tränen der Erleichterung.

»Junge, was ist dir bloß passiert? Wir sind fast umgekommen vor Sorge!«, redet seine Mutter auf ihn ein und streicht ihm vorsichtig über den Kopf.

»Sch, jetzt lass ihn doch erst mal. Er ist gerade erst zu sich gekommen.«

»Schon gut, Papa. Ich weiß es selbst nicht. Offenbar bin ich überfallen worden. Man hat mir gesagt, ich wurde bewusstlos im Wald gefunden, ohne Portemonnaie, ohne Handy. Muss wohl einen heftigen Schlag auf den Hinterkopf bekommen haben.« Gila murmelt etwas Unverständliches. Die Sorge in ihrem Gesicht spricht Bände.

»Die Polizei hat schon die halbe Stadt nach dir abgesucht. Was machst du hier in Rotenburg? Kannst du dich an irgendetwas erinnern? Weißt du, wer das war?« David zuckt mit den Schultern. In dem Moment kommt ein Arzt herein.

»Herr Bardos, willkommen zurück! Sie haben uns vor große Rätsel gestellt.«

»Warum haben Sie nicht die Polizei informiert?« Leonard ist sichtlich aufgebracht.

Der Arzt schaut ihn verblüfft an. »Das haben wir. Aber niemand, auf den seine Beschreibung passt, war als vermisst gemeldet. Zumindest nicht zu dem Zeitpunkt, als wir den Fall gemeldet haben.«

Genervt wedelt Gila mit der Hand. »Was ist nun mit unserem Sohn? Was fehlt ihm?«

»Er hat durch den Schlag auf den Hinterkopf eine Hirnprellung erlitten. Das war auch der Grund für seine Bewusstlosigkeit. Wir werden heute noch ein paar Untersuchungen durchführen, doch ich denke, sie werden ohne größere Schäden davonkommen, Herr Bardos.«

»Ohne größere Schäden?« Erschrocken hält Gila sich die Hand vor den Mund.

»Beruhig dich, Mama! Mir geht es super.« Als er sich ihr zuwendet, verzerrt sich sein Gesicht vor Schmerz. »Na ja, bis auf ein bisschen Kopfschmerzen.«

»Ich lasse Sie dann mal allein. Sie werden nachher zur Untersuchung abgeholt, Herr Bardos.«

Als der Arzt die Tür hinter sich schließt, meint David: »Ich muss dringend in der Firma anrufen. Die vermissen mich sicher schon. Und Chris fragt sich bestimmt auch, wo ich stecke.«

»Nicht nur der«, sagt Leonard. David sieht ihn fragend an. »Schau mal!« Lächelnd reicht er seinem Sohn sein Handy. David traut seinen Augen kaum.

»Tessa?« Ungläubig liest er ihren Suchaufruf. »Sie liebt mich«, flüstert er.

»Du solltest sie anrufen.«

»Von wegen! Ich fahre sofort zu ihr.« Entschlossen schlägt er die Bettdecke zurück und steht auf. Schlagartig wird ihm schwarz vor Augen, sodass er gezwungen ist, sich wieder zu setzen.

»Du kannst hier jetzt nicht weg«, protestiert seine Mutter. »Du musst erst wieder auf die Beine kommen. Also erlöse das arme Mädchen am besten gleich!«

»Das werde ich. Aber persönlich. Ich warte die Untersuchung hier ab, dann gehe ich sofort zu ihr.«

»Kommt nicht infrage!«, widerspricht Gila mit fester Stimme.

»Ich glaube kaum, dass er sich das aus dem Kopf schlagen wird«, meint Leonard. »Sieh ihn dir doch mal an!«

Kopfschüttelnd betrachtet Gila ihren Sohn, der plötzlich von einer ungreifbaren Energie erfasst wird. Schließlich sieht auch sie ein, dass sie ihn nicht davon abhalten kann.

»Meinetwegen. Wir fahren dich zu ihr.«

»Mama!«

»Keine Widerrede!«

KAPITEL ZWEIUNDDREISSIG

TESSA

Gleich nach der Arbeit fahre ich zum Coffee's. Im Moment ist es meine einzige Anlaufstelle, die einzige Verbindung zu David. »Hey, Tessa!« Chris umarmt mich zur Begrüßung. Die Sorge um David hat uns innerhalb der kurzen Zeit zusammengeschweißt. Er sieht niedergeschlagen aus, genau wie ich. Seit vier Tagen wissen wir, dass David verschollen ist. Seit vier Tagen zerfrisst uns die Sorge um ihn.

»Gibt es immer noch nichts Neues?«

»Nein. Davids Eltern konnte ich heute auch noch nicht erreichen. Vielleicht sind sie nochmal zur Polizei. Verdammt, was ist da bloß passiert?« Er tritt so heftig gegen einen der Barhocker, dass dieser auf die Fliesen kracht. Chris lässt seinem Frust freien Lauf, während ich mich wie in einem Käfig gefangen fühle. Gefangen von meiner Angst.

»Sorry.« Schuldbewusst sieht er mich an. Meine Kehle schnürt sich immer weiter zu.

»Ich muss an die frische Luft«, bringe ich gepresst hervor. Taumelnd mache ich eine Kehrtwende und stoße die Tür auf. Mitten im Regen bleibe ich stehen, ringe nach Luft. Und dann laufe ich los.

KAPITEL DREIUNDDREISSIG

DAVID

»Ich finde es absolut verantwortungslos, dass du das Krankenhaus verlässt.«

»Ja, ich weiß. Das hast du jetzt schon hundert Mal gesagt. Bestimmt hast du sogar recht damit, Mama.«

David sitzt mit seinen Eltern im Auto auf dem Weg nach Bremen. »Kannst du kurz anhalten, Papa?«

»Was hast du denn jetzt vor?«, fragt seine Mutter mit tadelndem Blick.

»Ich will mir nur kurz ein Handy und eine Prepaidkarte besorgen. Ich muss erreichbar sein.«

»Ich begleite dich«, wirft Leonard ein, bevor seine Frau Einspruch erhebt. Seinem Sohn zwinkert er grinsend zu. »Du hast ja eh kein Geld dabei.«

David nickt dankbar. Zehn Minuten später setzen sie ihre Fahrt fort. Die Wunde an seinem Kopf pocht, doch es gelingt ihm, den Schmerz beinahe gänzlich auszublenden. Zu groß ist seine Vorfreude auf den Moment, im der er Tessa in die Augen sehen und ihr sagen kann, dass er sie liebt. Sein Herz zerspringt beinahe vor Sehnsucht. Er kann es kaum erwarten, sie in seine Arme zu schließen. Endlich kommen sie in Bremen an.

»Mama, Papa? Ihr könnt mich einfach zu Hause absetzen. Ich muss noch etwas holen.«

»Wir warten unten auf dich. Du bist noch nicht fit genug, um allein loszuziehen.«

David rollt mit den Augen.

»Nun lass ihn doch, Gila. Er wird schon wissen, was er tut.«

Leonard nickt David zu, und der springt aus dem Wagen. Es regnet in Strömen. *Willkommen zu Hause,* denkt er sich.

Langsam steigt er die Treppen zu seiner Wohnung hinauf. Als er oben ankommt, ist ihm schwindelig von der Anstrengung, und er spürt wieder dieses dumpfe Pochen am Hinterkopf.

Klimpernd schließt er die Tür auf und lässt sich kurz aufs Sofa sinken, um Luft zu holen. Dann öffnet er den seit seiner Rückkehr unberührten Koffer und sucht die kleine Schatulle heraus, die er auf Teneriffa für Tessa besorgt hat. Schnell schreibt er noch seine neue Nummer auf einen Zettel. Dann kramt er zwei Ibuprofen aus dem Schrank hervor, spült sie mit einem Schluck Cola hinunter und streift sich hastig ein frisches Shirt über. Viel zu schnell hechtet er die Treppe nach unten, springt hinters Steuer und macht sich auf den Weg zu Tessa. Je näher er ihrem Haus kommt, desto nervöser wird er. Auf einmal flammt eine Erinnerung in ihm auf. Natürlich – er wollte zu Tessa. Doch er ist nie bei ihr angekommen. Stattdessen wurde ihm plötzlich schwarz vor Augen. Jetzt bleibt ihm aber keine Zeit, sich darüber den Kopf zu zerbrechen.

Als er endlich vor ihrer Tür steht, drückt er mit zitternden Fingern die Klingel. Er platzt bald vor Aufregung, doch sie öffnet nicht. Enttäuscht lässt er die Schultern hängen. Wo könnte sie sonst sein? Vielleicht bei ihrer besten Freundin? Wo Julia wohnt, weiß er allerdings nicht. Chris! Vielleicht weiß der etwas. Sofort macht er sich auf den Weg zum Coffee's.

»David? David!« Erleichtert stürzt Chris auf ihn zu und fällt ihm um den Hals. »Verdammt, wo hast du gesteckt? Wir haben uns solche Sorgen gemacht!« Sein Gesicht spricht Bände.

»Tut mir leid, Kumpel. Erst mal nur die Kurzfassung: Ich wurde überfallen und ausgeraubt und lag einige Tage bewusstlos im Krankenhaus.«

»Was?! Bewusstlos? Verdammt, Mann, wie geht es dir denn? Seit wann bist du wieder wach? Und warum hast du dich nicht gemeldet?«

David winkt ab. »Sorry. Alles Weitere später, es gibt jetzt Wichtigeres. Weißt du, wo Tessa ist?« Erwartungsvoll starrt David seinen Freund an.

»Vor einer halben Stunde war sie noch hier und hat nach dir gefragt. War ziemlich durch den Wind. Sie hat furchtbare Angst um dich, weißt du?«

»Hast du eine Ahnung, wo sie hin ist?«

»Sie meinte nur, sie bräuchte frische Luft. Rennt wahrscheinlich mal wieder ziellos durch den Regen. Mehr kann ich dir auch nicht sagen.«

Du findest mich dort, wo die Wolken am dunkelsten sind, kommen David Tessas Worte in den Sinn. Genau, das ist es!

»Ich muss sofort los!« Er haut seinem Kumpel auf die Schulter und verschwindet im seichten Regen.

»Pass auf dich auf, Alter. Du siehst echt schlecht aus!« David überhört Christophs Warnung. Voller Hoffnung läuft er los.

KAPITEL VIERUNDDREISSIG

TESSA

Immer wieder bleibe ich stehen und schaue mich suchend um, als müsste David hier irgendwo auf mich warten. Doch ich weiß, dass das nicht möglich ist. Unaufhörlich frage ich mich, was ihm passiert sein mag. Langsam verliere ich die Hoffnung, etwas von ihm zu hören. Warum habe ich nur so lange gebraucht, um zu kapieren, was ich für ihn empfinde? Ist es zu spät für uns beide? Ist er vielleicht mit voller Absicht verschwunden? Möglicherweise möchte er gar nicht mehr von mir gefunden werden. Und alles nur, weil ich ihn weggestoßen habe. Ich kann ihm kaum verübeln, wenn er mich nicht mehr will. Ich bin ein Meister darin, alles zu vergeigen, was mir wichtig ist. Der Regen wird immer dichter, nimmt mir die Sicht. Alles verschwimmt zu einem trostlosen Grau in Grau.

An der Stelle, wo wir beide uns geküsst haben, halte ich inne und starre aufs Wasser. Vor meinem geistigen Auge spielt sich dieser Moment wieder vor mir ab. Es fühlt sich beinahe so an, als wäre er hier bei mir. Werde ich seine Nähe jemals wieder spüren dürfen? Mein ganzer Mut sinkt mit einem Mal. Während der letzten Monate musste ich viel über mich ergehen lassen, doch nie fühlte sich mein Herz so schwer an wie jetzt. Die Sehnsucht legt sich wie ein bleischwerer Mantel auf meine Seele. Diese verdammte Ungewissheit macht mich schier wahnsinnig. Tröstend hüllt der Regen mich in seine warme Umarmung. Wenigstens darauf kann ich mich noch verlassen.

»Was ist nur mit dir passiert, David?«, flüstere ich leise vor mich hin. »Wo bist du?«

Als der Schmerz kaum noch zu ertragen ist, passiert etwas Seltsames. Schlagartig hört es auf zu regnen, der Himmel reißt auf. Alles um mich herum wird still, während in meinem Inneren das Chaos tobt. Das kann nicht möglich sein. Wie kann ausgerechnet jetzt die Sonne durch die Wolken brechen? Irritiert schaue ich nach oben, frage mich entsetzt, ob jetzt wirklich *alles* aus den Fugen gerät. Nichts in meinem Leben scheint mehr beständig.

Da höre ich eine vertraute Stimme hinter mir und wage es kaum, meinen Ohren zu trauen. Träume ich, oder war die Witterung mir tatsächlich einen Schritt voraus?

»Tessa!« Mein Herz setzt einen Schlag aus. Langsam, ungläubig, drehe ich mich um. Er steht wirklich dort.

»David!« Es ist kaum mehr als ein Flüstern. Wie angewurzelt bleibe ich stehen. Er kommt ein paar Schritte auf mich zu. Endlich erwache ich aus meiner Trance, laufe ihm entgegen. Als uns nur noch wenige Zentimeter voneinander trennen, halten wir beide inne und schauen uns intensiv in die Augen. Er sieht schlecht aus, stelle ich erschrocken fest. Trotzdem sind seine Augen von einem besonderen Glanz erfüllt. Ich fühle mich kaum in der Lage, zu atmen.

»Du bist wirklich hier«, hauche ich.

Wie von selbst legen sich meine Arme um seinen Hals. Er zieht mich zu sich heran, schlingt seine Arme fest um mich. Eine Welle von Emotionen durchflutet jede Faser meines Körpers. Tränen voller Glück rinnen mir übers Gesicht, vermischen sich mit dem auf meiner Haut verbliebenen Regen. Davids Blick sagt alles, was ich wissen muss.

Zärtlich legt er seine Hand an meine Wange und zieht mich noch näher zu sich, bis wir in einem langen, sehnsuchtsgefüllten Kuss verschmelzen. *Bitte lass diesen Moment niemals enden.* Ich kann gar nicht genug davon bekommen, seine Lippen auf meinen zu spüren.

Als David sich atemlos von mir löst, frage ich leise: »Wie hast du mich gefunden?«

»Der Regen hat mich zu dir geschickt.« Er lächelt mich wissend an.

»Du bist das beste Geschenk, das der Regen mir machen konnte«, entgegne ich selig. »David, ich liebe dich! Ich war nur zu dumm, es zu kapieren. Es tut mir so leid.«

»Sch ...« Sanft legt er einen Finger auf meine Lippen. »Ich liebe dich auch, Tessa. Und wie!« Schwindelig von diesem Geständnis schließe ich die Augen und schmiege mich in seine Arme. Auch er scheint nicht gewillt, mich jemals wieder loszulassen. Doch dann nestelt er an seiner Hosentasche herum. Unbeholfen und mit zitternden Fingern holt er eine kleine Schatulle hervor und hält sie mir hin.

»Was ist das?«

»Schau hinein«, grinst er. Nervös öffne ich die Dose. Darin befindet sich ein kleiner Zettel. Fragend falte ich ihn auseinander und verfalle in ein lautes, befreites Lachen.

»Meine neue Handynummer. Damit wir uns nicht noch mal verlieren«, sagt er mit einem Augenzwinkern. »Aber falls du jetzt enttäuscht sein solltest ...« Er kramt in der anderen Hosentasche herum und zieht einen schlichten, silberglänzenden Ring hervor. Verlegen hält er ihn mir hin, und ich starre ihn ungläubig an.

»David, was hat das zu bedeuten?« Zärtlich ergreift er meine Hand und schiebt den Ring an meinen Finger. Er passt wie angegossen.

»Tessa, ich weiß, es ist verrückt. Wir kennen uns kaum, doch ich war mir niemals einer Sache so sicher. Und ich will dir beweisen, dass auch du dir sicher sein kannst. Ich liebe dich, und ich will, dass du meine Frau wirst.« Er führt meine Hand an seine Lippen und küsst sanft meine Finger. »Bevor du es dir nochmal anders überlegst.«

Ein unsicheres Lächeln macht sich auf seinem Gesicht breit. Voller Zuversicht schaue ich in seine glasigen Augen und erkenne darin nichts als Vertrauen und Liebe.

»Du hast recht, das ist wirklich verrückt. Und gleichzeitig das Schönste, was ich je gehört habe. Also ja. Ich will deine Frau werden!«

Überglücklich versinken wir erneut in einem innigen Kuss. Noch nie in meinem Leben hat sich etwas so richtig angefühlt. Nach allem, was passiert ist, habe ich doch noch den Menschen gefunden, bei dem ich mich vollkommen fallenlassen kann. Und ich werde seine Frau.

Als wir beseelt voneinander ablassen, brennt jedoch eine Frage auf meiner Seele. Besorgt streichele ich über seine Wange und mustere ihn. »Was ist eigentlich mit dir passiert? Wo hast du gesteckt?«

»Das ist eine lange Geschichte«. David lächelnd bubenhaft.

»Für lange Geschichten werden wir in Zukunft jede Menge Zeit haben«, entgegne ich mit einem erfüllten Lächeln auf den Lippen.

E N D E

DANKSAGUNG

An erster Stelle möchte ich meiner Freundin Carina aka C.K. Zille danken. Ohne dich würde es dieses Buch nicht geben. Vielen lieben Dank für deine Motivation, dein Knowhow und den nahezu täglichen Austausch. Es macht unglaublich viel Spaß, unseren Geschichten gemeinsam Leben einzuhauchen.

Tausend Dank an meine Schreibgruppe und alle anderen lieben Kolleginnen, die mir mit Rat und Tat zur Seite standen. Danke für eure Tipps und fürs Mut machen.

Ein riesiges Dankeschön an meine beiden Testleserinnen Alex und Christina, weil ihr meinen Roman auf Herz und Nieren geprüft habt.

Von Herzen danke, liebe Ria Raven, für dieses zauberhafte Cover. Es sieht so wunderschön aus.

Danke an meine wundervollen Kinder, die so manches Mal viel Geduld aufbringen mussten.

Und danke an meinen Mann, der meinen Traum ernst genommen und mich einfach mal hat machen lassen. Ich liebe dich!

Zu guter Letzt, danke ich *dir*, weil du dieses Buch gekauft und gelesen hast. Das bedeutet mir sehr viel. Ich hoffe, du hast dich wohlgefühlt in Tessas Welt und startest bald mit mir in ein neues Abenteuer.

AUF DEINER BANK

KURZROMAN

Als Louisa an einem warmen Sommerabend im Park auf Jonas trifft, nimmt sie schleunigst Abstand von ihm. Doch sie muss sich eingestehen, dass seine stechend blauen Augen ihr nicht mehr aus dem Sinn gehen wollen. Pausenlos muss sie an seinen Blick denken und beschließt, am nächsten Tag erneut nach ihm Ausschau zu halten. Als er nicht auftaucht, ist sie enttäuscht. Doch schon bald kommt es zu einem weiteren Wiedersehen, welches ihr Gefühlsleben völlig auf den Kopf stellt. Ob Jonas für sie dasselbe empfindet? Und welches Geheimnis verbirgt er vor ihr?

Der romantische Kurzroman *Auf deiner Bank* von Nadine Feger
wird im Spätsommer erscheinen.